El día que él volvió

PENELOPE WARD

El día que él volvió

TITANIA

Argentina • Chile • Colombia • España
Estados Unidos • México • Perú • Uruguay

Título original: *The Day He Came Back*
Traducción: Nieves Calvino Gutiérrez

1.ª edición Abril 2022

Plaza de los Reyes Magos, 8, piso 1.º C y D – 28007 Madrid
www.titania.org
atencion@titania.org

ISBN: 978-84-17421-61-8
E-ISBN: 978-84-19029-65-2
Depósito legal: B-3.518-2022

Fotocomposición: Ediciones Urano, S.A.U.

Impreso por Romanyà Valls, S.A. – Verdaguer, 1 – 08786 Capellades (Barcelona)

Impreso en España – *Printed in Spain*

Prólogo
Raven

Me dirigí a la parte superior de la gran escalera de caracol. Tuve que pasar por la antigua habitación de Gavin para llegar a la *suite* principal. Y cada vez que pasaba por allí, pensaba en él.

Que trabajara en esa casa era de lo más irónico. La mansión que una vez albergó tanta vida entre sus paredes era ahora un cascarón casi vacío y lleno de ecos. Sin embargo, su belleza permanecía inalterable. Situada en la elegante Palm Beach, la casa tenía vistas al océano Atlántico y el murmullo de las olas se escuchaba a través de las ventanas abiertas.

Allí fue donde me enamoré y me rompieron el corazón, todo en el mismo verano.

Y diez años después, allí estaba yo de nuevo. El único personal que quedaba era el mayordomo, el ama de llaves y yo, la enfermera de día. Nuestra función era única y exclusivamente atenderlo a él. El señor Masterson había tratado bien a Fred y a Genevieve a lo largo de los años, por lo que se habían mantenido fieles, aunque estoy segura de que algún otro cliente rico de la isla se los podría haber arrebatado por más dinero.

En cuanto a mí, estaba allí porque él me había pedido que me quedara. Cuando la empresa de personal de enfermería para la que trabajaba me dio la dirección, casi me caigo redonda. Y estuve a punto de rechazar el trabajo por un conflicto de intereses; no me imaginaba trabajando para el padre de Gavin después de tanto tiempo.

Pero luego sentí curiosidad, por lo que me encontraría allí y por la gravedad del estado del señor Masterson. Mi intención era trabajar un día y luego pedir que me reasignaran. Pensé que lo más seguro era que el señor Masterson ni siquiera se acordara de mí, pero entonces... me llamó Renata. Y eso me hizo cambiar de idea.

Los días fueron pasando y empecé a sentir que cuidarlo era lo mínimo que podía hacer por él; siempre había sido bueno conmigo. En realidad, parecía cosa del destino.

Abrí la puerta de su habitación.

—Señor Masterson, ¿qué tal se encuentra después de la siesta?

—Estoy bien —dijo, con la vista perdida.

—Estupendo.

Se volvió hacia mí.

—Estás guapa, Renata.

—Gracias.

—De nada.

Abrí las persianas para que entrara algo de luz en la habitación.

—¿Le apetecería dar un paseo más tarde? Hoy no hace mucho calor.

—Sí.

—Bien. Ya tenemos plan.

Esto podría parecer una interacción normal entre un cliente y su enfermera, pero estaba lejos de serlo. Yo no me llamo Renata y hacía tiempo que el señor Masterson no estaba en pleno uso de sus facultades.

Renata era mi madre. Trabajó allí como ama de llaves principal durante más de doce años y tenía una estrecha relación con el señor Masterson, Gunther Masterson, prominente abogado de las estrellas. Yo le dejaba creer que era ella, su vieja amiga y confidente. Ahora sabía lo mucho que mi madre había significado para él. Sabía que me parecía a ella. No me importaba mantener vivo su recuerdo. Así que le seguí la corriente.

Resulta bastante curioso recordar la época en la que se me prohibió estrictamente entrar en esa casa; una chica morena y rebelde del otro lado del puente, que destacaba como un letrero de neón en un mar de perfectas debutantes rubias de Palm Beach; la chica que en su día se había ganado el afecto del querido hijo mayor de Ruth Masterson, heredero del legado Masterson, el hijo que la había desafiado para perseguirme.

Años después, las cosas en la mansión no podían ser más diferentes. Nunca imaginé lo mucho que llegaría a apreciar al señor Masterson.

Llamaron a la puerta justo cuando estaba a punto de ayudarlo a levantarse de la cama.

—Entre —dije.

Genevieve apareció y pronunció las palabras que cambiarían todo el curso del día.

—¿Señor Masterson? Su hijo Gavin acaba de llegar de Londres. —Me miró con preocupación—. No lo esperábamos, pero está abajo y subirá a verle en breve.

Se me cayó el alma a los pies.

«¿Qué?»

«¿Gavin?»

«¿Gavin está aquí?»

«No.»

«¡No! ¡No! ¡No!»

Genevieve sabía lo que eso significaba. Ella trabajaba allí cuando las cosas se torcieron entre Gavin y yo.

—Lo siento, Raven —susurró, lo bastante bajo como para que el señor Masterson no lo oyera.

Cuando volvió abajo, el pánico se apoderó de mí. «¡Se supone que está a un océano de distancia! Se supone que nos tiene que avisar si viene.»

No tuve oportunidad de prepararme. Antes de darme cuenta, me di la vuelta y me encontré con los sorprendidos ojos del único chico al que había amado y al que no veía desde hacía una década. Jamás imaginé que ese día, un miércoles cualquiera, sería el día en que él volvió.

1
Raven

Diez años antes

Mi madre se acercó a mí por detrás en la cocina.

—Un pequeño cambio de planes, Raven.

Dejé de limpiar la reluciente isla central de granito.

—¿Qué ocurre?

—Necesito que dejes de limpiar y vayas a hacer la compra. Los chicos vuelven hoy de Londres. Ruth nos lo acaba de comunicar.

Los chicos eran Gavin y Weldon Masterson, hijos de Ruth y Gunther Masterson, nuestros empleadores. Gavin tenía veintiún años y Weldon era tres o cuatro años más joven. No los conocía, porque mi madre nunca me había llevado al trabajo cuando era pequeña. Sin embargo, de vez en cuando hablaba de los chicos. Por lo que había oído, su regreso de Europa cada año era como la segunda venida de Cristo. Sabía que Gavin acababa de graduarse en Oxford y que Weldon asistía a un internado allí.

Mi madre llevaba más de diez años siendo el ama de llaves de los Masterson. Hacía poco habían decidido que necesitaban ayuda extra en los meses de verano, cuando los chicos estaban en casa, así que me consiguió trabajo como ayudante adicional a tiempo parcial esa temporada. A diferencia de muchas otras personas de la isla, los Masterson no eran aves migratorias que viajaban al norte en verano. Se quedaban allí todo el año.

Su mansión estaba justo al otro lado del puente de donde yo vivía en West Palm Beach, pero en realidad parecía un mundo aparte.

—¿A qué hora vienen? —pregunté.

—Al parecer acaban de aterrizar en el Palm Beach International.

«¡Genial!»

Me entregó un papel.

—Toma esta lista de la compra y vete a la tienda. No compres nada, bajo ningún concepto, que no sea ecológico o Ruth montará en cólera.

El viaje al supermercado me llevó más tiempo del que pretendía. Leer las etiquetas y asegurarme de que todo fuera ecológico era un incordio.

Cuando empecé a guardar la compra en la cocina, me di cuenta de que había alguien sentado en el rincón de la zona del desayuno junto a la ventana.

Lo reconocí por las fotos. Era el hijo menor, Weldon. Tenía el pelo rubio oscuro y rasgos delicados. Se parecía mucho a Ruth.

Se estaba zampando un tazón de cereales sin apartar la vista de su teléfono, al parecer ajeno por completo a mi presencia.

—Hola —dije—. Soy Raven. —Nada. Ni una palabra—. Hola —repetí. Nada.

«¿Soy invisible?»

No llevaba auriculares. Sabía que me había oído, pero ni siquiera había levantado la vista.

Farfullé en voz baja, segura de que no me oiría, ya que estaba tan absorto mirando su móvil.

—¡Ohhh, vale! Lo entiendo. Eres un imbécil egocéntrico al que no le gusta saludar a nadie que tenga menos dinero en el banco que tú. ¿Por qué no sigues comiendo como si yo no existiera? Bueno, que te den a ti también.

—Eso, ¡que le den! —oí decir a una voz profunda detrás de mí.

«¡Mierda!»

Me di la vuelta despacio y me encontré con un par de ojos azules que me miraban de forma hipnótica.

«El otro hermano. Gavin.»

Mostró una enorme sonrisa. A diferencia de Weldon, que parecía carecer de toda personalidad, Gavin Masterson desprendía encanto solo con su sonrisa. Además, era guapísimo. Sinceramente, parecía una estrella de cine, mucho más mayor que en las fotos de las paredes.

Se me cayó el alma a los pies.

—Esto...

—Está bien. No se lo diré a nadie. —Sonrió y miró a Weldon—. Pero que conste que se lo merece.

—Aun así... ha sido... inapropiado —repuse, tartamudeando— Yo...

—A mí me ha parecido genial. Necesitamos más gente por aquí que sea auténtica, que diga las cosas tal como son.

«Vaaaleee.»

—En serio, ¿cómo lo has oído? —pregunté—. Lo he dicho muy bajito. Ni siquiera estaba segura de haberlo dicho en voz alta.

Se señaló la oreja.

—Me han dicho que tengo muy buen oído. —Alargó la mano—. Soy Gavin.

Se la estreché.

—Lo sé.

Su mano era mucho más grande que la mía. Sus largos y masculinos dedos eran cálidos y eléctricos.

—Encantado de conocerte, Raven. —No le había dicho mi nombre.

—Sabes quién soy... —dije, sintiendo un escalofrío en la espalda.

—Por supuesto que sí. Tu madre habla de ti sin parar. Sabía que ahora estabas trabajando aquí. Te estaba buscando... para saludarte. Aunque casi te llamo «Chiquita».

—¿Chiquita?

Me estremecí cuando se acercó y me quitó una pequeña pegatina de la camisa. El leve contacto me puso la piel de gallina. Se la pegó en la parte superior de su mano. «Chiquita.» Plátanos Chiquita. Debía de haberse caído del racimo de plátanos que había comprado.

Sentí calor en la cara.

—¡Ah! —Tenía que estar sonrojada.

Volví a mirarlo. Gavin tenía el pelo más oscuro que Weldon, de un castaño medio, más largo por delante y despeinado. Parecía una versión más joven de su padre. Gavin era exactamente mi tipo: alto y fornido, con ojos expresivos y una sonrisa de infarto con un toque de picardía. Llevaba una chaqueta de cuero, lo que aumentaba su aire misterioso.

—¿No te has enterado de que aquí estamos a treinta y dos grados? Vas vestido como si aún estuvieras en Londres. Me da calor solo de verte.

«Vale, ¡qué mal ha sonado eso!»

—Ah, ¿sí?

«Se ha dado cuenta. ¡Vaya por Dios!»

—Bueno... —dijo—. Acabo de pasar del coche con aire acondicionado a la casa con aire acondicionado, así que todavía no lo he notado. Aunque soy muy consciente de que hace un calor de narices. —De repente, se quitó la chaqueta—. Pero como te da calor solo con verme, me la voy a quitar. —Se sacó la camiseta por la cabeza, dejando al descubierto un pecho lleno de músculos—. ¿Mejor?

Tragué saliva con fuerza.

—Sí.

Cruzó sus tonificados brazos.

—¿A qué universidad vas?

Levanté la vista.

—Me estoy tomando un tiempo libre. Fui al instituto Forest Hill en West Palm. Empezaré la universidad en otoño.

—Vale.

—En un par de años espero convalidar los créditos para entrar en una universidad más grande —añadí.

—Genial. ¿Y qué especialidad quieres hacer?

—Enfermería. ¿Y tú? ¿No te acabas de graduar?

—Sí. Un pregrado en Derecho —dijo.

—Así que, ¿irás a la Facultad de Derecho en otoño? —Asintió con la cabeza.

—A Yale.

Tosí, tratando de parecer indiferente.

—No es una mala elección.

—No entré en Harvard, así que habrá que conformarse con eso. —Puso los ojos en blanco, pero no de forma chulesca, sino más bien autocrítica.

—Vale. Yale, toda una concesión. Tus padres tienen que estar muy decepcionados.

Él se rio y sus ojos se demoraron en los míos. Solo me estaba mirando, pero de alguna manera lo sentí.

Desviamos la atención hacia Weldon, que se levantó y encaminó hacia nosotros. Dejó su cuenco sucio y manchado de cereales en el borde del fregadero mientras pasaba.

Cuando Weldon se dispuso a salir de la habitación, Gavin lo llamó.

—¿Qué estás haciendo?

—¿Qué quieres decir? —respondió.

«Por lo visto, puede oír.»

—Aclara tu puto plato y ponlo en el lavavajillas.

«Bueno, si no me gustaba ya Gavin...»

Weldon me miró por primera vez.

—¿Ella no está aquí para eso?

Apreté los labios y paseé la mirada entre ellos. Gavin no tuvo que decir nada. La expresión gélida de su rostro lo decía todo.

Por sorprendente que pareciera, Weldon siguió las instrucciones de Gavin sin discutir. Estaba claro quién era el hermano mayor.

Después de que Weldon se fuera enfadado, Gavin se volvió hacia mí.

—Se cree que es el puto príncipe Harry.

Me reí.

—Seguro que Harry habría metido su plato sucio en el lavavajillas sin que se lo pidieran.

—Tienes razón. Harry parece muy guay. Will, también.

—Hablando de la realeza, me imagino que es bastante guay vivir en Londres.

—Sí. Si tus padres van a enviarte a un internado, supongo que podrían haber elegido un lugar peor. Después de ir al instituto allí, no quería irme y por eso elegí la universidad de Oxford. Era mi excusa para quedarme en Inglaterra. Me encantaría volver a vivir allí algún día. Lo echaré de menos. Es todo lo contrario a Palm Beach, y lo digo en el mejor sentido posible. Allí casi todos los días está nublado, pero la gente no se copia entre sí.

—Puede que tenga que morderme la lengua para no decir nada al respecto.

—¡Oh! Pero es muy divertido cuando no te la muerdes —dijo con una chispa en los ojos—. Prefiero la sinceridad. No quiero ni imaginar lo que debes de pensar a veces cuando te vas a casa.

—Quizá de vez en cuando puede ser un poco violento, pero me siento afortunada de trabajar aquí. Es el lugar más bonito en el que jamás he estado. Sin duda es mejor que embolsar comida. —Miré a mi alrededor—. Hablando de comida... será mejor que termine de guardarlo todo.

Mientras yo llenaba de nuevo los armarios y la nevera, Gavin se quedó a mi lado. Intentó ayudarme. Agarró un paquete de harina de trigo integral y abrió varios armarios, buscando su lugar.

Me reí.

—No sabes dónde va cada cosa, ¿verdad?

—No tengo la más mínima idea.

—Te doy un sobresaliente por el esfuerzo.

Nos estábamos riendo, cuando Ruth Masterson entró en la cocina. Siempre sonaba música maligna en mi cabeza cuando ella entraba en una habitación, como cuando aparece la Bruja Mala del Oeste en *El Mago de Oz*. Sencillamente, no era muy simpática.

—Gavin, aquí estás. —Bajó la mirada hacia su pecho—. Haz el favor de ponerte una camiseta. Y ¿por qué tienes la harina en la mano?

—Estaba tratando de ayudar. —Gavin recogió su camiseta de la encimera y se la metió por la cabeza—. ¿Qué pasa, madre?

—Te necesito arriba —dijo, lanzándome primero una mirada a mí—. Te he encargado un esmoquin para la gala de esta noche. Tienes que probártelo por si acaso hay que hacer arreglos de última hora. No tenemos mucho tiempo. —Volvió a recorrerme con los ojos.

«Si las miradas mataran...»

—Enseguida voy.

Ella no se movió.

—Quería decir ya.

—Esto... De acuerdo. —Gavin, que parecía molesto, se volvió hacia mí—. Nos vemos luego, Raven.

Asentí con la cabeza, demasiado nerviosa para emitir un sonido al ver la forma en que su madre me miraba.

Ruth se quedó después de que Gavin saliera de la cocina. Su mirada era penetrante, sus ojos estaban llenos de algo que parecía asco mientras me miraba fijamente. No habló, pero entendí el mensaje.

«Aléjate de mi hijo.»

Aquella noche, después de que los Masterson se marcharan a su gala benéfica, eran cerca de las ocho de la tarde cuando mi madre y yo cruzamos el puente para dirigirnos a casa. El sol se ponía y las palmeras que se veían a lo lejos parecían bailar despacio al son de la brisa nocturna.

Con la excepción de algunos barrios que bordeaban el pie del puente, cerca del agua, West Palm Beach, donde yo vivía, era una zona residencial de clase trabajadora, lo opuesto a la opulenta y ostentosa Palm Beach. Las gigantescas mansiones enseguida daban paso a modestas casas de estuco de una sola planta.

Mientras miraba por la ventana a una mujer que patinaba por Flagler Drive, mi madre me sacó de mis pensamientos.

—Estaba tan ocupada preparando a todo el mundo para la gala, que no he visto si has podido conocer a los chicos.

—Los he conocido. Solo de pasada. Weldon es un idiota.

Mi madre se rio.

—Sí. Puede serlo. ¿Y Gavin?

Sentí que me ardían las mejillas.

«¿A qué viene eso? Cierra el pico, Raven. No tienes ninguna oportunidad.»

—En realidad Gavin es muy simpático.

Me miró.

—¿Eso es todo? ¿Muy simpático?

—Es... —Decidí ser sincera—. Es dulce... y está bueno.

—Es un chico muy guapo. Weldon también, pero no sueles notarlo tanto debido a su personalidad. Gavin es buena gente. Los conozco desde que eran pequeños y tu evaluación inicial es correcta en ambos casos. Es sorprendente que los niños puedan parecerse a padres diferentes. Gavin es igual que Gunther. Y Weldon... es el clon de Ruth.

Me estremecí al pensar en Ruth.

—Es una bruja. ¿Y qué pasa con ese collar de diamantes que lleva siempre? Es como si se levantara y se lo pusiera. El otro día la vi poniéndoselo en pijama.

—Es un Harry Winston. A Ruth le gusta alardear de su riqueza. Ese collar es su forma de resaltar por encima de todo el mundo.

—Es tan esnob... Y maleducada.

Sacudió la cabeza.

—Llevo años lidiando con esa mujer. La única razón por la que no me ha despedido es porque Gunther no la deja.

—¿Sabes? Me vio hablando con Gavin y me echó una mirada asesina.

—Bueno, créeme, no dejará que te acerques a él, si se sale con la suya.

—Ni que lo digas.

2
Raven

Cuando llegué a la casa al día siguiente, tenía mucho trabajo por delante. Los chicos de los Masterson estaban celebrando una fiesta en la piscina. «¡Mira qué bien!», había un grupo de preciosas chicas rubias con minúsculos bikinis alrededor de la gran piscina. Al principio, pensé que Gavin no estaba, pero luego me di cuenta de que estaba escondido detrás de un grupo de chicas que rodeaba su tumbona. Una de ellas, en particular, estaba pendiente de él.

No me gustó nada que eso me hiciera sentir un poco celosa. «Más te vale que superes eso enseguida.»

Ya era bastante malo que hubiera escuchado antes a esas chicas mientras se cambiaban en el baño, chismorreando sobre las proezas sexuales de Gavin, entre otras cosas que fingí no escuchar. Me las había arreglado para no salir afuera.

Entonces apareció mi madre.

—Raven, llévales estas toallas limpias y averigua si quieren tomar algo —dijo.

«¡Mierda!»

Salí a regañadientes. El sol caía a plomo sobre mí mientras el agua de la piscina me salpicaba los pies y me empapaba los zapatos. Intenté dejar las toallas en una de las tumbonas vacías para poder escapar de nuevo a la casa, pero entonces recordé que mi madre me había pedido que averiguara si querían algo.

Aunque éramos amas de llaves, nos encargábamos de todo, desde hacer la compra hasta servir a los huéspedes; de todo menos de limpiar culos. Por lo general no me importaba nada de eso, pero atender a las *amiguitas* de Gavin y de Weldon era lo último que me apetecía.

—¿Alguien quiere algo? —solté, con voz más alta de lo normal y una falsa expresión de amabilidad.

Aunque esperaba que nadie me oyera, ocurrió lo contrario. Empezaron a pedir, pisándose unos a otros, desde que fuera a Starbucks hasta que les trajera sándwiches. Era imposible llevar la cuenta de todo.

Gavin emergió por fin de debajo del harén que lo rodeaba.

—¡Basta! Es solo una persona. Elegid un sitio. —Al ver que nadie parecía decidirse, dijo—: Bien. Yo lo haré. Starbucks. —Le pasó el teléfono a la chica que estaba a su lado—. Escribe lo que quieras y pásalo. —Gavin alcanzó el teléfono después de que todos hubiesen anotado sus pedidos. Luego se puso una camiseta y asintió—. Vamos.

—¿Vas a venir conmigo? —pregunté mientras le seguía.

—Sí. No deberías tener que cargar tú con todas sus cosas. Trabajas para mis padres, no para ellos.

Gavin me llevó hasta un reluciente Mercedes negro aparcado en la puerta. Yo solía conducir el viejo Toyota Camry de mi madre para hacer los recados. Nunca me había montado en un coche tan bonito como el de Gavin. Desactivó la alarma del coche y nos montamos. Sentí el cuero del asiento caliente contra mi piel y el interior olía a la colonia amaderada de Gavin, embriagadora y excitante. Parecía un poco peligroso estar allí.

Me volví hacia él.

—No tenías por qué venir conmigo. Podía haberme ocupado yo.

—Necesitaba un descanso —dijo, abrochándose el cinturón de seguridad. A continuación, giró el contacto y arrancó más rápido de lo que yo esperaba.

—No me parecías estar sufriendo —le dije.

Gavin enarcó la ceja mientras me miraba.

—¿Por qué dices eso?

—Bueno, tenías un harén de chicas guapas a tu alrededor. ¿Qué tío no estaría feliz?

—Ser un imbécil rico tiene sus ventajas, pero las cosas no son siempre lo que parecen.

—Ah, ¿sí?

—Te pondré un ejemplo. ¿Has visto a la chica rubia que estaba a mi lado?

Me reí.

—Tendrás que ser más específico. Son todas idénticas.

—Ya, supongo que es cierto. En fin, ¿la del bikini verde que se ha pegado a mí como una lapa todo el rato?

—Ah, sí.

—Es mi exnovia del instituto.

—Vale...

—¿Y el chico que lleva unos pantalones cortos de color naranja?

—¿Sí?

—Ese es mi antiguo mejor amigo, su actual novio. Seguro que puedes atar cabos.

—¿Te puso los cuernos con él?

—No exactamente. Rompimos cuando me fui a Londres. Yo iba al instituto aquí antes de que mi madre decidiera que el internado era mejor opción. De todos modos, al volver a casa ese primer verano me los encontré juntos.

—¡Vaya mierda! Y ahora coquetea contigo delante de él. Qué hija de puta.

Se rio.

—¿Quién? ¿Él o ella?

—Los dos.

—Eres una malhablada, Raven. Me gustan las chicas que no tienen miedo de decir «hijo de puta».

—Se me ha escapado. Se merecen el uno al otro. ¿Por qué los invitas a venir?

—Nada de eso me molesta ya. Aquellos días parecen haber quedado atrás. He seguido adelante. Son personas con las que crecí. Los conozco desde que éramos niños y parece que no puedo deshacerme de ellos. Todos viven cerca y vienen sin que los invite.

—¿Y las otras chicas? ¿Sales con alguna de ellas?

Gavin titubeó.

—Me he enrollado con un par en el pasado.

—Parece que al mismo tiempo. —No pude evitar añadir.

—¿Por qué dices eso?

—Escuché sin querer una interesante conversación mientras tus amigas se cambiaban en el baño esta mañana. Estaban comparando notas y puede que mencionaran cierto trío.

«También mencionaron lo enorme que la tienes.»

Puso los ojos en blanco.

—Mira qué bien.

Se le pusieron las orejas un poco rojas. Me pareció interesante, porque no me daba la impresión de ser la clase de persona que se avergüenza de ese tipo de cosas, pero al parecer sí lo era.

—Ocurrió solo una vez. Fue una estupidez. Me había emborrachado un poco y...

—Ya. No hace falta que me lo expliques.

—De todos modos, ahora mismo no estoy con ninguna de ellas. Eso fue hace mucho tiempo, pero estaría bien que no se dedicaran a chismorrear ese tipo de cosas en casa de mis padres. —Parecía muy molesto.

—Te entiendo —dije.

Cuando llegamos al autoservicio, Gavin se volvió hacia mí y me preguntó:

—¿Tú qué quieres?

Sorprendida, negué con la cabeza.

—¡Oh! No debería...

—¿Qué quieres? —repitió.

—Un *macchiato* de caramelo grande.

Habló por el interfono.

—Un *macchiato* de caramelo grande y un café triple con hielo, por favor.

—¿Algo más? —preguntó la mujer.

—No, gracias.

—¿Y las bebidas de los demás?

—Pueden esperar. Primero vamos a tomarnos las nuestras en paz.

«¿Cómo?» Estaba resultando ser una escapada interesante.

La mujer le entregó las bebidas en la siguiente ventanilla y él me dio la mía antes de dirigirse al aparcamiento para buscar un lugar a la sombra en el que estacionar y poner el aire acondicionado a tope.

Bebí mi primer sorbo de aquel caliente y espumoso líquido.

—Gracias.

Apoyó la cabeza en el asiento.

—¡Ahhh! Esto es agradable.

—¿No te importa dejar colgados a tus amigos?

—No, para nada. Si tanto les apetece un café, pueden prepararse algo en la cocina.

Me reí.

—¿Cómo es que eres tan diferente a tu hermano?

—¡Oh! He oído que se le cayó a la niñera cuando era un bebé.

—¿De verdad?

—No. Es broma.

—Parece creíble. —Suspiré, mirando mi vaso—. Bueno, ha sido un agradable e inesperado descanso, pero seguro que a tu madre le daría un ataque si supiera que estás aquí conmigo.

—No tiene por qué enterarse.

No intentó restar importancia a cuál sería su reacción: la ira.

—Sí, no me cabe duda de que estaría acabada.

Gavin frunció el ceño y cambió de tema.

—¿Qué te gusta hacer para divertirte, Raven?

No tuve que pensar mucho mi respuesta.

—Jiu-jitsu.

Abrió los ojos como platos.

—¡Venga ya! Así que ¿podrías darme una paliza?

—Es posible. No me obligues y nunca tendrás que averiguarlo. —Le guiñé un ojo.

—¡Vaya, vaya! Cuéntame más. ¿Cómo te metiste en eso?

—Un buen día, hace un par de años, pasé por delante de un gimnasio, por la ventana, vi a una persona que inmovilizaba a otra. Pensé que podría ser divertido intentarlo. Así que me apunté a clase y el resto es historia.

En aquel momento, gran parte del dinero que ganaba lo destinaba a clases de artes marciales.

—¿Lo haces para protegerte?

Me encogí de hombros.

—Existe la errónea creencia de que la única razón por la que las chicas lo aprendemos es para defendernos. A ver, claro que esa es una de sus ventajas. No vivo en el mejor barrio y es estupendo saber que seré capaz de defenderme si ocurre algo, pero esa no es la razón principal por la que lo hago. Es... divertido. Es increíble lo que el cuerpo puede hacer, que sea capaz de estrangular a alguien con las piernas.

—¡Joder! Recuérdame que no me meta contigo. No te ofendas, pero eres bajita. Nunca habría imaginado que podrías inmovilizarme.

—Así es el jiu-jitsu. No es necesario que seas grande para ser un maestro. Puedo someter a gente que pesa casi el doble que yo.

A Gavin casi se le salieron los ojos de las órbitas.

—¡Joder! ¿Está mal que quiera que pruebes conmigo?

Me imaginé inmovilizándolo y sentándome a horcajadas sobre él. No sé por qué su mano me rodeaba el cuello en esa pequeña fantasía.

Tragué saliva mientras notaba que me sonrojaba.

—¿Y tú? ¿Qué haces para divertirte?

—No creo que pueda superar eso.

—¿Practicas algún deporte?

—Esgrima y *lacrosse.*

—La esgrima se considera un arte marcial, ¿no? —pregunté.

—Hay cierto debate al respecto. En ciertos aspectos lo es; la puntería, el uso de la cobertura y la ocultación. Pero, al mismo tiempo, es un deporte. Básicamente, trato de que no me ensarten. Es una buena forma de descargar mi frustración con Weldon.

—¡Vaya! Sí. —Me reí—. ¿Qué más hacías en Londres?

—Me gusta la improvisación.

—¿Es eso donde la gente se inventa cosas sobre la marcha?

—Sí. Exactamente.

—¿Vas a ver esos espectáculos?

—No. Me gusta hacerlo yo. Me gusta actuar.

—¿De verdad? Eso es genial. ¿Dónde?

—Había un club cerca de mi universidad. Convencí a los chicos que lo dirigían para que me dejaran actuar, a pesar de que era el más joven allí.

—Debe de ser muy difícil pensar a toda velocidad.

—Sí, pero eso es lo que lo hace divertido. Te sorprendería lo que tu mente es capaz de hacer bajo presión. Y en realidad no hay forma de hacerlo mal, porque cuando la cagas, es aún más divertido.

—¿Saben tus padres que te gusta eso?

—Lo he mencionado una o dos veces. A mi padre le pareció genial. Mi madre no tiene mucho sentido del humor para apreciarlo.

—Sí, ya lo veo.

Hablando de su madre..., por mucho que quisiera quedarme allí con él, me estaba poniendo un poco nerviosa por estar lejos de mi puesto en la casa. Mi madre también se preguntaría dónde estaba. Siempre me preocupaba la forma en que mis actos repercutirían en ella.

Aun así, nos quedamos charlando en su coche un rato más antes de que echara por fin un vistazo a mi teléfono.

—Creo que deberíamos irnos.

—¿De veras? Prefiero sentarme aquí y hablar contigo. Es estupendo tener una conversación real para variar, en lugar de escuchar lo mayor que tienes que ser para ponerte Botox o el mejor lugar de la isla para hacerte las uñas. —Exhaló un suspiro—. Pero supongo que debo llevarte de vuelta para que nadie se enfade contigo.

Gavin arrancó el coche y dio la vuelta al autoservicio para hacer el gran pedido de bebidas para sus amigos. Mientras hablaba por el altavoz, aproveché para contemplarle; sus grandes manos, con las venas marcadas, sujetando el volante. El grueso reloj que llevaba en la muñeca. Su espeso pelo, revuelto por el viento por haber estado todo el día al aire libre. Estaba más bronceado que el día anterior después de pasar la tarde al sol.

Tenía un rostro muy hermoso. Tal vez sea un término extraño para un hombre, pero era una palabra adecuada para describir a alguien que tenía las pestañas más largas que la mayoría de las mujeres y unos labios perfectos y carnosos que deseaba con todas mis fuerzas poder sentir contra los míos, aunque fuera una sola vez.

De repente se volvió hacia mí y yo aparté la mirada, preocupada porque me hubiera pillado mirándole, pero se limitó a darme un par de bandejas para que las sostuviera durante el trayecto de vuelta a la casa. Puse una tercera bandeja a mis pies. Los cubitos de hielo se agitaban en los vasos mientras él conducía a toda velocidad.

Pasamos por delante de todas las tiendas elegantes de la avenida Worth, en las que un artículo del escaparate costaba más que mi sueldo de un año, antes de desviarnos por la carretera secundaria que llevaba a la finca de los Masterson.

El calor me pegó una bofetada al salir; un fuerte contraste con el aire acondicionado del coche de Gavin.

Cuando regresamos a la zona de la piscina, sus amigos volvieron a pisarse unos a otros mientras hablaban. Una de las chicas estaba sentada en el regazo de Weldon. Mientras Gavin no estaba, al parecer habían optado por el segundo mejor partido. A Weldon no parecía importarle lo más mínimo.

—¿Por qué has tardado tanto? —preguntó la chica del bikini verde.

«¡Uf! Su exnovia. La odio.»

—Había mucha cola. —Me lanzó una mirada cómplice que me puso la piel de gallina.

No paré de asomarme a la piscina durante el resto de la tarde mientras trabajaba dentro de la casa. Me estremecía cada vez que veía a esas chicas revoloteando a su alrededor.

En un momento dado, Gavin se escapó del grupo, se quitó la camiseta y se zambulló en la piscina de forma perfecta. Podría haber presenciado eso una y otra vez. Fingí que limpiaba los cristales de las puertas francesas que daban al patio solo para poder observarlo.

Cuando Gavin salió por fin de la piscina y se echó el pelo mojado hacia atrás, parecía moverse a cámara lenta mientras yo me fijaba en los marcados músculos de su torso.

Como si sintiera que le observaba, miró en mi dirección. Me di la vuelta y fingí una vez más que estaba concentrada por completo en mi tarea.

Cuando volví la vista hacia él, seguía mirándome fijamente. Me dedicó esa sonrisa traviesa y yo se la devolví. Sentí que me ardía la cara.

Se acercó a la puerta y pegó la nariz contra ella antes de poner los ojos bizcos. Mientras me partía de risa, rocié un poco de limpiacristales y pasé el paño en círculos por el cristal tras el cual estaba su cara. Esbozó una amplia sonrisa, empañando el cristal con su aliento.

Puede que ese fuera el momento en que me di cuenta de que estaba bien jodida.

Esa noche, mi madre trabajaba hasta tarde. Ruth la necesitaba para servir la cena a unos amigos que habían invitado. Así que mi madre me dejó en casa y volvió a la mansión.

Como mi madre no iba a estar para cenar, mi amiga Marni trajo comida mexicana. Éramos amigas desde la infancia. Nos habíamos criado en la misma calle y teníamos mucho en común, ya que éramos hijas únicas de madres solteras que trabajaban en el sector servicios de Palm Beach. La madre de Marni, June, trabajaba en la hostelería.

—¿Qué tal el nuevo trabajo? —preguntó Marni, metiéndose un taco en la boca.

Le quité el papel de aluminio a mi burrito.

—Lo estoy disfrutando más de lo que pensaba.

—¡Qué mérito tienes! No me gustaría estar todo el día a disposición de un montón de ricachones maleducados. ¡Que les zurzan! Trabajaré en el centro comercial.

—No todos los ricos son imbéciles —argüí.

—Bueno, esa ha sido mi experiencia. Hace años que mi madre trabaja en Palm Beach y créeme si te digo que he oído suficientes historias como para llegar a esa conclusión.

—Bueno, no todos son malos. —Tenía la sensación de que me había puesto roja.

Marni entrecerró los ojos y examinó mi expresión.

—Hay algo que no me estás contando.

—¿Por qué lo dices?

—Tienes una expresión... Siempre pones esa cara cuando me ocultas algo.

Me limpié la boca.

—El hijo mayor de los Masterson es muy guapo... y también simpático.

Dejó escapar un largo y exagerado suspiro.

—Te compadezco si te estás enamorando de Gavin.

La mera mención de su nombre hizo que mi corazón se agitara.

—¿Conoces a Gavin? No lo sabía.

—Mi madre ha trabajado en algunas fiestas en su casa, así que sí. No es la primera vez que habla de esa familia. Los trabajadores del servicio se conocen todos. Intercambian historias y comparan notas sobre qué casa es la mejor para trabajar, quién es el jefe más cabrón, cosas así.

—Bueno, ¿qué dijo sobre Gavin?

Tragué saliva. «¡Por Dios! ¿De verdad me estoy poniendo nerviosa?»

—Nada en particular sobre él, pero al parecer la madre, Ruth, piensa que sus hijos van a dirigir el bufete de abogados de su padre algún día, que volverán cuando acaben los estudios, se instalarán en la isla y se casarán con una de Las Cinco Fabulosas.

Tuve la sensación de que estaba hablando en un idioma extranjero.

—¿Las Cinco Fabulosas?

—Hay cinco familias con hijas tan ricas como los Masterson: los Chancellor, los Wentworth, los Phillipson, los McCarthy y los Spillaine. Al parecer, Ruth hará lo que haga falta para asegurarse de que sus hijos acaben con una de las hijas. —Puso los ojos en blanco—. Dios no quiera que se eche a perder el pedigrí.

—¿De dónde has sacado esa información?

—Como he dicho, mi madre ha trabajado en algunas de sus fiestas. Todas esas mujeres se emborrachan y sueltan sus secretos, sin darse cuenta de que el personal está escuchando. Al parecer Ruth tiene un gran problema con el vodka.

—Bueno, sobria es una mala pécora. No me imagino cómo es borracha. —Suspiré—. Vale, ¿por qué me cuentas todo esto?

—Para advertirte. Ten cuidado. He visto tu cara cuando lo has mencionado y te brillaban los ojillos. Seguro que es muy cautivador y muy guapo, pero es imposible que salga algo de esto sin que tú acabes herida. No quiero que eso ocurra.

No me estaba diciendo nada que no supiera ya en el fondo. Gavin estaba muy fuera de mi alcance. Aun así, no pude evitar sentirme decepcionada por el baño de realidad.

—¿No te estás precipitando? —pregunté—. Solo lo he visto dos veces.

—Sí, lo sé. Solo estoy pensando en el futuro.

—Bueno, pues piensas demasiado. Puedo decir que alguien es simpático sin que signifique algo más.

—¿Estás diciendo que no querrías salir con Gavin si tuvieras la oportunidad?

—Digo que reconozco que él y yo venimos de mundos diferentes y que no pasa nada porque me parezca atractivo. Si saldría o no con él si tuviera la oportunidad es irrelevante.

Marni hizo una bola con el envoltorio de su taco.

—Déjame decirte algo sobre los ricos y los poderosos, Raven. Te tomarán el pelo y luego te tratarán de forma cruel. No tengo ninguna duda de que Gavin se siente atraído por ti. Estoy segura de que nunca ha visto una belleza natural como la tuya en la isla. Es verano. Está aburrido. Seguro que le pone coquetear con alguien como tú, que hace que se sienta poderoso. ¿Y si eso le molesta a su madre? Seguro que hasta es un extra añadido, pero al final, la gente que se ha criado como Gavin tiene su futuro trazado. Y ese futuro no incluye a la gente del otro lado del puente, como nosotras.

Sus palabras me deprimieron mucho.

—¡Por Dios! No debería haber sacado el tema.

—¡Ah, no! Me alegro de que lo hayas hecho. Porque siempre puedes contar conmigo para que te lleve de nuevo por el buen camino.

3
Gavin

—¿A dónde habéis ido antes Raven y tú, que habéis tardado tanto en volver con esas bebidas?

«¡Joder! ¿En serio?»

Weldon era un imbécil de primera. Si quería esa información, podría haberme preguntado antes. En lugar de eso, había elegido ese preciso momento en la mesa para poder ver a mi madre estallar como si fuera un espectáculo deportivo. Weldon vivía para causar problemas.

—¿Qué has dicho? —preguntó mi madre, con la vena del cuello bien abultada.

—No dice más que tonterías —repuse.

Mi madre entrecerró los ojos.

—Cuidadito con esa lengua.

Weldon se rio y continuó echándome a los lobos.

—¿Que solo digo tonterías? ¿Estuviste o no con ella durante casi una hora y media cuando el Starbucks está justo al final de la calle?

—¿Qué significa esto? —preguntó mi madre, con la cara enrojecida.

Me dirigí a ella.

—Raven vino esta tarde a la zona de la piscina para preguntarnos si queríamos tomar algo. Todo el mundo pidió lo que quería que le trajera de la cafetería y vi que iban a ser demasiadas cosas para que las llevara sola, así que me fui con ella. Así de simple.

—Aprovechó la oportunidad —dijo Weldon, echando más leña al fuego—. No veo que acompañes a Fred cuando va a recoger montones de ropa de la tintorería. ¿Qué diferencia había?

Intenté dar con una respuesta.

—Fred trabaja para nosotros. Nadie trabaja para los imbéciles que vienen aquí a pasar el rato en la piscina. Quería ayudar.

Eso era una chorrada, pero esperaba que mi madre se lo creyera. Solo había una razón por la que había querido acompañar a Raven a por las bebidas; desde el momento en que la conocí, no pude apartar los ojos de ella. Era preciosa, con su piel tersa, su rebelde cabello negro y sus llamativos ojos verdes. Pero, además, su personalidad sensata era un soplo de aire fresco. Me sentí atraído por ella en todos los sentidos. No podía recordar la última vez que una chica había captado mi atención de esa manera.

Weldon se rio.

—Sí, claro, no tiene nada que ver con su bonito par de...

—¡Weldon! —gritó mi padre.

Se rio.

—Lo siento. Solo digo lo que veo.

Mi padre se volvió hacia mi madre.

—En cualquier caso, ¿qué tiene de malo Raven?

Tengo que reconocer el mérito de mi padre. Debía de saber que esa era una pregunta capciosa. La expresión de mi madre se volvió más dura y supe que estaba acumulando munición en su cerebro.

Ella le miró con los ojos entrecerrados.

—No puedes hablar en serio.

«Ya empezamos.»

—No vuelvas a hacer una pregunta estúpida como esa o te verás durmiendo en el sofá, Gunther.

Mi padre levantó la voz.

—Esa chica es trabajadora y respetuosa, como su madre, que ha trabajado duro para esta familia durante más de una década.

—No tienen nada de malo —dijo mi madre—. Es bienvenida a trabajar aquí, siempre que no se le ocurra hacerse ilusiones con nuestro hijo.

—He sido yo quien se ha ofrecido a ir con ella a por los cafés —intervine—. No le he dado opción, así que ¿qué ilusiones se está haciendo?

Se volvió hacia mí.

—Bueno, déjame decirlo de otra manera. No te hagas ilusiones de salir con esa chica. No creas que no me di cuenta de que estabas merodeando a su alrededor en la cocina el día que volviste de Londres..., y sin camiseta, nada menos.

—Entonces, ¿no se me permite ser amable con nuestro personal?

—Creo que ya hemos hablado suficiente de esto —intervino mi padre con suavidad—. Estás haciendo una montaña de un grano de arena, Ruth. Ahora cómete la cena antes de que se enfríe.

Se produjeron varios segundos de silencio. Mi madre se puso a juguetear con el salmón de su plato. Mi padre me lanzó una mirada compasiva. Weldon me sonrió con suficiencia y tuve que contenerme para no arrastrarlo de su asiento y golpearle la cabeza contra la pared.

Mi madre dejó por fin el tenedor.

—Solo voy a decir una cosa más. —Me señaló con su dedo, de manicura perfecta—. Puede que no te des cuenta de lo fácil que es arruinarte la vida por una mala decisión, Gavin. A los veintiún años, no sabes lo que te conviene. Piensas con algo que no es el cerebro. Yo también fui joven y entiendo lo tonta que puede ser la gente de tu edad. Si haces algo que eche a perder lo que tanto trabajo nos ha costado a tu padre y a mí construir para ti, te aseguro que puedo ser mucho peor. Me encargaré de que no tengas nada. Tendrás que buscar la forma de pagarte la Facultad de Derecho. ¿Entiendes?

Toda esa conversación era ridícula. No había hecho nada en absoluto con Raven, excepto disfrutar de una de las mejores conversaciones que había mantenido en mucho tiempo. Mi madre había llevado aquello demasiado lejos. Me enfurecía que siempre me amenazara con el tema del dinero.

En muchos sentidos, deseaba ser un pobre de mierda para poder librarme de ese tipo de estupideces. Sus amenazas no me asustaban. Lo que sí me asustaba era que otras personas acabaran sufriendo por las consecuencias de mis actos. Sí, Raven me gustaba mucho. La invitaría a salir sin pensármelo dos veces si no creyera que mi madre haría de su vida un infierno.

Tenía que alejarme de Raven por su propio bien. Iba a ser un verano muy largo.

Por mucho que fuera un fastidio, me esforcé por mantener las distancias con Raven durante los días siguientes. No quería causarle problemas y sabía que mi madre la vigilaría a ella, y también a mí, como un halcón.

Me mantuve firme durante un tiempo, hasta que una tarde me enteré de que mi madre estaba en un almuerzo benéfico en el club. Estaría fuera por lo menos unas horas. Me dije que, si me encontraba con Raven durante ese tiempo, la saludaría. Después de todo, había pasado de ser simpático a ignorarla por completo. No quería que se lo tomara a mal, aunque no parecía el tipo de chica que se amargara por eso.

Pero, por supuesto, con mi madre fuera de casa, no había visto a Raven por ninguna parte. Cuando por fin salí a tomar un café, me di cuenta de que estaba agachada en la hierba, escarbando en la tierra.

«¡Mierda!»

Esos ajustados pantalones blancos de uniforme le hacían un buen culo.

¿Había estado aquí fuera todo el día? Con razón no la había visto.

Tenía los auriculares puestos y movía el culo al ritmo de la música mientras estaba a cuatro patas.

«¡Mierda!»

«¡Mierda!»

«¡Mierda!»

Tenía un trasero pequeño, pero bien redondeado. Su forma de moverse me hizo considerar la posibilidad de acomodarme la entrepierna. Tenía la sensación de que soñaría con ese culo más tarde, en la ducha.

Al final me acerqué y le di un golpecito en el hombro.

—Oye...

Sobresaltada, dio un brinco a la vez que se quitaba los auriculares.

—¡Ah! Hola.

—¿Qué estás escuchando?

—*I will survive*, la versión de Cake.

«¡Venga ya!»

—Me encanta esa canción —comenté.

—Tengo todo su álbum *Fashion nugget* descargado —dijo, abriéndose paso un poco más dentro de mi maldita alma.

—¿Te gusta el rock alternativo?

—Pues sí.

«¡Cómo no! Tiene que ser aún más genial de lo que pensaba.»

—A mí también.

Seguía esperando que algo me decepcionara para poder quitarme a esa chica de la cabeza.

—Bueno, ¿y qué haces en la tierra?

Era una pregunta tonta, teniendo en cuenta que resultaba evidente que estaba plantando flores.

—Atendiendo el jardín.

—Lo sé. Lo que pasa es que estoy sorprendido.

—¿Por qué te sorprende?

—Para empezar, tenemos jardinero.

—Al parecer, ha estado enfermo. Así que mi madre me ha pedido que echara una mano.

—¡Ah! Supongo que no estoy acostumbrado a las chicas que no tienen miedo de ensuciarse. Pero, ¿sabes qué?, ahora que lo mencionas, eso no debería sorprenderme de ti.

—Cuando creces sin un hombre cerca, aprendes a hacer prácticamente de todo, tanto dentro como fuera de casa. No tengo ningún problema en ensuciarme.

Se sonrojó. No podía decir si su última declaración había sido intencionadamente provocativa o no. Quería creer que sí lo era.

—¿Qué le pasó a tu padre? —Metí las manos en los bolsillos y pateé la hierba—. Siento si la pregunta es demasiado indiscreta.

Me miró durante un momento y sentí una oleada de excitación que no era precisamente apropiada, dado que acababa de hacerle una pregunta seria.

Raven se levantó y se sacudió la tierra de las manos.

—No pasa nada. Mi padre era violento. Mi madre lo dejó cuando yo era un bebé. Vive en Orlando.

—¿Alguna vez tienes noticias de él?

—Llama de vez en cuando, pero no lo veo. Sin embargo, hablo con mi abuela, su madre.

—¡Vaya mierda! Lo siento.

—Sí, pero por extraño que parezca, creo que no tener un padre cerca me ha hecho una persona más fuerte. No tener padre es mejor que tener un mal padre. —Se encogió de hombros—. Eso no significa que no me hubiera gustado tener un buen padre, un hombre honrado como el tuyo. Es un buen hombre. Mi madre siempre ha hablado muy bien de él.

—Lo es. Gracias.

—Sí. Tienes mucha suerte.

La brisa del mar agitaba su cabello. El color era tan oscuro que tenía reflejos azules cuando le daba el sol. Era espeso y bonito y tenía ganas de acariciarlo con las manos. Con su piel clara, me recordaba a una muñeca de porcelana, tan pequeña y... perfecta. «Porcelana.»

Pero la porcelana era frágil; mejor mirarla y no tocarla. Ya me entiendes.

Aun así, no podía dejar de mirarla. Tenía tierra en los pantalones blancos y no le importaba una mierda. Casi había olvidado que se suponía que iba a algún sitio.

«¡A la mierda!»

—Estaba a punto de ir a tomar un café. ¿Puedes tomarte un descanso y acompañarme?

«Di que sí.»

Miró a su alrededor.

—No creo que deba hacerlo.

«Traducción: mi madre.»

Fui directo al grano.

—Mi madre no volverá hasta dentro de unas horas. No se enterará.

Se mordió el labio inferior y deseé haber sido yo quien lo mordiera.

—Vale —dijo al fin—. Supongo que no pasa nada si es rápido.

—Genial.

Nos montamos en mi coche y nos dirigimos al mismo Starbucks que la última vez. Raven pidió el mismo *macchiato*. Esta vez yo también opté por pedirme uno para probarlo. Quería saber qué le gustaba, qué le hacía tilín; quería saberlo todo de ella.

De vuelta a casa, decidí parar en una cala escondida que solo unos pocos conocían.

—¿Por qué nos detenemos aquí? —preguntó Raven.

—Quiero enseñarte una cosa.

Después de aparcar y salir, me agarró la mano para mantener el equilibrio mientras bajábamos por las rocas hasta el mar.

Miró el agua.

—Esto es precioso. Jamás habría imaginado que esto estaba aquí.

—Ya. Está un poco escondido. Es mi rincón secreto cuando quiero estar solo. Siempre vengo aquí para pensar.

Sus ojos verdes brillaban bajo el sol.

—Es increíble. Buen descubrimiento.

Nos sentamos en unas rocas y vimos romper las olas.

—No te he visto mucho esta semana —dijo al final.

Aparté la vista, incapaz de mirarla y mentir.

—Ya... He estado ocupado.

—¿De veras? Creía que tu madre te había dicho que te mantuvieras alejado de mí.

«¡Mierda!»

—No he querido causarte problemas —admití—. Mi madre cree que puede controlar todos los aspectos de mi vida. No permitiré que lo haga. Ojos que no ven, corazón que no siente. No puede decirme con quién puedo y no puedo estar. Dicho esto, no quiero que os cause problemas ni a ti ni a tu madre. Esa es la razón por la que he mantenido las distancias. La única razón, Raven.

—No tenías que mentir. Puedo soportar la verdad. No me estás diciendo nada que no sepa ya.

—Siento no haber sido sincero. No lo volveré a hacer.

Me molestaba que supiera que me había mantenido alejado de ella adrede. No solo enviaba el mensaje equivocado, sino que me hacía parecer un puto cobarde, pero ese era el precio que tenía que pagar por intentar protegerla.

Seguí con la mirada a una bandada de gaviotas que nos había rodeado. Tenía muchas cosas en la cabeza y decidí desahogarme.

—Seguro que todo el mundo piensa que mi hermano y yo lo tenemos todo, pero me gustaría vivir mi vida sin que me digan lo que tengo que hacer, para variar. —Exhalé un largo suspiro—. Mi madre no se da cuenta de que al amenazarme solo consigue que quiera aún más hacer lo contrario.

Raven frunció el ceño.

—Así que, ¿has salido ahora mismo en un acto de rebeldía? ¿Porque no está en casa?

—No, no, no. No era eso lo que quería decir. Salgo contigo porque creo que eres genial.

—¿Por qué? ¿Por qué piensas eso?

«¿Cómo puedo responder a eso?»

—Las primeras impresiones lo son todo. Me conquistaste en el mismo momento en que llamaste imbécil egocéntrico a Weldon. Ahí supe que eras de las mías. —Conseguí hacerla reír—. En serio... —proseguí—, eres un soplo de aire fresco. A veces soy incapaz de soportar estar en casa. Resulta agobiante. La misma mierda de siempre. La misma gente intolerante. Mi madre pensaba que al enviarnos a Inglaterra nos alejaba de los problemas de aquí, pero estar en Londres en realidad me ha dado más libertad para darme cuenta de lo que hay ahí fuera. Si supiera la mitad de las cosas que he hecho, me habría obligado a volver a casa hace mucho tiempo.

Los ojos de Raven brillaban de curiosidad.

—¿Qué es lo que más le haría enfadar?

Supe la respuesta a esa pregunta casi de inmediato, pero no sabía si contárselo a Raven era una buena idea.

«¡Que le den!»

—Me acosté con una de mis profesoras.

Abrió los ojos como platos.

—¿Qué?

—Vale, antes de que flipes demasiado, debo señalar que ella tenía veinte años y yo dieciocho en ese momento.

—Sigue siendo una locura.

—Sí.

—¿Quién abordó a quién?

—Fue mutuo, pero técnicamente fue ella quien dio el primer paso en cuanto cumplí la mayoría de edad.

—¿Qué pasó al final?

—Lo dejamos después de unas cuantas veces. Al final se juntó con otro profesor. Nadie se enteró de lo nuestro. No lo sabe nadie..., excepto tú.

—¡Vaya, qué escabroso! Supongo que sintió que valía la pena perder un trabajo por ti. Impresionante.

—Sí. Deberías recordarlo. —Le guiñé un ojo. Ella se rio. Le brindé una sonrisa—. Estoy bromeando. Me lo has puesto a huevo. Tenía que hacerlo.

Nuestras miradas se cruzaron. La forma en que me miraba me hacía desear acercarla a mí y demostrarle lo mucho que valía la pena. Tenía una química diferente con esa chica que nunca antes había sentido. No estaba tratando de demostrar nada. Simplemente se mostraba tal y como era. Cuando me miraba a los ojos, sentía que veía cómo era yo de verdad. Y me encantaba cómo me hacía sentir eso.

—¿Y tú? —pregunté—. Acabo de contarte un secreto. Cuéntame algo sobre ti que no sepa mucha gente.

—No tengo nada tan emocionante.

—Tiene que haber algo.

Reflexionó un momento sobre mi pregunta.

—Bien. Hace un par de años creé un alter ego en internet y me hice pasar por una mujer mayor. Lo usé para relacionarme con hombres que eran lo bastante mayores como para ser mi padre. Y fue bastante peligroso. Mi madre lo descubrió y me prohibió entrar en la red durante seis meses.

«¡Mierda! Tiene un lado temerario.»

—¡Joder! Parece peligroso.

—Nunca tuve intención de conocer en persona a ninguno de ellos ni de dar mi información personal, pero supongo que disfrutaba viviendo a través de esa otra mujer.

«Ha conseguido intrigarme.»

—Todos necesitamos emociones a veces. La vida es explorar, siempre y cuando no se corra peligro, pero me alegro de que lo dejaras.

—Sí. Al volver la vista atrás me doy cuenta de lo peligroso y estúpido que fue. Porque nunca sabes hasta qué punto es seguro internet.

—Estoy de acuerdo. Fue peligroso, aunque he de confesar que pude ver ese lado de chica mala desde el momento en que te conocí; estoy seguro de que forma parte de lo que me atrae de ti. No es tanto que seas mala, sino que eres una chica buena que quiere ser mala. Aunque podría estar totalmente equivocado.

Sonrió de forma pícara.

—No vas muy desencaminado.

«¡Joder, sí! ¡Lo sabía!»

—Bueno, mi madre achacó mi comportamiento de entonces a que ella trabajaba demasiado y me dejaba sola mucho tiempo —repuso—. No entiende que es probable que hubiera ocurrido de todas formas. Los padres creen que pueden controlarlo todo, pero si alguien quiere experimentar, lo hará.

—Estoy de acuerdo.

«Y me gustaría experimentar contigo. Me encantaría de verdad.»

Pasó la mano por la arena.

—Pero se acabaron los descabellados alter egos para mí.

—Bien.

—Solo la línea de sexo telefónico.

—¿Qué has dicho?

—¡Estoy bromeando! —Se rio—. Pero la cara que has puesto no tiene precio.

—¡Mierda! Estaba a punto de pedirte el número. Ya me había planteado todo el fin de semana. ¡Qué desilusión!

Ella se rio y se terminó su *macchiato.*

—Bueno, ahora que hemos confesado nuestros secretos más oscuros, creo que es hora de que me lleves de vuelta.

—¿Cinco minutos más?

Ella dudó.

—De acuerdo.

—Ahora siento esa presión de hablar de todo lo que pueda en el poco tiempo que nos queda.

Raven soltó una risita.

—Entonces, pregúntame alguna cosa.

Quería saberlo todo sobre ella. Absolutamente todo.

—¿Cuál es tu lugar favorito del mundo?

—No he estado en muchos lugares aparte de Florida.

«Muy bien, Gavin. No todo el mundo tiene los recursos económicos para viajar, idiota.»

Pero entonces sonrió.

—Mi lugar favorito es probablemente un pequeño complejo turístico a unas cinco horas al norte, en San Agustín. Cuando era pequeña no teníamos mucho dinero, pero mi madre ahorraba todo el año y siempre nos quedábamos en ese lugar cuatro días en temporada baja. Lo llamaban *resort,* pero parece un motel. —Se rio—. No me malinterpretes, por lo que costaba, estaba bien. Tenía piscina y un campo de minigolf y estaba cerca de la playa. No era gran cosa, pero eran nuestras vacaciones, nuestra escapada de la realidad durante unos días. Llegamos a conocer a los propietarios y cada año nos esperaban. No estaba tan lejos de casa, pero yo fingía que sí. Y no importaba; parecía separarnos un mundo de nuestros problemas. Hicimos ese viaje hasta que tuve unos quince años. Lo esperaba con ilusión todo el año.

—¿Por qué dejasteis de ir?

Se encogió de hombros.

—Me hice mayor, empecé a trabajar. Supongo que la vida se interpuso, pero lo echo de menos.

Estaba claro que ese pequeño motel le había hecho muy feliz. Quería subirme a mi coche y llevarla allí ahora mismo. En mi cabeza comenzó a tomar forma una imagen... Nos refugiamos en ese lugar durante días, lejos de todo lo demás.

Raven se volvió hacia mí.

—¿Y tú?

—¿Hum? —dije, inmerso aún en mi fantasía.

—¿Cuál es tu lugar favorito del mundo entero?

Me tomé un segundo para responder.

—La orilla sur en Londres... Observar a la gente junto al río ocupa el segundo puesto, muy cerca de este preciso lugar. Este es mi lugar favorito.

«Sobre todo en este momento.»

—¿Este? ¿En serio? ¿Del mundo entero?

—Viajar está sobrevalorado. Los mejores lugares son aquellos en los que encuentras la paz.

—Sí. Es lógico. —Esbozó una sonrisa.

Esa sonrisa provocó cosas en mí. Alguien tendría que darme de bofetadas para sacarme del embelesamiento.

Bajé la mirada a sus ajustados pantalones blancos, cubiertos de manchas de tierra. Aunque estaba muy sexi tuve que preguntar.

—¿Por qué narices insiste mi madre en que el personal vaya vestido de blanco de pies a cabeza?

—Eso tendrás que preguntárselo a ella, aunque me gusta considerar que estoy haciendo prácticas para mi futura carrera de enfermería.

—Supongo que es una forma de verlo. Me asusta un poco. Es como si todos formaran parte de una secta. —Me reí.

—Me pregunto qué haría si me presentara de negro. Me rechazaría. —Chasqueó los dedos en tono de broma—. ¡Oh! Espera...

Excepto que ahora no me reía. Me sentí fatal porque ella supiera exactamente lo que mi madre sentía por ella.

—Siento que sea una bruja, Raven.

—Tú no tienes la culpa. —Miró hacia el océano y luego se apresuró a cambiar de tema—. Debes de estar emocionado por ir a Connecticut en otoño.

—En este momento, gracias a ti no tengo ninguna prisa por dejar esta playa, y mucho menos Palm Beach.

Raven se sonrojó.

—Eres gracioso.

—Y tú muy hermosa. —«Se me escapó»—. Lo siento si he sido demasiado atrevido, pero es la verdad —aseveré.

—No lo has sido. —Se sonrojó—. Gracias.

—¿Tienes novio?

Se retiró un mechón de pelo detrás de la oreja.

—No.

—Quiero invitarte a salir.

Ella bajó la mirada a su vaso vacío.

—Me parece que no.

«¡Ay!»

—¿Puedo preguntar por qué?

—No es que no me interese, pero... te vas en otoño, así que no creo que tenga sentido empezar nada. Además, está el problema principal que es tu madre. No creo que sea una buena idea.

—Lo pillo. —Asentí con la cabeza—. Lo entiendo.

«¡Vaya mierda!» No estaba acostumbrado al rechazo. No podía recordar la última vez que una chica me había dicho que no. Juro por Dios que se me puso dura. ¿Qué tenía la persecución que resultaba tan excitante? Tenía que encontrar otra manera...

—Entonces, ¿podemos salir como amigos?

Ella sonrió con escepticismo.

—¿Amigos?

—Hay un club de improvisación cerca de donde vives. Quería ir a verlo este fin de semana. ¿Te gustaría acompañarme?

—Así que quieres aventurarte al otro lado del puente, ¿eh? —bromeó ella—. ¿Qué pensaría mamá?

—¿Vienes conmigo, listilla?

—En serio, ¿y si tu madre se entera?

—No lo hará. En realidad, no me pregunta a dónde voy. Simplemente le diré que voy a ver a un amigo. Y como me has rechazado, no será mentira, ¿verdad?

Raven parpadeó un rato antes de responder por fin.

—Vale, sí.

Se me aceleró el corazón.

—¿Sí?

—Sí..., iré al club de improvisación como amigos —aclaró.

—Genial.

«¡Dios mío!» Me moría de ganas de saborear sus labios. Los tenía rojos de forma natural. Ni siquiera llevaba pintalabios. Esto de los «amigos» iba a ser doloroso, pero lo aceptaría.

Mis cinco minutos expiraron. Volvimos a la casa y ella regresó al jardín. Le apunté mi número en su teléfono móvil y me envié un mensaje de texto para tener el suyo.

—¿Te viene bien el sábado por la noche?

Levantó la vista para pensar un momento.

—Sí —respondió—. Me viene bien.

—¿Te recojo en tu casa?

—En realidad, prefiero que mi madre no lo sepa. Así que, si te parece bien, nos vemos allí.

—Como prefieras.

Iba a tener que esperar hasta el sábado para volver a estar un rato con ella. Sabía que mi madre estaría por aquí el resto de la semana, lo que hacía imposible interactuar con Raven. Eso me desanimaba.

Aunque tenía que irme y dejarla trabajar, me quedé mirándome los zapatos. Era un completo adicto.

—Sé que no puedo hablar contigo mientras trabajas, porque no quiero causarte problemas, pero me niego a que vuelvan a pasar días sin que nos comuniquemos. ¿Puedes enviar mensajes de texto mientras estás en el trabajo?

Ella frunció el ceño.

—No. El personal no está autorizado a utilizar los teléfonos durante las horas de trabajo a menos que salgamos de casa a hacer un recado. No suelo llevar el mío encima. Hoy lo llevo a escondidas porque sabía que tu madre estaba fuera. Por lo general tenemos que guardar los teléfonos en el cajón de la cocina.

«¡Qué deprimente!»

Traté de pensar en otra forma diferente mientras me rascaba la barbilla.

—Bien, esto es lo que vamos a hacer. Si no podemos hablar o enviar mensajes de texto, me comunicaré contigo de otra manera.

—¿Por telepatía? —Se rio.

—No.

—Entonces, ¿cómo?

—Si me oyes poner música en alto, escucha. Sabrás que es para ti.

—¡Oh, Dios mío! —Se sonrojó—. Estás loco.

—Tal vez. —Le guiñé un ojo.

Volví a entrar en la casa sintiéndome exultante. Mis expectativas no habían recibido el mensaje de que la noche del sábado era solo una salida de «amigos» y no una cita. La sangre corría a toda velocidad por mis venas. Me sentía como si pudiera correr una maratón. Tal vez necesitaba hacer algunos largos en la piscina, darme una ducha fría..., lo que fuera. No recordaba la última vez que alguna cosa me había producido semejante ilusión.

Nunca.

Nunca había sentido esto por una chica. Teniendo en cuenta la situación, era una auténtica putada.

Esa misma tarde, después de que mi madre volviera del club, estaba en mi habitación cuando la oí regañar a Raven por una estupidez. Había colocado algo en el armario equivocado; las toallas de mano donde debían ir las de baño o algo así. En fin, fue una tontería y la reacción de mi madre estuvo del todo fuera de lugar.

Saqué mi iPod y me puse a buscar una canción para la ocasión. Descargué una con el mensaje que quería transmitir.

Mientras ponía *Evil woman* de la Electric Light Orchestra a todo volumen en el altavoz de mi habitación, me pregunté cuánto tiempo pasaría antes de que Raven lo oyera. Si mi madre se percataba primero, que así fuera.

4

Raven

—No puedo creer que esté colaborando con esto —dijo Marni mientras recorríamos Military Trail.

Al final tuve que contarle lo de mi «no cita» con Gavin porque necesitaba que me llevara al club de improvisación. Sin embargo, no se creía lo que yo intentaba que creyera. La verdad es que me entró el pánico cuando Gavin me invitó a salir. Después de nuestra charla junto al agua, me había dado cuenta de lo rápido que podía enamorarme de él y de lo peligroso que era. Estaba por ver si de verdad podíamos ser solo amigos. El verano era largo.

—¿Esperas que crea que Gavin no tiene expectativas? ¿Por qué un chico así, que podría tener a cualquier chica que quisiera, pasaría un sábado por la noche en una cita platónica? Es puro cuento.

—A lo mejor solo quiere pasar el rato conmigo. No lo sé. Parece que piensa que tengo los pies en la tierra.

—Cree que estás dispuesta a follar.

Eso me hizo reír, aunque en realidad no tenía gracia. No tuve tiempo de seguir discutiendo con ella, porque cuando entramos en el aparcamiento, Gavin estaba apoyado en su coche.

—Hola, Gavin —dije mientras me bajaba del Kia de Marni.

Las mariposas se arremolinaron en mi estómago al ver lo guapo que estaba. Esa noche hacía más frío, así que se había puesto la chaqueta de cuero negra que llevaba cuando le conocí. Parecía el londinense sexi que era.

Se asomó a la ventanilla abierta del coche para ofrecerle la mano a Marni.

—Soy Gavin, y tú...

—Te estoy vigilando.

Apartó la mano.

—Muy bien.

Marni salió disparada como un murciélago del infierno, dejando a su paso una estela de humo del tubo de escape.

—¿Te importa decirme por qué tu amiga quiere matarme?

«¡Dios, qué embarazoso!»

—Lo que pasa es que es... escéptica.

—¿Estás segura de que no le gustas tú?

Marni no había salido del armario, pero tampoco hablaba de chicos.

—No le gusto de esa forma.

Él ladeó una ceja.

—¿Seguro?

—¡Es una de mis amigas más antiguas! Cree que estás jugando conmigo, que finges salir conmigo como amigos solo para meterte en mis bragas porque crees que soy una chica fácil del otro lado del puente.

—¡Vale! En primer lugar..., si alguna vez me meto en tus bragas, será porque tú me dejes hacerlo. Así que no sería una calle de un solo sentido. Si no quieres que pase nada, no pasará. Dijiste que querías que fuéramos amigos y eso es lo que somos.

—Siento que haya sido grosera.

—Puedo soportarlo. Es que me mosquea que sea tan negativa, pero estoy dispuesto a demostrar que se equivoca. —Se dirigió a la puerta—. ¿Entramos?

Me obligué a esbozar una sonrisa.

—Sí.

El club estaba oscuro y abarrotado, con pequeñas mesas bajas dispersas y un escenario con un foco. El escenario estaba vacío, excepto por un cartel en el que ponía: «Noche de micrófono abierto».

—¿Qué significa la «noche de micrófono abierto»? —pregunté.

—Significa que todo el que quiera puede hacer una improvisación. Nos he inscrito.

«¿Nos ha inscrito?»

—Espera. ¿Qué? Pensaba que íbamos a ver un espectáculo.

—No. Vamos a actuar. Juntos.

Una ráfaga de pánico me recorrió.

—¿Qué? No, no puedo...

—Claro que puedes.

—No. ¡No puedo! La cagaré. Me quedaré paralizada. Nunca antes he hecho nada ni remotamente parecido.

—Da igual que la cagues. De hecho, a veces hace que resulte más divertido. Y aunque la cagues, alguien vendrá a salvarte. Al público le gusta que la gente meta la pata. Les gusta intervenir y cambiar el rumbo de la obra.

Me sudaban las palmas de las manos.

—No puedo creer que consienta que me hagas esto.

—Bueno, eso es algo que espero volver a escuchar algún día. —Se rio—. ¡Oh, Dios mío! Tu cara. Solo estoy bromeando, Raven. Ahora estás pensando que deberías haberle hecho caso a Marni.

—Gavin... —Exhalé un suspiro—. Eres de lo que no hay. ¿Lo sabes?

Me guiñó un ojo.

—No tienes ni idea.

Durante la siguiente media hora, vimos un par de actuaciones. La gente era realmente buena y eso solo me puso más nerviosa. Sabía que al final la decisión era mía, pero a pesar de mis nervios, no quería echarme atrás. Solo esperaba que la ansiedad no me matara.

Cuando dijeron nuestros nombres, Gavin meneó las cejas.

—Hora del espectáculo. —Me agarró la mano.

Se me hizo un nudo en el estómago y me temblaban las rodillas cuando subimos al escenario. El público aplaudió. La iluminación dificultaba ver sus rostros, cosa que agradecí.

Gavin pilló un micrófono y me dio otro a mí. Entonces empezó. Me tendió la mano.

Gavin: Hola, soy Tom.

Nos estrechamos la mano.

«¡Oh, Dios! Invéntate un nombre.»

Raven: Soy... Lola.

Gavin: ¿Nos conocemos?

Raven: Hum, eso espero. Soy tu mujer.

Gavin: ¡Ay, joder! Es verdad. Lo siento. No te había reconocido con toda esa mierda verde en la cara.

Me dejó sin palabras.

Raven: No tengo nada en la cara. Es solo mi piel.

El público se rio.

A mí no me pareció tan divertido, pero quizá era así como funcionaba. Por algún motivo todo era gracioso porque era un gran desastre.

Gavin: ¿Me he casado con el Grinch?

Raven: ¡Eso parece!

Gavin: Estoy muy incómodo ahora mismo.

Raven: ¿Te pongo nerviosa?

Gavin: En realidad, no eres tú. Tengo... gases.

Más risas.

Raven: ¡Qué sexi! Cuéntame más.

Gavin: ¿Tienes algo que pueda tomar?

Raven: No. Tendrás que ir a la tienda.

Gavin: De acuerdo. Vuelvo enseguida.

Gavin fingió que se iba y luego regresó.

Gavin: ¡Cariño, he vuelto!

Raven: ¿Has tenido suerte?

Gavin: Te he traído fresas cubiertas de chocolate. Porque nos estábamos peleando. Creo que deberíamos hacer las paces.

Raven: ¡No nos estábamos peleando! Tenías gases.

Gavin: ¡Oh! Debo de haberlo olvidado. De todos modos, ¡pruébalas!

Simulé que tomaba una fresa y me la metía en la boca. Luego tuve la brillante idea de actuar como si me estuviera atragantando.

Raven: ¡Oh, Dios mío! ¡Qué malas! ¿Qué les has puesto?

Gavin: Vale, ¿prometes no enfadarte?

Raven: ¿Qué has hecho?

Gavin: No es chocolate.

El público prorrumpió en carcajadas.

Raven: ¿Es caca?

Gavin: No, no es caca.

Raven: Pues, ¿qué es?

Gavin: No me acuerdo qué me ha dicho el hombre que llevaba, pero se supone que es un afrodisíaco.

Raven: ¿Te has ido a por Gas-X y has vuelto con unas fresas que saben a mierda y que al parecer son afrodisíacas? ¿Por qué?

Gavin: ¿De verdad quieres saberlo?

Raven: Sí.

Gavin: Es porque estoy cachondo. Y estoy bastante seguro de que este periodo de sequía es la única razón no solo de mis gases, sino del resto de nuestros problemas, incluida tu piel verde.

Raven: ¡Mi piel no tiene nada de malo!

Gavin: Estoy seguro de que Shrek estaría de acuerdo.

Decidí ponerme a croar como las ranas.

Gavin: ¡Bueno, esto lo explica todo! ¿Eres una rana?

Raven: No. Acabo de tragarme una.

Gavin: Al menos te tragas algo. ¿Por eso no quieres acostarte conmigo? ¿Te lo has estado montando con ranas?

Raven: No, lo que pasa es que ya no me atraes.

Más croar de rana.

Gavin: ¿Hay otro?

Raven: Ahora eres tú quien se está poniendo verde. Deben de ser los celos.

Se miró los brazos.

Gavin: ¡Mierda! Es verdad. ¿Qué me has hecho?

La ridícula representación duró unos quince minutos, pero a medida que me metía en el papel, era consciente de que Gavin me cubría las espaldas, que me salvaría si me quedaba en blanco. Por suerte, no tuvo que hacerlo.

Después de nuestra actuación, nos quedamos a ver algunas otras antes de que decidiéramos irnos.

La fresca brisa nocturna me agitó el cabello mientras salíamos del club. La adrenalina aún corría por mis venas.

—¡Ha sido genial!

—¿Lo ves? Ya te lo había dicho.

—No recuerdo la última vez que me divertí tanto.

—Tienes un talento natural.

—Seguro que se lo dices a todas las chicas que llevas a la improvisación —le dije, dándole un pequeño empujón con el brazo.

—En realidad, nunca había traído a nadie antes.

Me detuve delante de su coche.

—¿De verdad?

—Sí. Únicamente he actuado solo, con desconocidos.

—Bueno, me alegro de que me hayas desvirgado en el escenario. —Él se dispuso a abrir la boca—. No te atrevas a convertirlo en una insinuación, Masterson.

—¡Qué bien me conoces...!

—¿Que tienes una mente sucia? Sí. También eres bastante divertido. Lo reconozco.

—Divertido. Vale. Me quedo con eso. ¿Algo más?

Quería decir increíblemente guapo y encantador... Sexi. En lugar de eso, le guiñé un ojo.

—Eso es todo por ahora.

Gavin sacó las llaves.

—Déjame llevarte a casa.

—Le he dicho a Marni que la llamaría para que me llevara.

—¿Vas a hacer que me enfrente a ella de nuevo? Puede que no sobreviva una segunda vez.

Eso me hizo reír. Marni había sido dura con él.

Gavin abrió el coche.

—Vamos. Te llevaré directamente a casa. Sin desvíos.

Supuse que no había nada de malo en dejar que me llevara.

—De acuerdo.

Se acercó y me abrió la puerta del pasajero. El familiar olor de su coche, a cuero mezclado con su colonia, resultaba tan excitante como siempre.

Cuando empezó a conducir, me miró.

—Sé que he dicho sin desvíos, pero...

—Pero... —Me reí.

—El Steak 'n Shake está justo al final de la calle y no te he dado de comer esta noche. Me imagino que los humildes gustos del Steak 'n Shake son una buena manera de contrarrestar la impresión de niño rico y privilegiado que Marni tiene de mí. También preparan mis batidos favoritos. Todos salimos ganando.

Mi estómago gruñó.

—Me apetece un batido.

—¿Sí? Pues entonces vamos.

Cuando llegamos al autoservicio, pedimos cada uno una hamburguesa, patatas fritas y un batido antes de engullir la comida en un cómodo silencio estacionados en el aparcamiento.

—¿A quién le mandas mensajes? —preguntó cuando se dio cuenta de que estaba escribiendo en mi teléfono.

—Tenía que avisar a Marni de que me llevabas tú a casa.

—¿Qué te ha dicho?

—No estoy segura de que quieras saberlo.

—Enséñamelo. Tan malo no puede ser.

Sin saber qué sería peor, si dejar que lo viera o no, le entregué el teléfono a regañadientes.

Marni: Es un lobo con piel de cordero. No digas que no te lo advertí.

La sonrisa de Gavin se convirtió en una expresión ceñuda.

—Su amor por mí no tiene límites. Me conmueve. —Sacudió la cabeza—. ¡Vaya!

—Tiene un montón de ideas preconcebidas fruto de años de escuchar las historias de su descontenta madre sobre el trabajo en Palm Beach. No la creo, por cierto.

—Bien, pero dime por qué.

—Porque baso mis opiniones en hechos, no en suposiciones. Y tú no me has dado ninguna razón para no confiar en ti. Has sido sincero conmigo, o al menos eso creo.

—Hay una cosa en la que he falseado la verdad.

—¿Cuál?

—Te he dicho que mi madre no se enteraría de esto y lo cierto es que no puedo garantizarlo, sobre todo con el entrometido de mi hermano cerca. Puedo intentar por todos los medios ocultarle las cosas, pero esa mujer consigue lo que quiere. Así que esta noche conlleva cierto riesgo. Técnicamente estoy haciendo peligrar tu trabajo si mi madre se acaba enterando. Estar aquí contigo ahora mismo es en realidad egoísta y desconsiderado por mi parte. Pero no puedo evitar querer estar cerca de ti, y pasar esta noche contigo solo lo ha agravado.

¿Cómo podría enfadarme por eso?

—¿Qué otras verdades has falseado?

—Ahora mismo estoy fingiendo que me parece bien ser tu amigo, cuando lo que en realidad quiero es saborear tus labios.

Tragué saliva. No era el único. Llevaba toda la noche mirando la deliciosa boca de Gavin, deseando poder sentirla contra la mía.

—Creo que eres increíblemente hermosa, hasta tal punto que se me acelera el pulso cada vez que te miro —añadió—. Todo en ti es diferente en el buen sentido. Eres auténtica de verdad y me encanta estar cerca de ti.

—Estás encaprichado conmigo porque soy diferente —dije, casi sin poder respirar—. Se te pasará.

—No sé cómo puedes saber eso.

Aunque me encantaba estar cerca de él, me puse en plan autoprotector.

—No quiero ser la aventura de verano de nadie. No creo que vayas a hacerme daño a propósito, pero creo que en estos momentos te estás divirtiendo con la idea que tienes de mí.

—Si crees que eso es todo, ¿por qué has aceptado salir conmigo esta noche?

Esa era una muy buena pregunta. Solo había una respuesta.

—Porque en cierto modo yo tampoco puedo evitarlo. Seguramente siento tanta curiosidad por ti como tú por mí.

—Vale, sabemos que somos malos el uno para el otro o, más bien, que yo soy malo para ti, pero aun así... queremos estar cerca el uno del otro. Entonces, ¿por qué molestarse en tratar de impedirlo?

No quería impedirlo. Y eso me asustaba mucho. En lugar de responder, hice oídos sordos.

—Creo que deberías llevarme a casa.

—Estás cambiando de tema. Vale. Lo tomaré como que estás de acuerdo en que tengo razón.

Arrancó el coche y salió disparado por la carretera. Después de girar en mi calle, señalé hacia mi casa.

—Es esta de aquí.

—Lo sé.

—¿Cómo lo sabes? —pregunté, sorprendida.

—Lo he visto en Google Earth.

—¡Qué espeluznante!

—Busqué tu dirección en la guía de mi padre.

—¿Querías ver lo mal que viven los del otro lado?

—No. En absoluto. Solo tenía curiosidad. No en el mal sentido. —Después de aparcar frente a mi casa, miró por la ventana hacia nuestra modesta vivienda—. Es... bonita.

—Eres un mentiroso de mierda.

—¿Qué quieres que te diga? ¿Bonita mancha de óxido en el lateral de la casa?

—¡Por lo menos sería la verdad!

—No creo que esté mal del todo. Es una casa bonita.

Miré hacia la puerta principal, con cierto nerviosismo.

—Será mejor que me vaya antes de que mi madre se fije en el coche.

—¿De verdad crees que Renata se enfadaría porque estés conmigo? ¿O es por mi madre?

—Es por Ruth. A mi madre le caes muy bien. No tiene nada que ver con sus sentimientos hacia ti.

—Vale. Estupendo. Eso habría sido una mierda.

Me froté las manos, sin saber muy bien qué hacer con ellas.

—Bueno..., gracias de nuevo por una noche tan divertida.

Gavin se limitó a mirarme y a clavar sus ojos en mis labios. Entre esa mirada y su penetrante aroma, estaba muy excitada. Lo último que quería hacer era irme. Quería saborearlo.

—No me mires así —le dije, aunque me encantaba su forma de mirarme.

—Así, ¿cómo?

—Como si quisieras... comerme o algo parecido.

—Es que quiero hacerlo. Con desesperación. —Esbozó una sonrisa torcida y se encogió de hombros—. Oye, has dicho que querías sinceridad.

Los músculos entre mis piernas se encogieron.

—Eres muy malo.

—Sin embargo, creo que te gusta eso de mí.

—¿Por qué lo dices?

—Porque todavía estás aquí. Podrías haber salido corriendo del coche, pero no quieres irte. Lo noto. Tienes miedo, pero no quieres irte.

Me asió la mano y entrelazó sus largos dedos con los míos. Mi mano parecía tan pequeña dentro de la suya... Era un chico grande.

Me frotó la mano de forma suave con el pulgar. De alguna manera lo sentí en todo mi cuerpo.

—Quiero besarte —confesó después de estar en silencio durante varios segundos.

La tensión en su voz y la mirada confusa en sus ojos me dijeron que lo decía en serio.

Yo también lo deseaba, pero sabía que el momento en que mis labios tocaran los suyos marcaría el comienzo de un inevitable desamor.

—Tengo que irme —susurré.

Aun así, no me moví. Sentí una atracción invisible entre nosotros o tal vez era la mano de Gavin que me acercaba hacia él.

Lo siguiente que supe fue que su boca se había apoderado de la mía, dejando escapar un gemido que reverberó en mi garganta en el momento en que nuestros labios se tocaron. Gavin suspiró como si hubiera satisfecho un deseo muy antiguo. Nada de ir despacio. Era increíble sentir su boca caliente y ávida, su lengua danzando con la mía. Por eso, en lugar de apartarme, hice lo que me parecía natural. Entreabrí los labios para dejarle entrar, sin preocuparme por las consecuencias.

Enmarqué su rostro con las manos y recorrí con los dedos su hermosa estructura ósea. Bajé la boca más para morder con suavidad su barbilla hendida, deslizando la lengua por ella. Me encantaba ese pequeño hoyuelo.

Pude adorar su barbilla solo unos segundos antes de que empezara a devorar mi boca de nuevo, más rápido esta vez y con mayor intensidad. Nuestros cuerpos se pegaron el uno al otro.

Me permití perderme por completo en él durante un tiempo indeterminado. Su olor y su sabor se habían impuesto a cualquier sentido del bien y del mal. Besarlo era adictivo y, de todos modos, la única vez que intenté apartarme, me atrajo hacia él con más fuerza.

Y me encantó. Me encantaba lo resuelto que era, que controlara la situación, que me besara como si le estuviera haciendo el amor a mi boca.

Estaba muy mojada y mi excitación iba en aumento. Ahora su boca estaba en mi cuello, su aliento caliente resbalaba por mi piel, sus dedos se clavaban en mi costado. Tenía los pezones muy duros, desesperados por que los chupara, pero se detuvo de golpe y volvió a acercar su boca a la mía. No le habría impedido bajar más, pero una parte de mí se sintió aliviada. No estaba segura de que le hubiera impedido hacer lo que quisiera.

Esa certeza me dio la fuerza suficiente para apartarme de verdad esta vez.

—Me tengo que ir —dije entre resuellos, apenas capaz de hablar.

Él me ignoró y me atrajo para darme otro beso, iniciando de nuevo aquel frenesí.

Me volví a fundir con él.

—De verdad que me tengo que ir —repetí contra sus labios.

Gavin asintió con la cabeza al tiempo que me mordisqueaba el cuello, enmarcando mi rostro con las manos.

—No puedo parar. —Me besó de nuevo—. Soy adicto.

Después de otro momento, se separó de mí por fin y apoyó la cabeza en el asiento.

—Será mejor que corras antes de que te bese de nuevo —repuso, cubriéndose los labios.

—De acuerdo. —Me dispuse a bajarme, con la respiración todavía agitada—. Buenas noches.

Cuando estaba a medio camino, me llamó por mi nombre. Me giré para mirarle.

—¿Sí?

—Espero que ahora tengas claro que esto era en realidad una cita. Siempre ha sido una cita. Estamos saliendo. —Sonrió con malicia.

Apreté los labios para no reírme y me alejé a trompicones. Ni siquiera estaba ebria, pero me sentía drogada.

Esperó a que yo entrara en la casa antes de irse.

Una vez dentro, me sobresalté al ver a mi madre de pie con los brazos cruzados. «¡Mierda!» Esto no era bueno.

Parecía preocupada.

—¿Qué estás haciendo, Raven?

—¿Qué quieres decir?

—¿Qué estás haciendo con Gavin?

—Has visto su coche...

—¡Claro que he visto su coche! Nadie tiene un coche como ese en este barrio. Ha estado aparcado ahí fuera durante más de media hora.

—Por favor, no te enfades.

—No estoy enfadada. Solo estoy... preocupada.

—¿Por Ruth?

—Sí, por supuesto. Si lo descubre, no solo tu trabajo estará en juego, sino también el mío.

¿Cómo he podido ser tan tonta? Por un momento había olvidado que no era solo mi cabeza la que estaba en juego. Había sido una estupidez por mi parte.

—No creerás que Gunther permitiría que te despidiera después de tantos años, ¿verdad?

—No te equivoques, esa mujer lleva los pantalones. Aunque Gunther tiene buen corazón, solo tiene control hasta cierto punto. Le torturaría hasta salirse con la suya si realmente quisiera deshacerse de mí.

Empezó a aflorar el sentimiento de culpa.

—Lo siento, mamá. No quiero poner en peligro tu trabajo.

Apoyó la cabeza en las manos.

—Odio ponerte en esta situación. Deberías poder salir con quien quisieras. Lo sé. —Dejó escapar un suspiro exasperado—. De todos modos, ¿cómo ha surgido esto entre vosotros?

—Bueno, hemos ido a tomar café un par de veces. Siempre ha sido muy amable conmigo. Luego me pidió que fuera a un club de improvisación con él esta noche. Sé que te dije que iba a salir con Marni. Lo siento. No quería disgustarte. En fin, Gavin y yo... hemos actuado juntos. Era una noche de micrófono abierto. Lo hemos pasado muy bien. —Hice una pausa—. Mamá, me gusta mucho.

Mi madre cerró los ojos durante un breve instante.

—¡Oh, Raven! Ten cuidado.

—Creo que me va a invitar a salir otra vez. No quiero decir que no. Y tampoco quiero mentirte.

—Yo tampoco quiero que me mientas. Aunque sea algo con lo que no esté de acuerdo, te ruego que no me mientas. Dime siempre a dónde vas. Tienes veinte años, eres adulta. Sé que al final vas a hacer lo que quieras, así que lo único que puedo hacer es advertirte.

La culpa seguía matándome, porque por mucho que no quisiera poner en peligro el trabajo de mi madre, en el fondo de mi corazón sabía que después de nuestro beso no podría resistirme a Gavin con tanta facilidad.

Tenía mucho en lo que pensar.

Más tarde, mientras estaba en la cama, pensé que lo tenía todo resuelto. Le diría a Gavin que no podíamos vernos más.

Entonces me envió un mensaje que acabó con mi determinación.

Gavin: Ese beso lo ha sido todo.

5
Gavin

Mi hermano entró en mi habitación y echó mano a mi bebida energética.

—¿Qué tal tu cita con Raven la otra noche?

—¿Cómo mierda lo sabes?

—No lo sabía, pero ahora sí. Gracias por la confirmación.

«Genial.»

Se rio.

—Subestimas lo bien que te conozco. Sales de casa a eso de las siete y media de un sábado y no me dices una mierda antes de irte. Casi siempre te despides y me dices a dónde vas, pero esa vez no lo hiciste. Sé cómo eres. Cuando quieres algo, vas a por ello. Y resulta muy obvio lo que quieres ahora: el culo de Raven.

—Baja la puñetera voz. Esto no es una broma. Nuestra madre no está jugando. Despedirá a Raven y le hará la vida imposible a Renata.

Weldon se rascó la barbilla.

—Hablando de eso, tengo una propuesta para ti.

—Más vale que esto no sea un chantaje.

—No. —Tomó asiento y puso sus pies sucios sobre mi escritorio—. Esto es algo que creo que nos beneficiará a ambos.

Exhalé un suspiro.

—¿Qué?

—Sabes que llevo años intentando que Crystal Bernstein salga conmigo.

—Sí. ¿Qué pasa con eso?

—Hoy he ido con mamá a comer al club. Vi a Crystal allí con sus padres. Hablamos y hemos congeniado de verdad.

—Bien...

—Bueno, básicamente eso ha ocurrido porque tú no estabas. Entonces, por supuesto, me preguntó si estabas saliendo con alguien. Al parecer está enamorada de ti desde hace tiempo. ¡Menuda sorpresa! La gente me utiliza para llegar a ti.

—No entiendo a dónde quieres ir a parar con esto.

—Quiero que la invites a salir.

—No tengo ningún deseo de salir con ella.

—Ya lo sé. Quiero que empieces a salir con ella para que puedas darle calabazas.

—No te sigo.

—Sales con ella un par de veces y luego la dejas plantada. Ya no estará interesada en ti, porque la habrás hecho enfadar. Ahí es cuando yo me abalanzaré y recogeré los pedazos.

—¿Qué saco yo de todo esto?

—Consigues hacer creer a mamá que has superado a Raven por un tiempo. Empezará a observarte menos porque creerá que has superado esa fase. Podemos hacer que Crystal quede contigo aquí en la casa para tu primera cita.

—Hay algo más —dije, entrecerrando los ojos—. Lo noto.

—Bueno, sí, un incentivo. Si lo haces, me mantendré al margen en lo que a Raven se refiere. No llamaré la atención de mamá y hasta te cubriré.

—Déjame adivinar... Si no accedo, te comportarás aún peor que antes.

—¡Qué bien me conoces! —dijo Weldon con una risita.

—¿Sabes? Al ser mi hermano, técnicamente se supone que debes apoyarme y no ser un idiota sin esperar nada a cambio. Pero teniendo en cuenta que eres un imbécil, es lógico que me chantajees e intentes que crea que me estás haciendo un favor.

—Vamos, Gavin. Todos salimos ganando. Crystal estará en el club mañana. Ve allí, invítala a salir y ten un par de citas, pero no la beses. Déjala en la tercera cita y dime dónde tengo que estar. Y yo cumpliré con mi parte para asegurarme de que mamá se entere de las citas con Crystal y piense que te has olvidado de Raven.

Era demasiado mayor para esas tonterías de instituto, pero aunque no me gustaba la idea de ceder ante Weldon, el plan no sonaba tan mal. Necesitaba sacarme a mi madre de encima. Un pequeño engaño no vendría mal.

—¿De verdad crees que esto es justo para Crystal?

—Al final acabará con alguien mejor —Guiñó un ojo.

Exhalé un largo suspiro.

—No puedo creer que esté a punto de aceptar. Y que conste que solo lo hago porque sirve a mis propósitos.

—Genial, hermano. No te arrepentirás. —Se levantó y me dio una palmada en el brazo.

Yo le golpeé con más fuerza, haciendo que trastabillara y perdiera el equilibrio.

—Más te vale que no me arrepienta.

Weldon sacudió la cabeza.

—¡Joder! ¿Estás colado por sus huesos, ¿no?

—No hables de sus huesos. No hables de Raven y punto, si sabes lo que te conviene.

A los diez minutos de la cita con Crystal, ya estaba aburrido. Al menos no quería volarme los sesos..., todavía.

Había insistido en hacer una parada de emergencia en Sephora porque había «perdido su barra de labios favorita». Así que, como de todos modos estábamos al otro lado del puente en West Palm, almorzamos al aire libre en el City Place. Aunque no me lo estaba pasando muy bien, las cosas eran al menos tolerables. El City Place siempre es un lugar ideal para observar a la gente.

Mi estado de ánimo cambió cuando noté algo por el rabillo del ojo; un chico y una chica besándose.

No, un momento. Eran dos chicas besándose. Y, ¡joder!, no era una chica cualquiera.

Era esa chica. Marni, la amiga de Raven.

Cualquier duda sobre si era o no ella se esfumó cuando vi que llevaba la misma camiseta vintage de Def Leppard que llevaba cuando dejó a Raven en el club de improvisación.

La otra chica dejó a Marni sola delante de la tienda de Diesel. Marni empezó entonces a caminar en mi dirección.

«¡Mierda!»

«Por favor, no te fijes en mí.»

Justo cuando susurraba eso por lo bajo, sus ojos se posaron en mí.

«¡Joder!»

Me lanzó una mirada asesina. El sudor me perló la frente.

Marni sacó su teléfono móvil, sin dejar de mirarme, y supe exactamente a quién estaba llamando.

—¿Va todo bien? —preguntó Crystal.

«Claro que no.»

Mi silla arañó el suelo cuando me levanté.

—Tendrás que disculparme. Vuelvo enseguida.

Cuando Marni vio que me levantaba para seguirla, se alejó corriendo mientras hablaba por teléfono.

La perseguí por la calle.

Era como una escena de una película, solo que yo no quería formar parte de ella.

—¡Marni! —grité—. ¡Para!

—Ahora me persigue porque le he pillado —dijo por teléfono.

Estaba a poca distancia de ella.

—¿Es Raven? —pregunté a voces mientras le pisaba los talones. Ella siguió ignorándome—. Déjame hablar con ella.

Se giró el tiempo suficiente para decir:

—¡No!

Cuando la alcancé e intenté pillar el teléfono, colgó y se lo metió en los pantalones. Bueno, menuda forma de asegurarse de que me retirara.

Nos miramos cara a cara, ambos sin aliento.

—¡Hay que joderse! ¡Qué valor tienes! —espetó.

—No es lo que piensas.

—No me engañes, puto macarra.

«Bueno, no cabe duda de que ya no estamos en Palm Beach.» Y, para ser sincero..., me encantaba. Aunque esa chica me odiaba, admiraba que defendiera a su amiga.

Puse las manos en alto.

—Tienes que escucharme.

—No tengo que hacer una mierda. Besaste a Raven la otra noche..., ella me lo contó..., y ahora estás con otra. ¡Eres un cabrón! Y yo tenía toda la razón sobre ti.

Tenía que pensar deprisa.

—¡Mierda! ¿Qué es eso? —Señalé con el dedo. Cuando miró hacia atrás, alcancé las llaves que se le habían salido del bolsillo y las agité en el aire—. No te las pienso devolver hasta que me dejes hablar.

Se cruzó de brazos y resopló.

—¡Vale! Tienes mi atención, idiota.

—Esa chica con la que me has visto... es una tapadera.

Ella abrió lo ojos como platos.

—¿Eres gay?

—No, pero es una tapadera. Es una larga historia. Acepté salir con ella como un favor a mi hermano. Quiere que le haga enfadar para que me odie y así poder aprovecharse y quedar bien. De todos modos, he quedado con ella en mi casa para que mi madre nos viera salir juntos. La única razón por la que he accedido a salir con ella ha sido para despistar a mi madre y hacer que crea que ya no estoy interesado en Raven. Quiero que deje de fastidiarme para poder vivir en paz. No tengo ningún deseo de estar con esa chica y ni ha pasado ni pasará nada.

—¿Por qué debería creerlo? —dijo Marni tras guardar silencio unos instantes.

—Porque es la verdad. —Decidí darle la vuelta a la tortilla—. ¿Quién era la chica con la que estabas? Te he visto besarla.

Marni se puso pálida.

—No es de tu incumbencia.

—No le has dicho a Raven que eres gay. ¿Por qué?

Ella suspiró y levantó la vista al cielo.

—Yo... no quiero que las cosas estén raras entre nosotras.

—¿Sientes algo por Raven?

—¡No! Vale, sí, está buena, pero no la veo de esa manera. Es como una hermana para mí. Pienso decírselo. De verdad que quiero terminar con esto. Lo que pasa es que no estaba preparada. Mi madre ni siquiera lo sabe.

—Bueno, tu secreto está a salvo conmigo. No diré nada, pero tienes que dejar de decirle a Raven tonterías sobre mí que no son ciertas, como por ejemplo que voy a hacerle daño. Esa no es mi intención. Me gusta de verdad. —Mientras estaba allí, en medio de la acera, pensé en lo ridículo que era todo eso. Y entonces se me ocurrió una idea—. Vamos.

Empecé a caminar hacia el City Place. Ella me siguió.

—¿A dónde vamos?

—Vamos a arreglar esto.

Marni apretó el paso para no quedarse atrás.

—¿A arreglar el qué?

—Todo.

—¿Qué quieres decir?

—Vamos a volver con la chica con la que estaba; intentaremos salvar esa situación para el tonto de mi hermano, y luego iremos a casa de Raven y se lo contaremos todo. Y también la verdad sobre ti.

—¿La verdad sobre mí? —replicó, con un tono dominado por el pánico.

—Que eres gay.

—¿Qué? —Hizo que me detuviera—. Has dicho que no ibas a decir nada.

—No he dicho que vaya a hacerlo. Eres tú quien lo va a hacer.

—Ni hablar, niño rico.

Reanudamos la marcha con paso rápido.

—Mira, Marni. No deberías tener que ocultar quién eres más de lo que yo debería tener que ocultar con quién quiero pasar mi tiempo. ¡A la mierda todo eso! La vida es demasiado corta.

Cuando volvimos al restaurante, Crystal seguía en su asiento.

—¿A dónde has ido? —preguntó, guardando la polvera en la que se había estado mirando.

—Mi amiga está en un aprieto. Tengo que ayudarla. —Abrí mi cartera y dejé un fajo de billetes sobre la mesa—. ¿Por qué no pides? Pide lo que quieras. Volveré en cuanto pueda, pero no te vayas.

Se encogió de hombros, perpleja.

—De acuerdo.

—Bien. Nos vemos dentro de un rato.

Marni esperó a que estuviéramos lo bastante lejos para que no pudiera oírnos.

—Menuda boba —susurró—. Yo te habría mandado a la mierda.

Saqué mi teléfono y llamé a mi hermano.

—Weldon, se acabó el juego —le dije cuando descolgó—. No pienso mentir más a nadie. Acabo de dejar a Crystal en el City Place. Está en una mesa en la terraza de Amici. Cree que voy a volver. Ahora es tu oportunidad de intervenir. Trae tu trasero aquí. Avísame cuando casi hayas llegado y llamaré para cancelar nuestra cita un par de minutos antes. Puedes pasar por allí y fingir que estabas en el centro. —Colgué antes de que pudiera responder.

—Tu hermano parece un cretino —dijo Marni.

—¿Dónde está Raven ahora? —pregunté, haciendo caso omiso de su comentario.

—Es su día libre. Está en casa.

—¿Has venido aquí en coche?

—Sí. Lo tengo en el aparcamiento.

—De acuerdo. Iremos en mi coche a su casa. Después te traeré de vuelta para que recojas el tuyo.

—¿Por qué no puedo ir en mi coche ahora?

—Porque no me fío de que vayas.

—¿Por qué te metes en mis asuntos?

—Porque, aunque me odies a muerte, te entiendo, Marni. Sé lo que es creer que no puedes ser quien realmente eres, tener que vivir a la altura de unas expectativas irreales, tener que esconderte. Puede que lo hagamos por diferentes razones, pero me identifico con eso. Y ¿sabes qué? Es una mierda.

Mis palabras parecieron calar. Se giró para mirarme.

—No me vas a obligar a decírselo, ¿verdad?

—No. Yo no haría eso, pero creo que deberías contárselo. Raven se preocupa por ti. Será duro, pero luego ya estará hecho y no te arrepentirás. No deberías tener que ocultar a nadie una parte importante de ti, igual que yo no debería tener que fingir ser alguien que no soy. Tenemos más en común de lo que crees.

Llegamos a mi coche y nos montamos en él.

Después de salir del aparcamiento, el viaje fue tranquilo durante un rato.

Al final se volvió hacia mí.

—Está bien, niño rico. Puede que me haya equivocado contigo.

Enarqué una ceja.

—Espera un momento... Creía que era un lobo con piel de cordero.

6

Gavin

Cuando llegamos a casa de Raven, se quedó comprensiblemente confundida al verme en su puerta con Marni.

—¿Qué narices pasa aquí?

—¿Podemos entrar? —pregunté.

—¿Los dos? —Parecía escéptica—. Supongo que sí.

Marni parecía enferma. Entonces comenzó a divagar antes de que tuviera la oportunidad de explicar nada.

—Muy bien... Para resumir, me he equivocado con Gavin. No tenía una cita. Lo entendí mal. Él te contará la historia. Y... en realidad es bastante guay. La otra cosa es... que soy gay. Bueno, ya está.

«Bueno, ya está. ¡Valeee!» Desde luego no se iba por las ramas.

—Lo sé, Marni. Lo sé —dijo Raven, sin inmutarse.

Marni parecía sorprendida.

—¿Lo sabes?

—Sí. Ya lo suponía. Nunca hablas de chicos. Y eres demasiado franca para que eso tenga sentido. Hace mucho que llegué a la conclusión correcta, pero no he querido preguntarte. Quería que me lo dijeras tú.

—¡Vaya! Vale. Así que me he agobiado sin razón.

—Pues sí. Te quiero y me da igual quién te guste. —Raven le dio un fuerte abrazo.

Marni se apartó.

—Genial... Bueno, pues ya está. Os dejo en paz.

Sin duda esa fue una de las salidas del armario más rápidas de la historia, pero me alegré de que se hubiera liberado.

Marni se volvió hacia mí.

—¿Sushi el viernes?

—Sí, desde luego.

Raven paseó la mirada entre nosotros, confusa.

—¿Sushi?

—Sí, nos hemos puesto a hablar en el coche y nos hemos dado cuenta de que a los dos nos encanta —explicó Marni—. Y Gavin conoce a alguien que puede enchufarnos en el Oceanic. —Me sonrió antes de dirigirse a la puerta.

Le devolví la sonrisa.

—Espera, pensaba que tenía que llevarte al City Place para que recojas tu coche.

—No. Iré en autobús o le pediré a mi chica que me recoja. Nos vemos luego.

Se marchó tan rápido que no tuve tiempo ni de parpadear.

Se hizo un gran silencio después de que ella se fuera, aunque casi se podía palpar la tensión en el ambiente.

Raven se encaró conmigo.

—¿Qué narices ha pasado? Primero me llama para acusarte de tener una cita y después os presentáis en mi casa como si fuerais buenos amigos. Y luego, de golpe y porrazo, ¿sale del armario?

—Hemos conectado enseguida durante el viaje. Hemos decidido que tenemos mucho más en común de lo que se imaginaba y también que en realidad no soy el demonio. Así que hemos avanzado mucho en poco tiempo.

—¿Y además ahora también salís por ahí?

—Sí, pero puedes venir —bromeé. Sin embargo, el ambiente seguía tenso—. Tengo que explicarte por qué estaba con esa chica.

—No, no tienes que hacerlo —repuso con aspereza—. No soy tu novia. No tienes que explicarme nada.

—Vale, pero quiero hacerlo.

Raven se encogió de hombros.

Pasé los siguientes minutos contándole mi acuerdo con Weldon. Cuando terminé, Raven sacudió la cabeza.

—¡Dios! Tu hermano es un cretino.

—Sí, estoy totalmente de acuerdo, pero pensé que valdría la pena si me quitaba a mi madre de encima por un tiempo. —Me acerqué un poco—. No he sido capaz de pensar con claridad desde nuestro beso de la otra noche. —Se puso tensa y retrocedió. Algo no iba bien. Se me encogió el corazón—. Raven, ¿qué pasa? Cuéntamelo.

Se miró los pies durante un momento.

—He pensado mucho desde aquella noche en tu coche. Por mucho que me gustara besarte, sigo pensando que no es buena idea que vayamos más allá, Gavin. No soy la clase de chica que puede salir con alguien durante el verano y no encariñarme. Por no mencionar que mi madre nos vio. Bueno, no lo que estábamos haciendo, pero vio tu coche. Sabe que salí contigo.

Cerré los ojos.

—¡Mierda!

—No me ha dicho que no te vuelva a ver, pero he visto el miedo en sus ojos. Está preocupada por su trabajo y no quiero someterla a esa clase de estrés. No creo que esto pueda funcionar.

Sentí un vacío en las entrañas, como si me lo hubieran arrancado todo. Había pasado de sentirme como si flotara en una nube los últimos dos días a esto otro.

Pero ¿cómo iba a discutírselo? Raven tenía razón en todo. No podía seguir insistiendo en esto si iba a terminar mal.

Sentado en el sofá, me agarré del pelo, presa de la frustración.

—Esto es una mierda.

—Lo sé.

—¿Cómo se supone que voy a olvidar lo que es besarte? Y no es solo eso. Me gusta tu compañía. Me encanta estar cerca de ti.

Una expresión de dolor surcó su rostro. Sabía que ella tampoco estaba contenta con su decisión.

—Bueno, supongo que podríamos seguir saliendo. A lo mejor, si viniera Marni, nos resultaría un poco más fácil no cruzar la línea.

¡Qué deprimente resultaba eso! No quería salir con ella de manera informal cuando era lo único en lo que podía pensar.

—Esto es una mierda, Raven. En serio, es una mierda, pero lo entiendo.

Raven miró su teléfono.

—¡Joder! Me tengo que ir.

Me levanté.

—¿A dónde vas?

—Tengo jiu-jitsu.

—¡Oh, genial! —Siempre había querido verla en acción—. ¿Te importa si voy a observar? Tengo mucha curiosidad.

Ella dudó.

—No sé si podré concentrarme si estás ahí.

—Te prometo que me mantendré al margen. Ni siquiera notarás mi presencia.

Raven se tomó un momento para pensar.

—De acuerdo.

«¡Bien!»

—Tu madre está trabajando, ¿verdad? ¿Cómo sueles ir?

—Voy andando. Está a solo un par de kilómetros.

—Entonces, si te llevo yo, no tienes que irte ya mismo, ¿verdad?

Raven esbozó una sonrisa.

—Correcto.

—Vamos a tomar un café y luego te llevo.

Después de ir a Starbucks, la llevé al estudio y me senté en una esquina. Fue genial ver a Raven en su elemento, vestida con su kimono blanco.

El instructor dividió la clase en parejas. A Raven le tocó un joven que era bastante grande y parecía unos cuantos años mayor que yo. Verla pelear cuerpo a cuerpo con él fue un horror, sobre todo porque antes había puesto fin a lo nuestro. Nunca me había considerado celoso, pero esto me afectó mucho.

Sin embargo, aprendí un montón de cosas solo con verla; la manera en que controlaba la distancia y por qué era uno de los elementos clave del jiu-jitsu. Dejando a un lado mis celos, era fascinante ver a Raven enfrentarse a alguien tan grande. Tal y como me había dicho, la técnica parecía importar más que el tamaño del oponente.

Vi que lo inmovilizaba en una posición de montaje y que acto seguido enganchaba las piernas con las de él para impedir que se moviera.

«¡Madre mía! Esta chica es una auténtica malota.» No sabía lo que esperaba, pero no era exactamente eso.

El instructor detenía la acción de vez en cuando para explicar varias cosas a los menos experimentados de la clase.

—¿Veis que cuando está en el suelo solo puede llevar el brazo hasta atrás? Si intenta golpear desde esta posición, su potencia es limitada y le da ventaja a ella.

En un momento dado, Raven perdió el control y el tipo la inmovilizó. Una vez más, mi presión sanguínea aumentó.

«¡Quítate de encima de mi chica!»

En lugar de tratar de levantarse, se las apañó para rodearle con las piernas y engancharlas a su espalda. El instructor explicó que el objetivo de Raven no era levantarse, sino mantener a su oponente en el suelo.

Juro que nunca había querido matar a otra persona tanto como a este tipo por conseguir revolcarse por el suelo con ella. Pero, ¡maldita sea!, Raven era muy capaz de manejarlo. Incluso cuando perdía el control, sabía cómo recuperarlo.

Una fuerte sensación de alivio me invadió cuando terminó la clase. Por muy emocionante que fuera verla en acción, no creía que pudiera soportar mucho más.

Mi efímera paz terminó cuando el tipo con el que había estado practicando se acercó por detrás de ella. Escuché con atención desde mi rincón.

—Raven, espera —dijo.

—¿Qué pasa?

—¿Quieres ir a tomar un café o algo?

—No. No puedo. Lo siento. Mi amigo me está esperando.

Parecía muy decepcionado. «Ponte a la cola, idiota.»

—Vale. Tal vez en otro momento —dijo.

—Claro.

«¿Claro? ¿Piensa salir con él o solo intenta ser amable?»

Esperé mientras se cambiaba, echando lo que parecía humo por las orejas.

Unos cinco minutos más tarde, Raven salió por fin de los vestuarios.

—¿Qué te ha parecido? —preguntó.

«Creo que soy un idiota celoso sin remedio.»

Mientras nos encaminábamos hacia la puerta, me esforcé por no dejar traslucir mi malestar.

—No puedo creer lo que acabo de presenciar. Eres muy buena.

Parecía orgullosa.

—Gracias. Sin duda es mi pasión.

—Ya lo creo. Me ha sorprendido que sea una clase mixta porque algunas de las posturas son...

—Parecen sexuales.

Solo oírla admitirlo hizo que resurgiera esa extraña rabia.

—Sí. Básicamente lo estabas montando. En muchas ocasiones me han entrado ganas de darle de puñetazos a ese tío. Parecía gustarle... mucho. Tanto que quería... un café.

—Ha sido la primera vez que ha insinuado algo. No es nadie, Gavin.

—No es nadie que quiere follar contigo. —«¡Dios! ¿Puedes al menos intentar disimularlo?» Sacudí la cabeza—. Lo siento. Ha estado fuera de lugar.

Raven no dijo nada en respuesta a mi pequeño arrebato. Solo podía imaginar lo que estaba pensando.

Nos montamos en mi coche y nos quedamos aparcados, sentados en un tenso silencio.

—De todos modos, creo que es genial que la clase sea mixta —dije, tratando de romper el hielo—. En realidad, me ha ayudado a ver que lo importante es la habilidad, no el tamaño.

—Cuando me apunté, mi instructor me explicó que en el mundo real no se puede elegir a quién te enfrentas cuando te atacan, así que es beneficioso para mí trabajar tanto con hombres como con mujeres.

—Es lógico. Y sé que dijiste que para ti no se trata solo de defensa personal, pero aun así tiene que hacer que te sientas muy poderosa.

—Sí. Es decir, no quiero sentirme vulnerable jamás. Sabiendo lo que mi madre pasó con mi padre, me siento más segura para hacer frente a lo inesperado con estas habilidades, aunque no desee tener que usarlas nunca para ese fin. Además, me mantiene centrada. Cuando estoy realmente concentrada, es imposible pensar en cosas que me perturban. Así que, en ese momento, me ayuda a no preocuparme.

—¿Qué te preocupa?

—Muchas cosas, pero sobre todo no encontrar mi propósito en la vida. Creo que sigo sin tener la más mínima idea de por qué estoy aquí, en este planeta, ¿sabes?

—¿Así que sientes que todos estamos aquí por una razón específica?

—Sí, así es.

—Ya lo descubrirás. Yo tampoco sé qué voy a hacer con mi vida, pero no creo que estemos obligados a saberlo ahora mismo. Seguro que tenemos mucho por hacer antes de averiguarlo.

—Es curioso —alegó—. Solía sentirme mal por mi madre, porque nunca pudo ir a la universidad y no le quedaba más remedio que limpiar casas, pero cuanto más la observo, más me doy cuenta de que se le da muy bien lo que hace. No solo limpia; dirige toda una casa la mayoría de los días y lo hace con una sonrisa, así que tal vez ese es su propósito. Y no tiene nada de malo.

Sabía que mi padre respetaba mucho a Renata. Había escuchado suficientes conversaciones entre ellos para saber que se querían. No creía que hubiera nada inapropiado, pero sabía que se profesaban admiración mutua.

—Sé que mi padre piensa que tu madre es la mejor. No me cabe duda de que eso hace que mi madre esté un poco celosa.

—Mi madre es muy buena. —Sonríe—. Quiere que encuentre mi vocación, que tome un camino diferente al que ella tomó. Ha trabajado mucho para que yo pueda tener oportunidades que ella no tuvo.

—Me dijiste que querías ser enfermera, ¿verdad? ¿Tienes dudas al respecto?

—Creo que es la carrera que voy a escoger, porque tengo que escoger algo, pero no estoy segura de que sea mi vocación. Un propósito no tiene que ver necesariamente con una carrera, sino más bien con el impacto que causas en la vida de otras personas. Yo solo quiero causar un impacto. Y quiero ser feliz. Esas son las principales cosas que necesito. —Se volvió hacia mí y el sol le dio en los ojos—. No quiero desperdiciar mi vida, ¿sabes?

Comprendía bien lo que quería decir. A muchas de las personas que conocía les daba igual desperdiciar su vida tomando el sol todo el día sin ningún propósito real. Eso era, en esencia, lo que siempre me había molestado de las personas privilegiadas con las que crecí. El dinero les compraba oportunidades que ni siquiera valoraban. Raven quería que su vida significara algo.

—¿Sabes? —dije—. Mis padres y muchos de sus amigos tienen todo el dinero del mundo, pero no son felices. Algunas noches mi madre bebe hasta quedarse dormida. Cree que no lo sé, pero lo sé. Mi padre y ella... ya ni siquiera duermen en la misma habitación. Entonces, ¿de qué sirve todo ese puto dinero si eres desgraciado la mitad del tiempo? Todo es una mierda, Raven. Todo. En opinión de alguien que es rico, el dinero no da la felicidad.

Ella asintió.

—Seguro que no mucha gente te pregunta por tus problemas. Sin duda asumen que no tienes ninguno. Puedo ver la presión a la que te somete tu madre.

—Mi madre cree que tengo que repetir el éxito de mi padre para ser alguien en la vida. Nunca he estado de acuerdo con eso. Sin embargo, ya lo ves, voy a ir a la Facultad de Derecho de Yale en otoño y todavía me siento obligado a cumplir ciertas expectativas. Me siento demasiado culpable para rechazar las oportunidades que se me ofrecen porque sé que mucha gente no las tiene. Pero en el fondo, lo único que quiero es más o menos lo mismo que tú: ser feliz y sentir que mi vida significa algo.

Podría haberme quedado sentado en el coche todo el día hablando con ella. Su olor me estaba matando. Eso, junto con el sudor que le perlaba la frente, me recordó todas las formas en que quería hacerla sudar. Cada segundo que me miraba a los ojos, se adueñaba de un poco más de mí. Estos sentimientos no iban a desaparecer.

Su voz me sacó de mis pensamientos.

—Me imagino que cuanto más tienes, más quieres, y entonces llega un punto en el que nada es suficiente —repuso—. Nada puede hacerte feliz.

Asentí con la cabeza.

—Solo tengo veintiún años y he conducido los mejores coches, he comido la mejor comida y he viajado; he vivido una vida con la que la mayoría de la gente sueña. Ya solo puedo ir hacia abajo. Y no me siento ni de lejos realizado. Quiero mucho más; relaciones con personas reales con intereses similares, cosas que el dinero no puede comprar. —«Te quiero a ti.» Ese sentimiento pareció brotar en mi pecho—. No he ocultado el hecho de que quiero más contigo, Raven. Pero ¿esto? ¿Hablar así contigo..., con alguien con quien puedo identificarme? ¡Joder! Prefiero tener solo esto contigo que nada en absoluto. Lo digo en serio.

Me desafió.

—Pero ¿de verdad podemos conformarnos con esto?

—No todo tiene que girar alrededor del sexo —dije, aunque no estaba seguro de creer en mis propias palabras.

—Nunca he tenido relaciones sexuales —replicó ella.

Mi cuerpo se puso rígido.

—Nunca has... Esto... ¿Eres...? ¿Quieres decir que eres...?

—Virgen. —Ella asintió—. Nunca he tenido relaciones sexuales.

Eso me dejó pasmado.

—¡Vaya!

—No sé por qué acabo de confesar esto. Supongo que he pensado que no podía coincidir ni discrepar con tu afirmación al no tener experiencia en la que basarme.

Esa verdad era una llamada de atención y una razón más por la que sería mejor que no pasara nada de carácter sexual entre nosotros durante el verano. De ninguna manera quería quitarle la virginidad a Raven y luego irme.

La mayoría de las chicas de nuestra edad que conocía no eran vírgenes. Supongo que eso me convertía en un cínico, pero no era solo eso. Raven era tan sexi que costaba creer que nunca hubiera tenido relaciones sexuales.

—Lo siento si parezco sorprendido. Es que desprendes cierta energía sexual. Y había dado por hecho que...

Ella enarcó una ceja.

—¿Energía de putón?

—No, para nada... Solo una inexplicable energía sexual. Jamás habría imaginado que no lo hubieras hecho.

—Soy bastante consciente de que la mayoría de las chicas de mi edad ya han tenido relaciones sexuales. No es que me esté reservando para el matrimonio ni nada parecido. Lo que pasa es que quiero asegurarme de que cuando lo haga, sea con la persona adecuada. No quiero tener sexo solo por tenerlo. Mi madre se quedó embarazada de mí cuando tenía mi edad, así que estoy condicionada a creer que el sexo puede llevar a cosas para las que no estoy preparada. Nada es infalible. Creo que la gente se lo toma demasiado a la ligera.

—Me he acostumbrado tanto a que las chicas se entreguen libremente, que oírte decir que no has tenido relaciones sexuales me ha sorprendido. Pero la verdad es que todavía eres joven. Ambos lo somos.

—¿Qué edad tenías la primera vez que tuviste relaciones sexuales?

—Me parece que quince. —Hice una pausa para hacer memoria y confirmarlo—. Sí, quince.

—¡Vaya! ¿Quién fue... la primera?

—La chica que viste en la piscina aquel día. Fue mi primera novia y la primera con la que estuve.

—La chica del bikini verde.

—Sí. Es un año mayor que yo y había tenido relaciones sexuales antes de nuestra primera vez.

—Supongo que ha habido muchas otras, ¿no? —preguntó—. No tienes que responder a eso si no quieres.

—Te diré todo lo que quieras saber. No estoy ocultando nada. —Sin embargo, en realidad tuve que hacer memoria para responder a su pregunta, ¡maldita sea! Después de contar en silencio, dije—: Nueve.

—Son menos de las que pensaba.

—¿Por qué clase de mujeriego me tomas?

—Supongo que mi imaginación se desborda cuando se trata de ti.

—Lo mismo puedo decir yo cuando se trata de ti, Raven.

En ese momento estaba imaginando cómo sería penetrarla por primera vez, lo apretada y maravillosa que sería.

Raven podía sentir dónde estaba mi mente.

—Prometiste que te portarías bien.

—No puedo prometer no tener una mente sucia. Puedo intentar no actuar en consecuencia, si eso es lo que quieres.

7
Raven

Gavin había cumplido su palabra de que nuestra relación siguiera siendo platónica. Salimos un par de veces más y en ningún momento intentó nada. Fuimos a comer sushi con Marni al City Place, donde tuvo varias oportunidades de tocarme o intentar algo, pero se abstuvo. También hicimos juntos otro espectáculo de improvisación, que fue aún más divertido que el primero.

Tal vez se asustó cuando le confesé que era virgen. Fuera cual fuese la razón, parecía que de verdad Gavin estaba de acuerdo con que fuéramos solo amigos.

También habíamos conseguido pasar desapercibidos, sin interactuar entre nosotros mientras yo trabajaba en la casa. Bueno, aparte de sus mensajes musicales, que me encantaban. Un mediodía puso a todo volumen *Waiting in vain* de Bob Marley para burlarse de mí.

Ruth parecía haber dado marcha atrás con respecto a vigilar la situación. Gavin me dijo que no me había mencionado últimamente. Nunca me había alegrado tanto de que me redujeran a una idea de último minuto.

Todo había ido bien, aparte del hecho de que cuanto más tiempo pasaba con Gavin, cuanto más compartíamos nuestras esperanzas, nuestros sueños y nuestros miedos, más me estaba enamorando de él. Más lo deseaba en todos los sentidos, más anhelaba sentir de nuevo sus labios en los míos, más ansiaba sentir otras cosas con él. Mi atracción física hacia él estaba en su punto más alto. Solo la forma en que me miraba desde el otro lado de la habitación me hacía estremecer.

Aquella iba a ser una noche difícil. Los Masterson habían convocado a todo el personal para la cena de cumpleaños de Gunther. Esa sería mi primera fiesta nocturna en su casa y no sabía qué esperar. Siempre me había sentido cómoda trabajando durante el día porque la mayoría de mis tareas estaban lejos de Ruth. Pero esa noche íbamos a servir a sus elegantes invitados y sospechaba que me mirarían con lupa mientras ella esperaba que me equivocara.

Para colmo de males, justo cuando me montaba en el coche de mi madre para ir al trabajo, pasó un camión a toda velocidad que me salpicó el uniforme blanco de agua turbia. Eran los únicos pantalones blancos y limpios que tenía y no tenía tiempo de lavarlos.

—¿Qué narices se supone que debo hacer ahora? —le pregunté a mi madre.

—¿No tienes nada más que sea blanco?

Me tomé un momento para pensar. Tenía un vestido de bordado de ojal, pero nada que se pareciera a un uniforme.

—Solo el vestido blanco que está colgado en mi armario, el que me puse en mi graduación.

—Vale. Bueno, ya se nos está haciendo tarde. Póntelo y esperemos que todo vaya bien.

La casa de los Masterson estaba engalanada con ramos de flores frescas. Habían colocado la mejor vajilla y los deliciosos aromas de la cocina impregnaban el aire. Mi trabajo esa noche era recibir a los invitados en la puerta y tomar sus abrigos, si llevaban. Luego pasaría a ofrecer bandejas con aperitivos, que incluían galletitas con caviar y tartar de atún. Más tarde ayudaría a servir la cena.

Ruth se acercó a mí por detrás mientras me estaba bebiendo un vaso de agua en la cocina. Su voz me hizo estremecer.

—¿Puedo preguntar por qué no llevas el uniforme? Esta vestimenta no es apropiada para el personal. Se supone que no debes ir vestida como los invitados.

—Le pido disculpas, Ruth —dije, después de respirar hondo—. Un coche me ha salpicado de barro al pasar. No he tenido más remedio que cambiarme los pantalones de trabajo y ponerme este vestido. Es la única prenda blanca que tengo.

—La próxima vez no te molestes en venir a trabajar si no tienes un atuendo apropiado —espetó con severidad.

Por alguna razón, su actitud de esa noche me resultó bastante chocante, sobre todo porque ya estaba muy preocupada. Sentí que me iba a hacer pis encima.

—Lo siento. Supuse que preferiría tenerme aquí antes que cancelar. Yo...

—No tengo tiempo para esto. Están llegando los invitados. Ve a ocupar tu puesto en la puerta.

Sus palabras fueron como un puñetazo en el estómago. Me gustaba pensar que tenía una piel gruesa, pero ella se las había arreglado para atravesarla esa noche.

Los ojos comenzaron a llenárseme de lágrimas a medida que me acercaba a la puerta principal. Estaba muy enfadada conmigo misma por dejar que eso sucediera. En el fondo sabía que no era solo por lo que ella acababa de decirme. Sentía algo por su hijo. Saber que me despreciaba tanto y que no se detendría ante nada para asegurarse de que nunca tuviera una oportunidad con él hizo que me invadiera una inmensa sensación de derrota. «Odio» era una palabra muy fuerte, pero no podía pensar en otra forma de describir mis sentimientos hacia esa mujer.

Tenía la sensación de que iba a explotar mientras saludaba a los invitados, fingiendo una sonrisa tras otra, y llevaba sus chaquetas al armario de los abrigos. Todo el mundo iba bien vestido. Cabría pensar que mi vestido me habría ayudado a encajar, pero Ruth prefería que pareciera la esclava que ella me consideraba.

La voz de Gavin me sobresaltó.

—¿Estoy soñando? ¡Fíjate!

Oírle decir eso solo me hizo sentir peor.

Llevaba una camisa negra que se ceñía a sus músculos. Olía muy bien y tenía un aspecto increíble.

—Vete, Gavin. Ya tengo suficientes problemas. —Las lágrimas me escocían en los ojos.

Su expresión cambió.

—¿De qué estás hablando? ¿Qué está pasando?

—Tu madre me ha regañado por presentarme con un vestido esta noche —repuse en un susurro—. Se me han manchado los pantalones de barro cuando subía al coche para venir aquí. He intentado explicárselo, pero me ha dicho que debería haberme quedado en casa si no tenía uniforme.

El rostro de Gavin enrojeció.

—Tengo que hablar con ella. —Dejó escapar un largo suspiro—. No puedo quedarme sin hacer nada mientras te trata como...

—¡No! —Miré por encima de mi hombro—. Empeorarás las cosas. Por favor, no digas nada. Ni siquiera debería habértelo contado. Vete. —Al ver que no lo hacía, insistí—: Por favor.

Me alejé antes de que pudiera decir algo más.

Cuando llegó la hora de la cena, seguía con los nervios de punta, pero mi debilidad de antes se había transformado en fortaleza... y en rabia. Al desaparecer la tristeza, me levanté y serví con una nueva actitud.

Podía sentir la mirada de Gavin fija en mí todo el tiempo. Había varias chicas de nuestra edad que intentaban coquetear con él, tratando de que entablara conversación, pero él solo tenía ojos para mí.

Su expresión ceñuda también me decía que seguía muy enfadado. De hecho, nunca le había visto tan enfadado. Sabía que quería enfrentarse a ella, pero nada bueno saldría de ello y él lo sabía.

Cuando Ruth me miró, sentí que mi cuerpo irradiaba orgullo.

Después de poner unas zanahorias en el plato del hombre sentado en la cabecera de la mesa, me miró y dijo:

—Estoy perdiendo vista. Quizá estas zanahorias me hagan bien. —Se volvió hacia su mujer—. ¿No dicen que las zanahorias son buenas para la vista?

Al ver que ella no respondía, no pude evitar hacer un comentario.

—En realidad, aunque las zanahorias sí contienen vitamina A, sus beneficios son, en parte, un mito que se hizo popular durante la Segunda Guerra Mundial. Los pilotos utilizaban una nueva tecnología para detectar y derribar aviones enemigos. Para ocultar este nuevo radar, los militares inventaron un rumor sobre las zanahorias que comían los pilotos, que les ayudaban a ver mejor por la noche. A día de hoy la gente sigue dando a las zanahorias más mérito del que merecen.

El servicio no debía hablar con los invitados, así que sabía que lo que acababa de hacer llevaría a Ruth al extremo. Sin embargo, me fue imposible contenerme.

—¡Qué interesante! —dijo—. Gracias por aclarar las cosas.

Los ojos de Ruth se posaron en los míos.

—Raven, por favor, no te metas en nuestra conversación.

Gavin golpeó la mesa con la mano, haciendo que la vajilla saliera disparada.

—¡Joder, madre! —gritó con los dientes apretados—. ¡Basta!

Los cristales de la araña tintinearon.

—Ruth... —murmuró Gunther.

Gavin parecía estar a punto de volcar la mesa. Se puso de pie y, antes de que pudiera cometer alguna barbaridad, le tendí la mano, dejé el plato que llevaba y me erguí.

Me volví hacia Ruth.

—Señora Masterson, puede que no tenga mucho dinero ni venga de un mundo que a usted le parezca adecuado, pero tengo respeto por mí misma. Prefiero limpiar caca de perro en el hipódromo que seguir soportando que me miren como usted me mira o que me hablen como usted me habla. Así que antes de que pueda despedirme, renuncio de forma respetuosa, con efecto inmediato. Gracias por la oportunidad. —Miré a Gunther—. Por favor, procure que mi decisión no afecte al empleo de mi madre aquí. Le encanta trabajar para usted y ha dedicado muchos años a este trabajo. Por favor, no la castigue por mis actos. —Asentí con la cabeza hacia Ruth—. Que tenga buena noche.

Sin mirar atrás, me apresuré a entrar en la cocina y tomé mi teléfono del cajón donde el personal guardaba sus pertenencias. Estaba segura de que Gavin me seguiría, así que me escabullí por la puerta lateral. Prefería estar sola. Agradecí a Dios que mi madre no hubiera estado en el comedor para presenciar aquello. Estaba en la cocina, ocupada ayudando a la cocinera a emplatar los postres, y ni siquiera se había dado cuenta de que había entrado corriendo a buscar mi teléfono. Pero seguro que alguien la pondría al corriente del numerito que se había perdido.

Fuera la lluvia de antes había amainado hasta convertirse en una ligera llovizna. Ni siquiera sabía a dónde iba; solo necesitaba salir de la casa. Decidí ir caminando hasta la avenida Worth y llamar a un taxi para que me llevara de vuelta a West Palm.

Oí el sonido de un coche a toda velocidad detrás de mí. Redujo la velocidad a medida que se acercaba.

Gavin bajó la ventanilla.

—Sube, Raven.

—Vuelve a casa, Gavin.

Siguió conduciendo a mi lado.

—Por favor.

Continué caminando.

—No. Quiero estar sola.

—De ninguna manera dejaré que vayas caminando tú sola.

—¿Qué pasa? ¿Crees que me va a atracar un hombre con una camisa rosa de los Brooks Brothers? —Me detuve un momento y miré sus ojos de expresión suplicante antes de decidirme a abrir la puerta del pasajero.

—Gracias —dijo.

Cuando me di cuenta de que no conducía hacia el puente para llevarme a casa, le pregunté:

—¿A dónde vamos?

—A algún lugar donde podamos estar solos.

Condujo hasta la misma cala que habíamos visitado antes y que era su lugar favorito.

Aparcamos y nos bajamos. Gavin guardó silencio mientras me guiaba por las rocas hasta el agua. El mar estaba especialmente agitado esa noche y reflejaba el estado de ánimo de toda la velada.

Nos sentamos en silencio durante un rato antes de que se volviera hacia mí.

—Estoy muy orgulloso de ti por enfrentarte a ella de ese modo. Debería ser muy difícil odiar a tu propia madre, pero la mía hace que a veces resulte fácil. Cuando has renunciado y te has marchado, me ha invadido una enorme sensación de alivio porque no quiero volver a ver cómo te trata. —Le temblaba el labio.

—No me ha dejado otra opción. Todos tenemos un límite. Solo espero que no afecte a mi madre. Necesita ese trabajo.

—Hablaré con mi padre y me aseguraré de que no sea así.

—Toda la situación es una mierda —dije, dando una patada a la arena.

—Has perdido tu trabajo por mi culpa, porque no he podido mantenerme alejado de ti y mi madre lo sabe. Me aseguraré de que puedas pagar todo lo que necesites.

—No, de eso nada. No soy una puta, Gavin. No necesito tu dinero. Encontraré otro trabajo.

—Raven, yo... —Hizo una pausa, mirando al cielo nocturno. Se giró hacia mí—. Sé que hemos estado saliendo de manera informal, pero mis sentimientos por ti no han hecho más que crecer. Soy un puto mentiroso. He estado fingiendo que me parece bien todo esto de ser solo amigos. La verdad es que nunca he sentido esto por nadie. No sé qué hacer.

Mi corazón latía con fuerza mientras intentaba ignorar mis propios sentimientos.

—Eso es fácil... Nada. No hagas nada.

—Cuando te he visto esta noche con este vestido, me he quedado sin aliento. Y pensar que mi madre ha hecho que sintieras que no debías llevarlo... Cuando estás en una habitación, brillas más que nadie. Y no quiere eso porque cree que todos tienen que fijarse en ella. Necesita despedazar a los demás para sentirse bien. Puede intentar controlar mi vida con su cartera, pero jamás podrá dictar lo que siento. —Se señaló el corazón—. Y es tanto lo que siento que últimamente me cuesta respirar. Me asusta mucho porque sé que lo correcto sería fingir que no está pasando, pero no puedo, Raven. No sé cómo parar esto.

Cerré los ojos un momento.

—No te pasa solo a ti. Yo también siento lo mismo.

Cuando abrí los ojos, los suyos se cerraron, como si oírme decir que correspondía a sus sentimientos, saber que no estaba solo en esto, le produjera un inmenso alivio.

Su pelo ondeaba al viento. Estaba tan guapo... Quería tocarlo. No, necesitaba tocarlo. Le acaricié despacio el cabello con la mano. Me agarró la muñeca y se llevó mi mano a los labios, besándola una y otra vez. Mantuvo mi mano en su boca mientras miraba el agua. Parecía estar buscando una solución, que estaba convencida de que no encontraría.

No estaba segura de muchas cosas, de nada, a excepción de lo que Gavin sentía por mí. Sus sentimientos eran sinceros y rivalizaban con los míos. Ambos nos sentíamos bastante desesperados.

Quería acercarme a él, pero mi instinto me decía que hacerlo sería como encender una cerilla. Cuando volvió a mirarme, la desesperación en sus ojos era patente. Yo solo quería aliviarla, aplacar la acuciante necesidad que me invadía. Sentía que todo estaba a punto de explotar.

No sabría decir quién tomó la iniciativa. Parecía que estábamos uno encima del otro casi a la vez, como si hubiéramos perdido la cabeza en el mismo instante. Cuando me di cuenta estaba tumbada sobre la arena, con Gavin encima de mí, y su boca caliente devoraba mis labios mientras yo respiraba cada parte de él, impregnándome de él con todos mis sentidos.

—Eres increíblemente hermosa —dijo contra mi piel mientras me besaba el cuello.

Mis pezones se endurecieron con impaciencia. Empezó a chuparme los pechos a través de la tela del vestido. El corte del vestido no le permitía bajarlo. Tendría que abrir la cremallera por detrás. Necesitaba sentir su boca en mi piel desnuda.

Me aparté durante un instante y rodé hacia un lado.

—Bájame la cremallera.

—¿Estás segura? —preguntó.

Sin aliento, asentí con la cabeza.

Cuando me di la vuelta tuve la necesidad de aclarar algo.

—No quiero... Ya sabes... No estoy preparada para eso. Solo quiero tu boca sobre mí.

Mis palabras parecieron encender algo dentro de él.

—Eso puedo hacerlo.

Me desabroché el sujetador y lo tiré a un lado.

Se lamió los labios mientras me miraba con ojos vidriosos.

—¡Dios mío! Tienes unas tetas increíbles.

Nunca antes me habían chupado así. La fricción, el roce de su piel..., era una sensación alucinante. Ahuequé las manos en la parte posterior de su cabeza para apretarlo contra mí. El vestido bajado hasta la cintura me servía de barrera. Aunque no estaba preparada para mantener relaciones sexuales con él, quería sentirlo entre mis piernas. Me bajé el vestido y me quedé solo en ropa interior.

Gavin contempló mis bragas de encaje antes de volver a dirigir su mirada hacia mí.

—¿Estás tratando de matarme?

Volví a tirar de él hacia abajo, pues acusaba la falta de su tibieza, y esta vez abrí las piernas a fin de darle pleno acceso para que presionara su inflamado miembro contra mí. Estaba duro como el acero. Moví las caderas, presionando mi clítoris contra el calor de su excitación. Por mucha fuerza que hiciera, no era suficiente; por mucho que me contoneara, no era capaz de hacerlo lo bastante rápido. Nuestro beso se volvió aún más frenético mientras nos enrollábamos en la arena igual que animales en celo.

Gavin se apartó el tiempo suficiente para desabrocharse la camisa antes de recostarse contra mis pechos. El contacto piel con piel era el paraíso.

—Dime qué puedo hacerte, Raven —jadeó.

—Dime qué quieres hacerme.

—No sé si debo.

—Dímelo.

—Quiero follarte y correrme dentro de ti. Quiero hacerte mía y ser tuyo esta noche, pero sé que no puedo hacerlo.

Sus palabras hicieron que los músculos de entre mis piernas se contrajeran.

—Todo menos eso —susurré.

Me besó de forma apasionada, primero en la boca y luego descendió por mi torso antes de posarse en mi sexo. Me bajó las bragas, me separó las rodillas y no perdió tiempo en meter su boca entre mis piernas. Jadeé ante la inusual pero eufórica sensación. Nadie me había hecho sexo oral y no tenía ni idea de lo sensible que era mi clítoris a eso. Era indescriptible. Además, Gavin gemía contra mi piel y sus gemidos de placer vibraban contra mi sexo y hacían muy difícil no llegar al orgasmo.

Se metió la mano dentro de los pantalones y empezó a acariciarse mientras seguía devorándome. La idea de que se estuviera dando placer a sí mismo hacía que todo fuera mucho más intenso. Su respiración se tornó más agitada mientras liberaba su miembro y lo empuñaba a la vez que me lamía y chupaba, usando toda su cara para excitarme.

Tenía muchas ganas de sentirlo dentro de mí, pero sabía que me arrepentiría si daba ese paso tan pronto. Tampoco había planeado hacer todo aquello con él en aquel momento.

Le tiré del pelo mientras me sentía a punto de explotar.

—Voy a correrme.

Movió la lengua más deprisa, provocando mi orgasmo. Oleadas de placer me recorrieron mientras mi sensibilizada piel palpitaba contra su boca. Me lamió, describiendo lentos círculos, hasta que supo que había terminado por completo.

—Quiero correrme sobre tu piel —dijo—. ¿Puedo?

Todavía demasiado abrumada para hablar, asentí con la cabeza.

Le miré mientras se masturbaba sobre mis pechos, y cuando llegó al clímax, sentí su semen caliente sobre mí. Junté mis pechos, masajeándolo en mi piel.

Jadeó durante mucho tiempo, mirando al cielo.

—Ha sido absolutamente increíble. —Me sonrió antes de quitarse la camiseta y limpiarme el pecho—. Me parece que no voy a darle esta camisa a tu madre para que la lleve al tinte.

Nos reímos a carcajadas mientras se tumbaba de nuevo a mi lado. Me besó con suavidad el cuello a la vez que escuchábamos el sonido de las olas. Era la primera vez que sentía ese nivel de satisfacción y, desde luego, la primera vez que había vivido algo semejante en brazos de un hombre.

Tras un largo silencio, Gavin fue el primero en hablar.

—¿Recuerdas que dije que este era mi lugar favorito?

—Sí.

—Bueno, pues tú eres mi persona favorita.

Sentí que mi corazón se derretía. También noté que me resistía a ese sentimiento, porque no tenía ni idea de lo que me depararía el futuro. Lo único que sabía era que estaba en un buen lío.

8

Gavin

Estaba empezando a perder la cabeza.

Raven no había respondido a mis llamadas, aunque me envió un mensaje de texto para decirme que estaba bien. Eso significaba que me estaba evitando. Lo único que me decía era que estaba pasando por algo personal. Me culpé por haber llevado las cosas demasiado lejos con ella esa noche.

Había pasado una semana desde la fiesta de cumpleaños de mi padre y del rato que pasamos en aquella playa escondida. No podía dejar de revivirlo en mi mente. Jamás olvidaría sus gemidos. Ni siquiera habíamos mantenido relaciones sexuales, pero fue, con mucho, la experiencia sexual más intensa de mi vida. Tuve la impresión de que podía ser la primera vez que un hombre le lamía ahí. Me moría de ganas de volver a sentirla correrse contra mi lengua. Intenté resistirme a darme placer delante de ella esa noche, pero podría haber explotado si no lo hubiera hecho. ¿Quizá fue ahí donde me equivoqué? No podía estar seguro.

Pero cada día que pasaba, me preocupaba más.

Para empeorar las cosas, Renata también había llamado para decir que no iba a ir a trabajar. No recordaba que lo hubiera hecho antes, así que tal vez estuviera pasando algo en casa.

Me preguntaba si mi madre sabía algo, así que decidí abordarla.

—¿Dónde está Renata? —pregunté cuando la encontré en la cocina, haciendo todo lo posible para sonar despreocupado.

Mi madre apenas levantó la vista de su té y de su periódico.

—Ha pedido la baja por enfermedad.

—¿No te ha dicho qué le pasaba?

Me miró.

—¿Por qué te preocupa tanto?

—Nunca llama para decir que está enferma. ¿No puedo preocuparme por ella?

—Si pensara que es ella la que te preocupa, no habría problema.

—Raven hizo bien en renunciar.

—Estoy completamente de acuerdo, y si descubro que aún vas tras ella, habrá consecuencias.

—No la he visto desde la noche en que se fue de aquí.

Por desgracia, eso ni siquiera era mentira.

—Bien. —Fijó de nuevo su atención en el periódico.

Me aventuré por el pasillo hasta el despacho de mi padre para ver si él sabía algo que mi madre no supiera.

Llamé a la puerta.

—Hola, papá.

Mi padre giró su silla para mirarme.

—Hola, hijo.

—Mamá dice que no sabe qué le ocurre a Renata, por qué ha estado ausente. ¿Y tú?

Se quitó las gafas.

—No. Por lo que sé, no se encuentra bien y ha tenido que tomarse unos días de descanso.

—No puedo evitar preguntarme si ocurre algo más.

—¿Quieres decirme por qué piensas eso?

—He estado en contacto con Raven. Mamá no lo sabe. Raven me dijo que estaba pasando por algo personal. Y ahora Renata se ausenta. Que yo recuerde, Renata nunca había solicitado la baja por enfermedad, así que me pregunto si es posible que esté ocurriendo alguna otra cosa, ya sea con Raven o con las dos.

Se frotó los ojos y suspiró.

—Siento que tu madre haya sido tan irrespetuosa con Raven. No apruebo su comportamiento en lo más mínimo, pero como también sabes, no tengo demasiado control sobre los actos de tu madre.

—Lo sé. Créeme, he visto tu dinámica con ella toda mi vida.

—Dicho esto... —Hizo una pausa para mirarme realmente—. Espero que puedas encontrar la forma de concentrarte en tu próxima mudanza a Connecticut en este momento, hijo. Aunque no tengo nada en contra de Raven, y la considero una chica maravillosa, creo que tu atención en este momento debería centrarse en tus estudios.

—Pienso en la mudanza, pero con quién pase mi tiempo durante mi último verano antes de ir a la Facultad de Derecho debería decidirlo yo.

Mi padre asintió con la cabeza.

—Estoy de acuerdo.

Exhalé un suspiro.

—Gracias.

Daba gracias a Dios por tener a mi padre. Era la voz de la razón en una casa de locos.

Esa misma tarde, mi amigo Christian Bradford vino de visita. Era una de las pocas personas de la isla en las que confiaba. Christian era un año más joven y había venido a pasar el verano en casa desde Brown en Rhode Island.

Abrió un refresco y puso los pies en la tumbona.

—¿Qué ha pasado?

«¿Cómo lo resumo?»

—He conocido a una chica y me ha flipado.

—¿Me estás tomando el pelo? ¿A ti? Nunca pensé que vería el día. —Me miró por encima de sus gafas de sol—. ¿Las cosas van bien con ella?

—En realidad, no. No podrían ir peor.

—¿Qué ha pasado?

—Vamos a ver. ¿Qué no ha pasado? Para empezar, mi madre la atormentó hasta que acabó dejando su trabajo aquí.

Casi escupió su bebida.

—¿Estabas metiendo mano a la chacha?

Por alguna razón, eso me ofendió mucho.

—Trabajaba aquí, sí.

—Debe de ser un pibonazo.

Me entraron ganas de darle un puñetazo. Pero, a decir verdad, esa era nuestra forma de hablar. Sin embargo, cuando se trataba de Raven, era hipersensible a todo.

—Sí, es una belleza, pero no es solo su aspecto. Hemos conectado de verdad, aunque estoy bastante seguro de que la espanté la otra noche.

Se rio.

—¿Por qué? ¿Se la enseñaste? —Le dirigí una mirada que debió de decirle, sin lugar a dudas, lo poco que me apetecían sus tonterías—. Lo siento, hombre. Ya me dejo de bromas. ¿Qué ha pasado?

—La noche que dejó el trabajo fui tras ella. Básicamente se marchó después de que la ofendieran demasiadas veces. Fue una tortura presenciarlo. Una parte de mí se moría cada vez que mi madre le faltaba al respeto. Que lo dejara fue un gran alivio.

Mi amigo enarcó las cejas.

—¡Vaya si te gusta la chica!

—Terminamos en una playa escondida esa noche y... una cosa llevó a la otra.

—¿Te la has follado?

—No. Las cosas no fueron tan lejos. Créeme, yo quería, pero es virgen.

Una sincera expresión de sorpresa cruzó su rostro.

—Vale...

—Sí..., así que es comprensible que sea cautelosa, sobre todo con alguien que se va a ir al final del verano.

—Así que os habéis metido mano un poco. ¿Cuál es el problema?

—Me ha estado evitando desde entonces y creo que es posible que se arrepienta de lo que hicimos.

Era raro que no quisiera entrar en detalles sexuales con él, pero tenía la sensación de que estaba traicionando la confianza de Raven. En el pasado no había tenido ningún problema en contar de forma detallada las cosas que había hecho con las chicas, pero todo era diferente cuando se trataba de ella.

Me sacó de mis pensamientos.

—Colega, ¿por qué te pones a salir con alguien antes de irte? Quiero decir que podría entenderlo si solo quisieras un poco de marcha, pero parece que te estás metiendo en algo muy diferente.

—Sé que lo lógico sería olvidarme de todo, pero no puedo dejar de pensar en ella.

—¡Joder! Vale. Conque así están las cosas. Bueno, ahora mismo estás encaprichado, pero seguro que se te pasará con el tiempo.

—Tal vez necesitaba que lo hiciera ella —repuse mientras veía la luz del sol derramarse sobre la piscina—. Quizá necesitaba que se mantuviera alejada para no implicarme más. Puede que esto sea lo mejor. No lo sé.

—Sabes que rompí con Morgan antes de irme a Brown, ¿verdad? Fue lo mejor que pude hacer. No podría imaginarme estar atado ahora mismo.

—Sé que tienes razón, pero...

Terminó la frase por mí.

—Pero eso no cambia cómo te sientes.

—De momento no, aunque espero que la sensatez aparezca en algún momento.

—Si te molesta que no te hable, ¿por qué no vas a su casa a ver qué pasa?

Me había dado una idea. Me sorprendió que no se me hubiera ocurrido antes.

—En realidad, puede que no tenga que hacerlo. Tengo otra fuente.

Marni había aceptado un trabajo en un local de pretzels en el centro comercial cerca de donde vivían Raven y ella. Decidí ir a visitarla para ver si podía darme alguna información.

No había clientes haciendo cola cuando me acerqué a su quiosco, que olía a mantequilla y pan horneado.

—¡Hola! —grité.

Levantó la vista.

—¡Niño rico! ¿Qué estás haciendo en este lado de la ciudad?

—Supongo que te echaba de menos, Marni.

—Aunque me encantaría creerlo, algo me dice que puede que haya algo más. —Me dio una taza con trozos de pretzel.

La acepté.

—Gracias. —Me metí uno en la boca y pregunté—: ¿Te ha dicho Raven algo sobre mí últimamente?

Sacó una bandeja de pretzels del horno.

—Si lo hubiera hecho no te lo diría —replicó—. Puede que tú y yo nos llevemos bien, pero le soy leal a ella.

—De acuerdo, me parece justo. ¿Puedes al menos decirme si está bien? —Su expresión se apagó y no me gustó lo que vi. Ni una pizca—. Algo pasa. Cuéntamelo, Marni.

Exhaló con frustración.

—Tienes razón. Algo está pasando, pero no tiene nada que ver contigo, Gavin.

Mi corazón empezó a palpitar.

—¿Está Raven metida en algún lío? Renata tampoco ha ido a trabajar.

—Solo te diré que no tiene nada que ver contigo. Yo no te he dicho nada, pero tal vez deberías ir a ver qué tal está. Si lo haces, a lo mejor te cuenta qué está pasando.

Asentí con la cabeza.

—Gracias, Marni. Es cuanto necesitaba oír.

Cuando llegué a su casa, el coche de Renata estaba fuera. No quería que me viera, así que me pregunté si habría otra forma de llegar a Raven.

Esquivé un par de aspersores, rodeé el lateral de la casa y me asomé a las ventanas. Desde la primera se veía el salón, que estaba vacío. Me dirigí a la parte trasera y pude ver el interior de la habitación de Raven.

«Ahí está.»

Estaba sentada en su cama, tan guapa, pero también ensimismada y muy triste.

Me pregunté si debía irme, pero había ido hasta allí y necesitaba saber qué estaba pasando.

Llamé a la ventana y ella se sobresaltó. Con la mano sobre el corazón, se fijó en mí y se apresuró a abrirla.

—¿Qué haces aquí?

—Quería asegurarme de que estabas bien. He estado preocupado porque tus mensajes han sido cortos y sin duda me estás evitando. No puedo remediar preguntarme si tiene algo que ver con lo que hicimos. ¿Te he hecho daño?

—¡Ay, por Dios, Gavin! No. —Echó una ojeada por encima del hombro—. Entra —me dijo, y entré por la ventana con dificultad—. No tiene nada que ver contigo —susurró.

—¿Qué está pasando? —Los ojos se le llenaron de lágrimas. No me lo esperaba. Se me encogió el corazón. Ahuequé las manos sobre sus mejillas y le enjugué las lágrimas con los pulgares. El corazón me latía con fuerza—. He estado muy preocupado por ti. Por favor, dime qué está pasando.

—Si te lo digo... —vaciló— tienes que prometer que no les dirás nada a tus padres.

—Por supuesto. Cuenta con mi discreción.

Exhaló un suspiro.

—Mi madre se encontró un bulto en el pecho. Se ha pasado los últimos días yendo a varias citas para que pudieran averiguar si es cáncer. —Hizo una pausa—. Y resulta que... lo es.

Se me encogió el estómago.

—¡Oh, Dios mío!

—Sí.

—Es tan joven...

—Solo tiene cuarenta años.

—Bueno, eso explica por qué ha estado de baja. No puedo creerlo.

—El tipo de cáncer que tiene es muy agresivo. Se llama «triple negativo» y está en fase tres.

—¿Qué significa eso?

—Significa que se ha extendido a los ganglios linfáticos. Así que tendrán que darle quimioterapia... y cirugía.

Escuchar aquello resultaba doloroso.

—¡Dios mío! Lo siento.

Incapaz de imaginar lo asustada que debía de estar, la atraje hacia mí y la abracé. Se apartó al cabo de un minuto.

—Esperan que la quimioterapia reduzca el tamaño del tumor para que, cuando sea un poco más pequeño, puedan operar y practicarle una mastectomía.

—¿Cuándo empiezan?

—Todavía estamos tratando de organizarlo todo. Mi madre no tiene seguro, así que va a tener que salir todo de su bolsillo.

«¿Qué?»

—¿Cómo es posible que mis padres no paguen la asistencia sanitaria?

—Tus padres pagan muy bien. Lo que pasa es que el trabajo no incluía todos los beneficios. Mi madre lo sabía cuando lo aceptó. Siempre ha tenido muy buena salud y cuando hemos tenido que ir al médico, que no ocurre a menudo, lo hemos pagado. Es la primera vez que sucede algo así. La verdad es que no sé qué vamos a hacer.

Cerré los ojos durante un momento.

—Tienes que dejar que se lo cuente a mi padre. Él puede ayudar.

—No creo que tu madre lo consienta.

—¡Que le den si no lo hace! Mi padre querrá saberlo y querrá ayudar. Tienes que dejar que se lo cuente.

—Al final a mi madre no le quedará más remedio que decírselo a tus padres. Por favor, deja que sea ella quien lo haga. Estamos esperando a ver cómo se desarrollan las cosas primero. No quiere perder su empleo. Quiere seguir trabajando mientras está en tratamiento. Estaba considerando no decir nada en absoluto para que no pensaran que era incapaz, pero ha acabado aceptando que tendrá que contárselo. Va a tener que ausentarse mucho como para ocultarlo.

—Te prometo que haré todo lo que esté en mi mano para que no pierda el trabajo.

—Gracias.

Raven parecía aterrorizada. Lo único que pude hacer fue consolarla. La acerqué de nuevo a mí y la abracé con fuerza. Nuestros corazones latían el uno contra el otro. No podía creer lo estúpido que había sido al pensar que su ausencia tenía algo que ver conmigo. Se trataba de un asunto mucho más grave.

—Todo va a salir bien —le susurré al oído.

Odiaba no poder garantizarlo, pero Raven necesitaba escuchar unas palabras de aliento. Estaba a punto de desmoronarse. Podía sentirlo.

—¿Dónde está tu madre ahora? —pregunté.

—Está descansando. Todo esto la ha dejado agotada.

—¿Prefieres que me vaya? No quiero molestarla por estar aquí.

—No estoy segura de que en este momento haya nada más que pueda alterarla, Gavin. No pasa nada. Si viene, le explicaré que has venido a vernos.

—Siento mucho que esté pasando esto.

—No puedo perderla. Es todo lo que tengo.

Se me rompió un poco el corazón y no me lo pensé dos veces.

—Sé que no es ni de lejos lo mismo, pero me tienes a mí —dije—. No estás sola.

Ella respondió con una mirada interrogante.

—No, no lo estoy. En realidad, no lo estoy.

Era extraño lo fácil que había resultado decir aquello. Podía parecer una promesa irresponsable, dado que iba a marcharme, pero de alguna manera sabía que, si Raven me necesitaba, siempre estaría a su lado, sin importar en qué lugar del mundo me encontrara. No estaba seguro de cómo estaban las cosas entre nosotros, pero sabía que ella me importaba lo suficiente como para hacer esa promesa. Esa constatación me abrió los ojos.

—Sí, así es, Raven. Me tienes a mí. Y si puedo ayudar, haré todo cuanto necesites. —Tomé sus manos entre las mías y las apreté.

—Gracias. —Me soltó y se acercó a la ventana, mirando hacia fuera—. Tengo que ser positiva. Esa es la única manera de superar esto; enfrentarte a lo que va viniendo.

Me coloqué detrás de ella y le puse las manos en los hombros.

—Es una buena idea. Intenta no preocuparte demasiado por lo que pueda pasar. Solo hay que centrarse en vivir día a día.

Sabía que era más fácil decirlo que hacerlo, y siempre había odiado que me dijeran cosas así para tranquilizarme. No hacía que las cosas resultaran menos duras. Y nada de lo que había pasado era tan grave como lo que Raven y su madre estaban a punto de afrontar. Hacía que cualquier cosa mala que creía haber experimentado pareciera ridícula.

Se dio la vuelta para mirarme.

—Tengo un nuevo trabajo.

—¿De verdad? ¿Dónde?

—En el lavado de coches que hay en la calle de abajo. Haciendo trabajo administrativo. No sé muy bien por qué me lo dieron, pero lo conseguí.

—Es genial.

—Bueno, no sé si es genial, pero algo es algo. Significa que tendré un poco de dinero para ayudar.

En ese momento se abrió la puerta de su habitación. Me sobresalté. Los ojos de Renata se abrieron de par en par al verme.

—Gavin...

—Renata... Yo solo estaba...

Raven me salvó de hacer el ridículo.

—Gavin ha venido porque estaba preocupado por nosotras, mamá. Sabía que estabas de baja y yo no había sido muy receptiva con él. Se dio cuenta de que algo pasaba. Solo le he contado la verdad. Lo siento si no querías que lo supiera, pero tenía que decírselo a alguien. Ha prometido no decirles nada a sus padres.

Me preparé para la respuesta de Renata.

—No pasa nada. Sé que esto es tan difícil para ti como para mí y necesitas un amigo en este momento. —Miró hacia mí—. Gavin, gracias por tu preocupación.

Su reacción supuso una grata sorpresa. Desde luego no quería disgustarla, pero me habría resultado muy difícil marcharme en ese momento.

Se volvió hacia Raven.

—Solo quería que supieras que voy a ir a casa de Cecelia. Quiere hablarme de la experiencia de su madre con el mismo tipo de cáncer de mama y quiere prepararme la cena. Me ha parecido bien, y aunque no me apetece salir de casa, creo que me vendrá bien.

—Me parece una gran idea, mamá. ¿Quieres que vaya contigo?

—No. No es necesario. Tú también necesitas olvidarte un poco de todo. Disfruta de tu tiempo con Gavin.

9
Raven

Después de que mi madre se fuera, Gavin y yo fuimos a la cocina.

—Me alegro de que tu madre no parezca molesta por mi presencia.

—Creo que toda esta experiencia está haciendo que tenga una perspectiva diferente de muchas cosas.

—Ha dicho que quiere que te olvides de esto durante un rato. Tal vez deberíamos salir.

—No sé. Por alguna razón, no estoy de humor para estar rodeada de gente. De repente me pongo a llorar. Y no duermo mucho. Estoy muy cansada.

—Pues nos quedamos. No me importa, mientras pueda distraerte un poco.

Me puse a llorar de repente. Ese era el tipo de cosas que me habían estado ocurriendo últimamente.

Gavin me estrechó en sus brazos de nuevo.

—Lo siento, Raven. Lo siento muchísimo. —Al cabo de un minuto, me dijo al oído—: ¿Cuándo fue la última vez que comiste algo?

—No me acuerdo.

—¡Mierda! Tienes que comer. Necesitas conservar las fuerzas.

Se acercó a los armarios y empezó a abrirlos uno a uno.

—¿Qué haces?

—Voy a prepararte algo.

—No sabía que supieras cocinar.

—Y no sé. —Esbozó una sonrisa—. Pero estoy dispuesto a intentarlo por ti.

«¡Dios, cuánto me alegro de que esté aquí!»

—Bueno, esto podría servir de cena y de entretenimiento —bromeé.

—¿Insinúas que no soy capaz de cocinar algo comestible, Donatacci?

Me reí al ver que me llamaba por mi apellido. Nunca lo había hecho.

—No sé, no sé. ¿Puedes?

—En realidad hay una cosa que sé cocinar bastante bien. Te aviso de que soy el maestro del ramen.

—¡Ah! Ramen.

—¿Tienes un paquete de fideos para hacer ramen?

—Sí, pero no estoy segura de que eso se pueda considerar cocinar.

—¿Quieres apostar? —me desafió.

—Sí.

—¿Qué quieres apostar?

Me reí.

—¡Oh! ¿Era una pregunta literal?

—Pues claro que sí. —Se rascó la barbilla—. Vale, si consigo preparar un ramen lo bastante bueno como para que lo consideres digno de la cena, entonces..., te vienes otra vez a improvisar conmigo en cuanto te sientas con ganas.

—De acuerdo. Trato hecho.

«¿Qué tenía de malo que esperara que quisiera besarme o algo así si ganaba?»

—Muy bien. —Dio una palmada—. Dime dónde tenéis el ramen.

—Debería de haber al menos un paquete en ese armario de ahí.

Lo encontró y lo dejó en la encimera. Luego le observé mientras rebuscaba en nuestra nevera y sacaba varias cosas que picar. Incluso coció un par de huevos.

Cuando terminó, lo que puso delante de mí parecía algo digno de comerse en un restaurante asiático de lujo. Dentro del gran cuenco de sopa había albahaca fresca, cebolleta..., toda una variada selección de cosas.

—Debo reconocerlo. Esto es impresionante. Cuando has dicho «ramen», me lo imaginaba como lo preparo yo, que suele ser fideos con un poco de salsa picante. Pero esto es... —Me quedé sin palabras.

—Está muy bueno. Confía en mí. Lo único que le falta es la salsa de chile tailandesa, pero no tienes. Cómetelo antes de que se enfríe.

Soplé y me llevé la cuchara a la boca; el mejor puto ramen que había probado nunca.

—¿Dónde está tu sopa? —pregunté.

—Solo había un paquete de fideos. No necesito comer. Hoy he comido mucho.

—Lo compartiré contigo.

—No. Quiero que te lo comas todo. Necesitas comer.

Volví a saborear aquella sabrosa mezcla. Era increíble lo que un poco de amor podía hacer para condimentar una comida tan sencilla.

Gavin se colocó detrás de mí mientras comía y me masajeó los hombros. Entre el calor de la sopa que bajaba por mi garganta y la sensación de sus grandes y fuertes manos, estaba en el paraíso. Era la primera vez en días que sentía algo que no fuera entumecimiento o ganas de llorar. Por primera vez en mucho tiempo, al menos por el momento, todo estaba realmente bien.

Continuó masajeándome la espalda hasta que me terminé hasta la última gota.

Me di la vuelta para mirarle.

—Gracias por saber exactamente lo que necesitaba.

Agarró la silla que había junto a la mía y la acercó más.

—El placer es todo mío. Te he echado mucho de menos. No imaginé que estuvieras pasando por algo así.

—He estado en *shock*. No quería ni hablar ni pensar en eso.

—No tienes por qué hablar de eso.

—Una parte de mí quiere hacerlo. No quiero sentir el dolor, pero también es necesario sacarlo.

—Estoy aquí si quieres hablar, de día o de noche. Y si no..., tampoco pasa nada.

En realidad, necesitaba hablar de ello.

—Nunca me había planteado el hecho de poder perder a mi madre. Ella es toda mi vida, es mi única familia.

—No puedo imaginar lo aterrador que debe de ser.

—Al tener solo a uno de los progenitores y ningún hermano..., la idea de perder a esa persona resulta aterradora. Puede que tu hermano sea un imbécil, pero estoy segura de que en el fondo le quieres. Sabes que si alguna vez lo necesitas, estará ahí para apoyarte.

—Sí.

—Pero sobre todo me disgusta mucho que tenga que pasar por esto. Se supone que está en la flor de la vida. Por fin empezaba a hacerme caso sobre la posibilidad de empezar a tener citas por internet. Solo hace un mes que le creamos un perfil.

Sonrió con compasión.

—¿De verdad?

—Sí. La vida empezaba a sonreírnos.

—Bueno, la vida consigue sorprendernos a veces, pero cuando supere esto, valorarás aún más la vida. Ahora hay muchas opciones para luchar contra el cáncer. Se va a recuperar, Raven. Tienes que creerlo. Tienes que ser positiva, ¿de acuerdo? Prométeme que no te preocuparás hasta que tengas que hacerlo. Sé que para mí es fácil decirlo, porque no es mi madre, pero el hecho es que de nada sirve darle vueltas a cosas que aún no han pasado.

—Voy a esforzarme mucho, Gavin. Porque sé que ella necesita que sea fuerte.

—El otro día estuve viendo un documental en la televisión por cable —dijo—. Trataba de cómo el poder de la mente controla el cuerpo y de cómo reducir el estrés puede ayudar a curar el cuerpo de la enfermedad.

—¿Quieres decir que en lugar del tratamiento?

—No, además del tratamiento. Una actitud positiva ayuda a la gente a superar cosas como la quimioterapia y otros tratamientos. No hay muchas cosas que podamos controlar en la vida, pero podemos controlar nuestras actitudes.

—¿Cómo se titula ese documental?

—No lo recuerdo, pero puedes verlo bajo demanda. ¿Quieres verlo?

—Sí. ¿Podemos? Me vendría bien toda la ayuda posible.

Durante las siguientes dos horas estuve sentada en el sillón, acunada en los brazos de Gavin mientras veíamos el documental. Contaba historias reales de personas que habían superado obstáculos increíbles y atribuían su recuperación a cosas como la meditación, la alimentación sana y la reducción del estrés. Me infundió una renovada voluntad para hacer todo lo que pudiera a fin de ayudar a mi madre a adoptar algunas de esas cosas para ayudar en su tratamiento. Sobre todo, me dio algo que necesitaba de verdad: esperanza. Aunque fuera falsa y equivocada, la necesitaba.

En las pocas horas que llevaba allí, Gavin había hecho mucho por mí. Me había dado de comer y me había consolado e infundido esperanza. Estaba empezando a sentir que era una parte importante de mi vida. No importaba lo que nos dijéramos, porque empezaba a considerarle mi novio.

La semana siguiente fue un torbellino. Mi madre se enteró de que iba a empezar su primer tratamiento en unos días. Todos los días, de camino a casa desde el trabajo, llenaba la nevera con alimentos orgánicos que había comprado en el supermercado. Leí todo lo que pude sobre preparar batidos verdes saludables y descargué algunas aplicaciones de meditación para que mi madre las utilizara. Tenía pensado hacer muchos de los ejercicios con ella. Gavin me ayudó enviándome información que había encontrado sobre vida sana y enfoques holísticos que podíamos probar además de la quimioterapia. Estaba decidida a hacer todo cuanto fuera necesario.

Cuando mi madre volvió a casa del trabajo una noche, pude ver por su expresión que algo había pasado.

—Hola. ¿Qué pasa? —pregunté.

Se dejó caer en el sofá con aspecto agotado y puso los pies en alto.

—Bueno, me he sentado con Gunther y Ruth y les he dicho que voy a tener que tomarme tiempo libre de vez en cuando para mis tratamientos. —Me miró—. Se lo he contado todo.

—¿Cómo se lo han tomado?

—Por sorprendente que parezca, Ruth ha sido muy comprensiva y se lo ha tomado bien. Me ha dicho que me tome todo el tiempo que necesite y que siempre tendré un trabajo, que no tengo que preocuparme por perder mi empleo, sin importar cuánto tiempo tenga que tomarme.

—Eso es bueno, ¿verdad? —pregunté, aliviada.

—Lo es... —Se quedó mirando.

«Aquí hay algo más.»

—¿Qué no me estás contando?

—Más tarde, después de que Ruth se fuera al club, Gunther ha venido a buscarme.

—Bien...

—Al parecer Gavin ya se lo había dicho y ha reconocido que la noticia de mi cáncer no les ha sorprendido.

—Le dije a Gavin que no dijera nada.

—Sé que lo hiciste, y tenía buenas intenciones. Solo intentaba que el señor Masterson me ayudara. Confía en su padre, como debe ser.

—¿Qué te ha dicho Gunther?

—Ha sido una conversación muy incómoda.

—¿Por qué?

—Quiere pagarlo todo, Raven. Quiere cubrir todos mis gastos médicos.

Mi corazón se llenó de esperanza.

—Es increíble. ¿Por qué estás molesta entonces?

—No quiere que Ruth lo sepa. Sacaría el dinero de una cuenta bancaria secreta y haría que su abogado se encargara de los pagos para que ella no se enterara.

Abrí los ojos como platos.

—¡Vaya! De acuerdo. Pero tienes que aceptar su ayuda.

—Lo sé. Es que... es un buen hombre y no quiero que tengas problemas por esto.

—¿Qué es lo peor que podría hacer? ¿Abandonarle? Eso sería hacerle un favor, en mi opinión.

Dejó escapar un largo suspiro.

—Por poco que me guste esa mujer, no quiero romper esa familia.

—¿Crees que se enfadaría tanto? Tienen más dinero que Dios.

—No es por el dinero. Es que Ruth no aceptaría que me lo diera a mí.

—¿Crees que es tan cruel?

—Sé que es tan cruel como para eso, pero hay algo más.

—¿De qué estás hablando?

—Creo que Ruth siempre ha sospechado que Gunther siente algo por mí.

—¿Por qué dices eso?

—Con los años, hemos entablado una especie de relación. Es inocente, pero creo que no le gusta que él y yo hayamos conectado, Raven. Ha habido momentos en los que se ha abierto a mí sobre ciertas cosas. Me pide que lo llame por su nombre de pila en privado, lo cual hago, pero delante de todos los demás le llamo «señor Masterson». A veces, cuando no está en casa, viene a buscarme a la cocina o adonde quiera que esté, y hablamos de sus problemas, de nuestros hijos, de muchas cosas. Pero es amistad, nada más.

—¿Crees que siente otra cosa por ti?

—Eso no importa. Aunque así fuera, es un hombre casado y no podría pasar nada. Jamás haría nada semejante, pero creo que Ruth desconfía de mí por ese motivo. Eso ha podido influir en lo mal que te ha tratado. No sé cómo sigo trabajando para una mujer que te trató tan mal.

—¡Tenemos que sobrevivir! Por eso sigues trabajando allí. Además, el señor Masterson siempre ha sido bueno contigo. Nunca esperaría que lo dejaras porque esa mujer sea una estirada. —Exhalé un suspiro—. Así que, ¿qué vas a hacer? ¿Aceptas el dinero? Por favor, dime que sí. Te prometo que encontraré la manera de devolvérselo algún día. Ahora necesitamos ese dinero para que te mejores. Tengo tanto orgullo como cualquiera, pero ahora no es momento para eso.

Mi madre guardó silencio durante un instante.

—Voy a aceptarlo.

Levanté la vista al techo con alivio.

—¡Oh, gracias a Dios! —repuse.

Una semana después, Gavin se presentó en mi ventana por la noche, lo cual se había convertido en una costumbre.

Saludó con la mano, con la voz apagada a través del cristal.

—Hola.

—Hola. —Abrí la ventana—. ¿Qué haces?

—Solo he pasado a ver cómo estás. —Se arrastró hacia dentro.

—¿Sí? ¿Eso es todo?

—No.

—¿No?

—En realidad quiero besarte.

Gavin y yo ya no jugábamos al juego de ser solo amigos. Aunque las cosas no habían ido más allá de los besos desde aquella noche en la playa, no nos cansábamos de los labios del otro.

Me enmarcó el rostro con las manos y acercó mi boca a la suya. Su aliento era como mi oxígeno. Mi cuerpo reaccionó de inmediato y necesitaba algo más que sus labios en los míos.

—¿Cómo está tu madre? —preguntó cuando por fin se obligó a apartarse.

—Está bien. No tiene náuseas como esperaba.

—No tiene otro tratamiento hasta la próxima semana, ¿verdad?

—Sí.

—¿Crees que estará bien hasta entonces?

—Creo que sí.

Parecía que algo pasaba.

—¿Qué vas a hacer este fin de semana?

—No tengo planes. ¿Por qué?

—Quiero que pases la noche conmigo… en mi casa.

«¿En su casa?»

—¿Qué? ¿Cómo?

—Mis padres se van al norte a ver universidades con Weldon. Van a estar fuera todo el fin de semana.

«¡Oh!»

—¿Y el personal?

—Mi madre les va a dar el fin de semana libre a todos. No habrá nadie en casa más que yo. No puedo decirte la última vez que pasó esto. Tal vez nunca vuelva a pasar.

A pesar de lo tentador que resultaba, dudé. Me mordí el labio.

—No sé. Quiero decir, tendría que decírselo a mi madre. No quiero mentirle.

—Sí, por supuesto. Si crees que le molestaría, lo entiendo. Podrías venir incluso por el día, si no puedes pasar la noche. Lo que quieras. Es que parece una oportunidad única en la vida para invitarte sin que tengas que preocuparte por nadie. Así es como debería ser siempre, Raven.

Tenía razón. Esa oportunidad podría no volver a presentarse.

—Me vendría bien la escapada —dije—. Ha sido una semana dura.

—Piénsatelo. Sin presiones. Es que creo que este fin de semana será la primera vez que pueda respirar en todo el verano. Y no hay nadie con quien prefiera respirar.

—¿Estás seguro de que no habrá nadie?

—Al cien por cien. Oí a mi madre decirle a todo el mundo que no viniera, incluida tu madre.

Mi madre no solía trabajar los fines de semana, pero le habían programado algunos para recuperar las horas perdidas.

Me apretó la cintura.

—Será muy divertido. Prepararemos juntos la cena en la cocina, nadaremos, veremos una película en el cine; lo que quieras. Tendremos toda la casa para nosotros.

Entré vacilante en la habitación de mi madre justo antes de acostarme aquella noche.

—Quería hablar contigo de una cosa —dije.

Estaba leyendo uno de sus libros holísticos. Después de cerrarlo, se recostó contra la cabecera.

—Vale...

—Me preguntaba si te parece bien que me vaya el fin de semana.

—¿Te refieres a marcharte?

—Sí.

—Claro. Me siento bien, y el próximo ciclo no es hasta el lunes. Pero ¿a dónde vas?

Me armé de valor.

—Gavin me ha invitado a pasar el fin de semana con él en la casa.

Mi madre asintió, comprendiendo.

—Porque sus padres no estarán allí...

—Sí, pero antes de que digas nada, yo...

—Raven, escúchame.

—Vale —dije, preparándome para lo peor.

—Sé que esperas que te dé un sermón sobre que debes tener cuidado y que no deberías pasar el fin de semana con él porque es un riesgo demasiado grande, pero no es eso lo que voy a decir.

Me senté en el borde de la cama.

—Muy bien.

—Si algo me ha enseñado esta enfermedad, es que ojalá me hubiera arriesgado más. Creo de veras que lo voy a superar, pero si por alguna razón no es así, de lo que más me arrepentiré es de haberme preocupado tanto por lo que piensan los demás y de no haberme arriesgado más en la vida. Si, Dios no lo quiera, algún día no estoy aquí para verte casarte y tener hijos, desde luego quiero verte feliz ahora mismo. Eso significa hoy, y sé que Gavin te hace feliz. Es un buen chico, Raven. De verdad lo es. Sé que Ruth os mataría si se enterara, y también a mí, pero creo que deberías vivir tu vida y hacer lo que te haga feliz, sin pensar en esa malvada mujer.

Tenía ganas de llorar, pero tuve que contenerme. Sus palabras me abrumaron. Sabía que, en cierto modo, eran fruto del miedo. El hecho de que hubiera relajado de forma tan drástica su actitud respecto a que yo pasara tiempo con Gavin significaba que temía que no fuera a estar en este mundo tanto tiempo como para ver que hay algo que me hace feliz de verdad.

Al mismo tiempo, tenía razón. Me arrepentiría si no me arriesgaba o no hacía caso a mi corazón. Y aunque Gavin se marcharía pronto, mi corazón no estaba listo para dejarlo ir todavía.

—Gracias por apoyarme. Gavin ha sido una gran ayuda en todo esto. De verdad quiero pasar este tiempo con él.

—Entonces, pásalo. Y pásalo muy bien, mi preciosa hija —dijo—. Pero ten cuidado, en todos los sentidos. Sé que eres inteligente. No harás nada para lo que no estés preparada. También sé que, si decides que es el momento adecuado, serás responsable.

No tenía intención de hacer eso ese fin de semana, pero tampoco podía estar cien por cien segura de que no lo haría. Ya no estaba segura de querer evitarlo.

Marni se tumbó boca abajo, mirándome mientras hacía la maleta.

—Vais a follar este fin de semana.

Doblé unos vaqueros y los metí en mi descolorida bolsa de lona de Vera Bradley.

—No sé cómo puedes saber eso.

—Porque veo la forma en que os miráis. Es como un fuego latente a punto de estallar. Esta será tu primera oportunidad de estar a solas con él. Por no hablar de que, si este fin de semana no es una especie de festival del amor, ¿por qué narices no estoy invitada a ir a Casa Masterson, eh? Se supone que todos somos amigos, pero Gavin no me ha enviado un mensaje de texto para hablarme de esta fiestecita. Quiere que estéis solos.

Hacía poco que Marni me había presentado a su novia.

—Jenny y tú podéis pasaros por allí. Seguro que a Gavin no le importará. Tal vez podáis venir a daros un baño.

—Lo que tú digas. Ya veremos si sigues queriendo que vayamos una vez que llegues allí. Digamos que no voy a esperar con el móvil en la mano una llamada telefónica o un mensaje de texto. No quiero ser una cortarrollos.

Me reí mientras metía mi bikini en la bolsa.

—¡Qué graciosa eres!

Me señaló con el dedo índice.

—¿Sabes qué deberías hacer?

—¿Qué?

—Deberías asaltar el cajón de las bragas de esa bruja y poner polvos pica-pica en su ropa interior.

Me reí.

—No importa lo maleducada que sea Ruth conmigo, todavía hay una parte de mí que reconoce la necesidad de respetarla porque es la madre de Gavin.

—Bueno, eres mejor persona que yo. Haría rabiar a esa bruja.

—Estás loca.

Se estaba desternillando.

—Haz rabiar a esa bruja rica.

—No tengo que hacer nada, Marni. El karma se encarga de todo. ¿No lo sabes?

—Bueno, ¿qué ha hecho tu madre para merecer lo que le está pasando?

Sus palabras me dejaron helada. La vida era muy injusta.

Sentí un peso en el corazón mientras me encogía de hombros.

—A veces le pasan cosas malas a la gente buena. Y nunca lo entenderé.

10
Gavin

Llevar a Raven a mi casa el sábado, sabiendo que no tendría que acompañarla a casa después, parecía irreal, un maldito sueño. Todavía no podía creer que fuera a tenerla toda para mí el fin de semana. Se me hacía un nudo en el estómago, pero no en el mal sentido. Me embargaba una impaciencia y una emoción como no había experimentado jamás.

Estaba muy guapa. Sus largas ondas negras se agitaban al viento mientras conducíamos con las ventanillas bajadas. Tenía los ojos medio cerrados mientras sonreía y se empapaba del sol. Nuestro día ni siquiera había empezado y de alguna manera supe que recordaría ese momento toda mi vida.

Aparcamos en la entrada y fuimos de la mano hasta la puerta de mi casa.

—Estoy encantado de que estés aquí. No sé ni por dónde empezar —dije cuando entramos en la casa.

Raven entró en la cocina vacía. Su voz reverberó en la estancia.

—Se me hace muy raro estar aquí. Es como si fuera un allanamiento de morada.

Se me encogió el pecho.

—No es justo que tengas que sentirte así. Deberías sentirte cómoda, como si esta fuera tu casa, pero entiendo por qué no sientes eso.

Se encogió de hombros.

—Las cosas son como son.

Le acaricié la mejilla con el pulgar antes de pasarlo por sus labios. Empecé a cantar la letra de *I think we're alone now.*

—La canción perfecta para hoy. —Raven esbozó una sonrisa.

—Estoy muy agradecido por poder disfrutar de este tiempo contigo.

—Yo también.

—¿Qué quieres hacer primero? —pregunté.

—Imagino que deberíamos disfrutar de la piscina. Se supone que va a llover más tarde.

—De acuerdo. Eso suena bien. ¿Por qué no vas a cambiarte? Prepararé unos bocadillos.

Raven desapareció en uno de los baños. Cuando volvió a aparecer, tuve que esforzarme al máximo para no quedarme embobado mirando su magnífico cuerpo. Sus pechos sobresalían del brillante bikini dorado que se había puesto. Tenía un cuerpo impresionante. Siempre lo había pensado, pero nunca la había visto con tan poca ropa a plena luz del día. Se había puesto una toalla alrededor de la cintura. Cuando se inclinó sobre la encimera de la cocina, su escote era todo cuanto podía ver. Se me hizo la boca agua. Tenía ganas de lamerle el canalillo. Bueno, lo que realmente quería hacerles a esas tetas era mucho más indecente. Mi miembro cobró vida. Iba a ser muy interesante tratar de ocultar mi excitación.

Supuse que tenía que abordar ese tema ya.

—Solo quiero decir una cosa. Lo más seguro es que hoy me pilles admirando tu cuerpo unas cuantas veces y puede que tenga una erección perpetua. Estás muy sexi.

Sonrió con picardía.

—He escogido mi vestuario con mucho cuidado.

—Así que, ¿estás tratando de volverme loco? Pues está funcionando. No puedo quitarte los ojos de encima.

—No pasa nada porque me encanta cómo me miras.

—Pues resulta que a mí me encanta mirarte.

Era demasiado pronto para estar tan excitado. «Modera el ritmo.» Quería llevarla a mi habitación y devorarla. Sabía que tenía que quitarme ese pensamiento de la cabeza. «Es virgen.» Había jurado no cruzar esa línea con Raven ese fin de semana, así que tenía que aguantarme.

Agarró el plato de galletitas y queso que había preparado.

—Llevaré esto afuera.

Mis ojos se pegaron a su trasero mientras salía por las puertas francesas hacia la piscina.

Nos sentamos un rato al sol, con Raven en la tumbona a mi lado.

Posé la mano sobre la suave piel de su muslo.

—Sigo sin poder creer que tu madre accediera a que pasaras todo el fin de semana aquí. Es estupendo que tengáis el tipo de relación en la que puedes hablar de forma abierta con ella.

Se incorporó un poco.

—Ella sabe que soy adulta. Solo me dijo que tuviera cuidado.

—¡Ah! Porque sabe que muerdo.

—Más o menos.

—Si sintió la necesidad de advertirte, es que no confía del todo en mí, ¿verdad?

—No es eso. Lo que pasa es que sabe que eres un...

—¿Un chico salido de veintiún años que va a intentar acostarse contigo?

—Bueno, sí. —Se rio—. ¿No es así?

—Estoy más cachondo que un mono, pero ¿te acuerdas de lo que dije la noche que salimos por primera vez sobre acostarme contigo?

—La única manera de que eso pase es si yo te dejo hacerlo.

—Así es. Pienso ser bueno, a menos que me ruegues que sea malo. —Le guiñé un ojo—. Tengo la habitación de invitados preparada para ti y todo. Realmente quiero pasar tiempo contigo.

—Pues hagámoslo. —Se levantó de golpe y se lanzó a la piscina.

Seguí su ejemplo y salté tras ella, salpicando agua con fuerza a mi paso.

Durante la siguiente hora nos lo pasamos muy bien jugando como un par de niños. Corrimos de un extremo a otro de la piscina. La levanté en volandas y la lancé al agua demasiadas veces para contarlas. En un momento dado, cuando la tomé en brazos, en lugar de lanzarla, hice que me rodeara la cintura con las piernas y la besé. Me moría de ganas de hacerlo.

Por suerte no se resistió, sino que me dejó devorar su boca como yo quería mientras su largo y húmedo pelo nos cubría a los dos. Sabía que debía notar lo duro que estaba. Sentía mi pene a punto de estallar, apretado contra su estómago.

Dejé salir lo que mi corazón había estado reteniendo mientras hablaba contra sus labios.

—No quiero dejarte, Raven. No quiero ir a Connecticut.

—Yo tampoco quiero que te vayas.

Al dejarla en el suelo, la miré a los ojos.

—¿Y si te digo que podemos conseguir que esto funcione?

—¿Cómo?

—Correré con los gastos para que vengas a visitarme. Y también vendré a casa más a menudo.

—Y, como por arte de magia, ¿tu madre no se va a enterar de por qué vuelves tan a menudo?

—No tiene por qué saber que estoy aquí.

—¿No verá los cargos?

—Lo creas o no, no dependo de mis padres para todo. Pienso buscarme un trabajo allí. Lo costearé con ese dinero. —Enrosqué los dedos en su pelo y añadí—: No estoy ni mucho menos preparado para despedirme de ti.

Una sombra de preocupación apareció en su rostro, como si acabara de recordarle que me iba.

—¿Qué día te marchas?

—Se suponía que el quince de agosto.

Ahora parecía que el pánico se había apoderado de ella.

—¡Dios mío! Está a la vuelta de la esquina.

—Lo sé.

Estuvimos un rato en silencio. Me puse a juguetear con su cadena de oro. El colgante tenía su nombre en cursiva. Aunque no hablaba en serio, dije:

—Si quieres separarte de mí..., también está bien. —Tragué saliva, adelantándome a su respuesta.

«Por favor, no aceptes mi ofrecimiento.»

—Eso no es lo que quiero. Ni siquiera he sido capaz de pensar en que te vas. Me niego a aceptarlo.

Me invadió el alivio. Estábamos de acuerdo. Haría lo que fuera necesario para seguir viéndola.

—Vayamos día a día —dije—. Solo he sacado el tema porque quería asegurarme de que supieras que no quiero que este verano sea el final. —Ella agitó los párpados como si tratara de asimilar más de lo que su mente era capaz de hacer—. Habla conmigo, Raven. ¿En qué piensas?

Raven exhaló un suspiro.

—Tu madre nunca me aceptará. Eso lo sé. Si estás hablando de tener algo serio conmigo, ¿cómo va a funcionar a largo plazo? Ella me odia, Gavin.

Mi corazón latía desbocado, desesperado por competir con las dudas que albergaba en su cabeza.

Tomé su mano y la puse sobre mi corazón.

—Siente esto; es lo que pasa cada vez que pienso en lo que significas para mí. Cuando has dicho eso de mi madre y has utilizado la palabra «odio», se me ha vuelto loco el corazón porque va en contra de todo lo que sabe. —Sin embargo, su pregunta era acertada. Tuve que preguntarme si estaba siendo egoísta al querer prolongar esto. Tuve que buscar en mi interior para encontrar la verdad, pero estaba ahí y estaba clara para mí—. Raven, no sabemos qué sentiremos dentro de un año; lo que sí sé es lo que siento ahora mismo. Estoy loco por ti, como nunca antes lo he estado por nadie, pero el tiempo dirá. Si dentro de un año no ha cambiado nada entre nosotros y mis sentimientos siguen siendo igual de fuertes, sabré que tengo que hacer lo que sea necesario para que esto funcione. Si mi madre me repudia por eso, que así sea. Sería una mierda verme en esa situación, pero sería cosa suya, no mía.

Raven parecía no poder creer lo que acababa de decir.

—Odiaría ser la causa de que tu madre te repudiara.

—No sería culpa tuya, porque desafiarla sería decisión mía.

Parecía más molesta ahora que antes. Casi me arrepentí de haber sacado el tema.

—Siento haber llevado esta conversación demasiado lejos —repuse—. Pero necesito que sepas lo que pienso.

—No. Me alegro de que lo hayas hecho. En realidad, yo también he pensado mucho en eso. Me daba miedo abordar el tema. Supongo que es difícil aceptar la realidad.

Necesitaba aligerar el ambiente, así que la acerqué a mí y la besé en la frente.

—Me estoy tomando un tiempo para ocuparme de asuntos más urgentes.

—¿Como cuáles?

—Como tú peleando conmigo y derribándome en el suelo esta noche.

Raven abrió los ojos como platos.

—¿Qué?

—Me muero de ganas de que me inmovilices. Quiero que me sometas mientras intento resistirme.

—¿Lo dices en serio?

—Muy en serio. Es mi fantasía que practiques tus llaves de jiu-jitsu conmigo. ¿Me darás el gusto después?

—¿De verdad es esa tu fantasía?

—Bueno, tengo muchas más fantasías cuando se trata de ti, pero esa es la primera de la lista.

—Cuéntame alguna otra —preguntó.

—No creo que deba admitir nada más en este momento. Podrías pedirme que te llevara a casa. —Sonreí—. ¿Por qué no me cuentas una de las tuyas?

Me rodeó el cuello con los brazos.

—En realidad tengo una fantasía bastante concreta cuando se trata de ti y que es recurrente.

Mi pene se estremeció.

—Dime.

—Es muy básica. Me meto en tu habitación mientras todos están aquí. Tu madre está al final del pasillo y tú me escondes allí mientras hacemos cosas.

«Es tan increíblemente adorable...» Enarqué la ceja.

—Cosas...

—Sí. —Se rio—. Cosas.

—Creo que lo que quieres decir es que estamos follando en mi habitación mientras todos están en casa.

Ella se sonrojó.

—Sí.

Le besé el cuello mientras apretaba mi cuerpo contra ella. Sabía que podía sentir lo duro que estaba.

—Me muero de ganas de llevar a cabo tu fantasía ahora mismo. Desde luego estoy deseando jugar después de la cena. ¿Te he dicho que voy a cocinar yo?

—¿Ramen?

—No, listilla, aunque sabes que te encantó mi ramen.

—Sí que me gustó.

—En realidad te voy a preparar una receta de pollo. La he sacado de Food Network.

Ella me apretó más contra sí.

—¡Qué bonito!

No era exactamente eso lo que buscaba, pero qué más daba.

Más tarde, Raven y yo terminamos cocinando juntos pollo a la cazadora.

Se limpió la boca cuando terminamos de comer.

—¡Qué bien sienta no estar pensando solo en el cáncer durante un rato! —dijo—. Gracias por ayudarme a distraerme.

—El placer es todo mío. Lo ha sido desde el momento en que te conocí.

Nuestras miradas se cruzaron, pero nuestro momento se interrumpió cuando una ráfaga de viento abrió la puerta lateral de la cocina. El portazo estuvo a punto de hacer que Raven se cayera de su asiento. Se llevó la mano al pecho. Cuando me volví para cerrar la puerta, su piel se había vuelto blanca como la de un fantasma.

Yo mismo tenía el corazón acelerado.

—No pasa nada. Solo ha sido el viento. —Me acerqué a su lado de la mesa—. ¡Por Dios! Estás temblando.

—Me he asustado. —Recuperó el aliento y dijo—: Creía que había venido alguien a casa.

Me dolió verla tan agitada. Le aterraba la perspectiva de que la pillaran allí. Eso me hizo dudar de si de verdad entendía lo que estaba haciendo. ¿Y si hubiera venido alguien? ¿Qué hubiera pasado entonces?

—No pasa nada. Solo estamos nosotros —la tranquilicé.

Al final se calmó y trabajamos en equipo para limpiar el desastre que habíamos hecho.

El ambiente se aligeró bastante cuando bajamos a la sala de cine.

Aún no habíamos decidido la película que íbamos a ver.

—Acércate por detrás e intenta atacarme —dijo.

—¿Hablas en serio?

—Has dicho que querías que probara mi técnica contigo, ¿verdad?

—Sí, pero no imaginaba que quisieras que hiciera eso.

—Si no, no es divertido. —Se dirigió al rincón de la sala donde guardábamos algunas películas antiguas en una estantería—. Voy a fingir que estoy echando un vistazo a estos DVD. Seré la víctima desprevenida.

No sabía ni por dónde empezar. Tras varios segundos, me obligué a entrar en acción. La adrenalina se apoderó de mí cuando corrí hacia ella y la agarré por detrás, pasando los brazos por debajo de los suyos y rodeándola con ellos.

Raven retrocedió y giró el cuerpo. Antes de que me diera cuenta, me tenía inmovilizado. Se sentó a horcajadas sobre mí y me incapacitó las piernas.

Vale, no me estaba resistiendo ni mucho menos. Me había dejado inmovilizado por completo. Mi pene se engrosó. Nunca había estado tan excitado en mi vida.

Me había noqueado, literal y figuradamente, y no quería recuperarme nunca. «Jamás.»

11
Raven

Más tarde esa noche me retiré a la habitación de invitados. Bueno, debería decir que Gavin me ordenó que me fuera a la habitación de invitados, aseverando que no podía mantener sus manos lejos de mí durante más tiempo. Había alcanzado su límite en lo que a resistencia se refería esa noche.

Un rato después de separarnos, rompí a reír a carcajadas cuando en su habitación sonó *(I can't get no) satisfaction* de los Rolling Stones.

Mucho después de que parara la música, a solas en la cama, me pregunté qué estaba intentando demostrar. ¿Quería seguir siendo buena? ¿Para qué?

«¿Qué estoy haciendo?»

El chico de mis sueños estaba cachondo y listo para mí y yo me había encerrado en la habitación de al lado. ¿Por qué? Porque tenía miedo de salir lastimada. A esas alturas, ¿no era demasiado tarde para proteger mi corazón? Mis sentimientos por él ya eran demasiado profundos, tanto si acabábamos teniendo relaciones sexuales como si no.

Lo deseaba con todas mis fuerzas. Todas las caricias y los besos me habían hecho polvo. Como mínimo, quería dormir a su lado esa noche.

Aparté las sábanas, me levanté con brío y recorrí el pasillo hasta la habitación de Gavin.

Tal vez se había quedado dormido. Llamé con suavidad a la puerta.

Me abrió al cabo de unos segundos, sorprendido de verme.

Jamás me había parecido tan sexi. Tenía el pelo alborotado y el pecho desnudo. Recorrí con la mirada la fina línea de vello en la base de sus abdominales. El pantalón de chándal gris le quedaba muy por debajo de la cintura, dejando a la vista aquella cincelada uve de su vientre. «Estaba duro.»

—Me parece que no quiero estar sola esta noche —dije, aclarándome la garganta.

Él miró por encima de mis hombros y después echó un vistazo al pasillo.

—No puedes estar aquí —susurró.

Se me cayó el alma a los pies.

—¿Por qué no?

—Mi madre está durmiendo en la habitación de al lado. Si se entera, nos matará a los dos.

Abrí los ojos como platos cuando me di cuenta de lo que estaba haciendo. Decidí seguirle la corriente.

—¿Sabes qué? Tienes razón. Se me ocurrió que podríamos arriesgarnos, pero es una mala idea. Me vuelvo a mi habitación. —Me di la vuelta y comencé a alejarme.

—Espera —susurró, como si alguien pudiera oírnos—. Solo tenemos que estar muy callados. ¿Puedes hacerlo, Raven?

—No quiero meterte en un lío. Será mejor que vuelva a mi habitación.

—No —dijo en voz alta. Sin duda habría despertado a su madre ficticia—. Quiero arriesgarme —añadió.

—De acuerdo. Como has dicho, no debemos hacer ruido —accedí en voz baja mientras echaba un vistazo al pasillo para darle mayor efecto.

Me hizo señales para que entrara.

—Pasa.

Se me aceleró el corazón. Ya había estado en su habitación innumerables veces, sobre todo para cambiar las sábanas o guardar la ropa limpia en los cajones. Me parecía un sueño estar aquí desempeñando un papel diferente, como su chica.

Gavin se metió en la cama y retiró la manta para hacerme sitio. Acarició el colchón.

—Te prometo que no te voy a morder. Solo vamos a tumbarnos.

Nos tendimos el uno frente al otro. Cuando le miré a los ojos vi en ellos una pizca de vulnerabilidad; no era la única que tenía miedo. Eso me ayudó a tranquilizarme un poco.

Apoyó la mejilla en su mano.

—No puedo creer que estés en mi cama.

—Ni tú ni yo.

—Tenías miedo de entrar aquí, ¿verdad?

Asentí con la cabeza.

—Aunque ya no tanto.

—Sabes que nunca te presionaría para que hagas algo que no quieres hacer, ¿verdad?

—Nuestra noche en la playa fue tan increíble... La he revivido en mi cabeza un montón de veces. Yo también quería más esa noche. Lo que pasa es que tengo miedo.

Me colocó un mechón de pelo detrás de la oreja.

—Lo sé. Yo también estoy un poco asustado.

—Me doy cuenta.

—Nunca me había sentido así y no sé cómo manejarlo.

Deslicé el dedo por sus bonitos y carnosos labios.

—Supuse que sabías bien qué hacer con una chica en tu cama —aduje.

—Tú no eres una chica más, Raven. Y para que conste, eres la primera chica que traigo a esta cama.

—¿Qué quieres decir?

—Nunca he traído a una chica aquí.

«¿Qué?»

—¿Nunca has colado a hurtadillas a tu amiga del instituto?

Negó con la cabeza.

—No. Mi madre siempre estaba en casa.

—¡Vaya!

—Eres la primera que entra aquí y eso me gusta. —Su sonrisa se desvaneció cuando captó mi expresión preocupada—. Dime en qué piensas.

—Tengo una sensación que no puedo quitarme de encima; que vas a romperme el corazón, sea o no tu intención.

Exhaló un suspiro.

—¿Cómo puedo disiparla?

—En realidad no puedes. —Me arrimé más, dibujando el hoyuelo de su barbilla con el dedo—. Pero lo cierto es que no importa lo que pase entre nosotros, porque quiero saber lo que es estar contigo, lo que es hacer el amor contigo. Quiero vivir esa experiencia. Quiero que mi primera vez sea con alguien en quien confío. Y confío en ti.

Gavin se apartó un poco.

—Pero me acabas de decir que crees que voy a hacerte daño.

—No creo que me hagas daño adrede. Es que tengo miedo de lo que la vida nos pueda deparar. Tal vez acabemos haciéndonos daño, aunque no sea nuestra intención.

—Es curioso, porque siempre me has recordado a la porcelana; primero por tu piel, pero también porque en cierto modo resulta tentador tocar la porcelana, aunque sepamos que podemos romperla con suma facilidad. Nunca es tu intención romperla, pero a veces se te resbala de las manos y se cae. Tengo miedo de romperte. Y no quiero que nunca hagas nada de lo que te arrepientas. Me importas mucho más que el sexo.

—Eso es lo más romántico que me han dicho nunca —bromeé.

Gavin no se rio.

—Lo que quiero decir es que... me importas más de lo que te deseo. Y eso es nuevo para mí. Lo último que quiero es hacerte daño.

Pude ver en sus ojos que cada palabra era cierta.

Teníamos una oportunidad de estar juntos en esa casa y yo quería experimentarlo todo con él. Jamás tendríamos la certeza absoluta sobre nada.

—Te da miedo hacerme daño, pero me deseas ahora mismo, ¿verdad?

Tenía los ojos vidriosos.

—Por supuesto. Más de lo que he deseado nada en toda mi vida.

—No te preocupes por hacerme daño.

Me puso la mano en la cintura y apretó.

—¿Qué estás diciendo?

—Dámelo todo. Deseo esto. Te deseo a ti.

Se tomó un buen rato para asimilar mis palabras.

—¿Estás segura?

—Sí.

—Espero que lo digas en serio, porque ahora mismo no tengo fuerzas para rechazarte.

Esas fueron sus últimas palabras antes de sentir su cuerpo contra mí, sus labios sobre los míos, el calor de su erección contra mi estómago. El corazón me palpitaba tan fuerte que parecía que fuera a salírseme del pecho. Había decidido de forma oficial acostarme con él. No había vuelta atrás. Él ya tenía mi corazón, pero yo iba a entregarle el resto de mí. Y estaba impaciente por hacerlo.

Gavin gruñó contra mi boca mientras nuestro beso cobraba intensidad. Incapaz de saciarme de su dulzura, moví la lengua más rápido. Le acaricié el cabello con los dedos mientras los músculos de entre mis piernas palpitaban. Introduje la mano por la cinturilla de sus pantalones y rodeé su miembro con los dedos, pues necesitaba sentir su calor. El pene de Gavin era grueso y largo. Tan suave como la seda. Se le agitó la respiración y su corazón latió más rápido contra mi pecho cuando comencé a mover la mano a lo largo de su miembro.

—¡Joder! —dijo contra mis labios—. Más despacio.

—Lo siento.

—¡Mierda! No te disculpes. Es increíble, solo que demasiado increíble.

—¿Quieres que pare?

Se apretó contra mí.

—¡Joder, no!

—Quiero sentirla dentro de mí —dije sin dejar de acariciarle.

—Lo más seguro es que te duela. —Hizo una pausa—. ¿Estás completamente segura de que quieres hacerlo?

—Sí. Lo que pasa es que no quiero hacerlo mal.

Se rio un poco.

—Créeme, Raven, ahora mismo tengo ganas de correrme solo con mirarte. Nada de lo que hagas o dejes de hacer evitaría que tenerte sea la mejor experiencia de mi vida. Créeme, no hay una forma incorrecta de hacer esto. Solo tienes que estar conmigo.

Inspiré hondo.

—Es lo que deseo.

—Entonces primero tengo que hacer que te mojes de verdad.

Mi boca se curvó en una sonrisa.

—Puedo soportarlo.

Me quitó la camiseta por la cabeza y me desabrochó el sujetador antes de bajar su boca a mis pechos. Rodeó mi pezón con la lengua muy despacio, alternándolo con suaves mordisquitos. La sensación de su lengua húmeda junto con el calor de su aliento hizo que una oleada de deseo tras otra recorriera todo mi cuerpo. Se tomó su tiempo para adorarme. Me encantaba sentir lo duro que estaba a través de su ropa interior mientras me lamía los pechos, haciendo que cada segundo que pasaba estuviera más húmeda.

Empecé a presionar contra su erección. Él se movía en sincronía conmigo, frotando su pene contra mi clítoris. La necesidad de más se hizo insoportable.

—Fóllame, Gavin —susurré—. Por favor.

Me examinó la cara durante unos segundos antes de besarme con más pasión y bajarme las bragas. Me esforcé por quitármelas del todo. A continuación, agarré la cinturilla de sus calzoncillos y se los bajé también. Su grueso miembro me presionaba el abdomen.

Mi cuerpo se estremeció con impaciencia. Gavin se inclinó sobre la cama para buscar un preservativo en su mesita de noche. Incluso oírle desenvolverlo me excitó.

Le miré mientras lo colocaba en su miembro. Luego se puso a cuatro patas y me inmovilizó debajo de su cuerpo. Acercó su boca a la mía y me besó con más suavidad que antes.

—Nunca he hecho esto antes, así que voy a ir muy despacio —susurró contra mis labios.

Eso me sorprendió.

—¿Nunca has estado con una virgen?

—No, nunca.

—No lo sabía. Bueno, no hagas nada diferente. Trátame como tratarías a cualquiera.

—De ninguna manera. No eres cualquiera, Raven. Lo supe desde el momento en que te conocí.

Colocó su glande en mi entrada y lo movió en círculo alrededor de mi humedad con suma lentitud. En un momento dado empujó muy despacio y sentí un ardor de inmediato, pero me dio igual. Lo quería dentro de mí, sin importar lo doloroso que fuera.

—Voy a entrar, ¿vale?

—Sí.

—Por favor, dime si te hago daño.

Separé más las rodillas y relajé los músculos mientras él me penetraba despacio.

Se detuvo a mitad de camino.

—¿Todo bien?

—Sí.

Todo iba bien de verdad. Dolía un poco, pero no importaba.

Gavin se introdujo más y empezó a entrar y salir de manera muy pausada. Ahuequé las manos sobre los duros músculos de su trasero.

Inclinó la cabeza hacia atrás.

—Estás muy apretada. Tengo que parar un segundo. Es... increíble. —Tras una breve pausa, cerró los ojos y empezó a moverse de nuevo—. ¡Joder, Raven! —Se detuvo de nuevo—. Esto es increíble. Puede que no dure mucho.

Inspiré hondo y empecé a mover las caderas. Me folló de forma pausada, correspondiendo a cada uno de mis movimientos. Luego empezó a moverse más deprisa.

—¿Te parece bien? —preguntó mientras aceleraba el ritmo.

El dolor comenzó a disminuir mientras me dilataba.

—Sí —jadeé.

Gavin contoneó las caderas, llenándome con todo lo que tenía mientras enroscaba las piernas en su espalda.

—No puedo creer lo profundo que estoy dentro de ti en este momento. —Me sonrió—. Eres mía, Raven. ¡Toda mía, joder!

Estaba demasiado absorta en él como para responder.

—Voy a perder el control —gruñó—. Te juro por Dios que ahora ya no podré dejarte.

En ese momento no sabía dónde empezaba yo y dónde terminaba él. Éramos uno y sabía que nunca olvidaría ese momento mientras viviera. Nunca olvidaría la sensación de tener a ese increíble chico dentro de mí.

La sola idea de que pudiera hacer eso con cualquier otra persona me resultaba del todo insoportable. Lo agarré con más fuerza, pues no quería que aquello terminara, aunque sabía que estaba cerca.

Como era de esperar, Gavin comenzó a estremecerse.

—Me corro, Raven. No puedo contenerme más. —Y repitió contra mi cuello—: Me corro, cielo.

Profirió un fuerte gemido y yo empecé a sentir mi propio orgasmo recorriendo todo mi ser. Nos corrimos juntos, y vi las estrellas. No, vi fuegos artificiales. Todo mi cuerpo sucumbió a una sensación que jamás creí posible. Lo único en lo que podía pensar era en cuándo volveríamos a hacerlo. Ya era adicta a él.

Se desplomó encima de mí y nos quedamos tumbados un rato, rebosantes de felicidad.

Gavin me enmarcó la cara con las manos.

—¿Puedo decirte una cosa?

—Sí.

—Eres la chica más hermosa del mundo.

Enrosqué los dedos en su pelo revuelto y esbocé una sonrisa.

—Creo que ahora mismo no puedes ser objetivo.

—No. Lo pienso desde el momento en que te vi. Fue lo primero que pensé: esta es la chica más hermosa que he visto en mi vida.

—Gracias.

Me besó con suavidad.

—La chica más hermosa del mundo acaba de entregarse a mí.

—Nadie puede quitarnos esta noche. Siempre serás el primero.

—Gracias por elegirme —dijo, rozándome los labios con los suyos.

12
Gavin

¿De verdad pasó lo de anoche? Parecía un sueño. No podía creer que hubiéramos llevado las cosas tan lejos. Raven ya no era virgen y era obra mía. Me había entregado su cuerpo. Era mía. ¡Mierda! Me había follado a Raven, y yo también estaba jodido.

Yo también era suyo. ¿Cómo diablos iba a dejarla ahora? Ni siquiera quería levantarme de esa cama; no me interesaba mudarme a Connecticut.

La contemplé mientras dormía. Nunca había sentido tanto placer al observar a alguien así. No sabía a ciencia cierta si eso era amor, pero estaba bastante seguro de que era lo más cerca que había estado de ello en mi vida.

Mi cuerpo se rindió al fin y en algún momento me quedé dormido.

Esperaba despertarme con la imagen de su hermoso rostro mirándome fijamente. Ni en un millón de años imaginé que despertaría con el sonido de la voz de mi padre.

—Gavin.

Estaba medio adormilado y el corazón me latía con fuerza. Mi padre estaba de pie en la puerta, con cara de sorpresa por haber encontrado a Raven en mi cama.

Raven entró en pánico mientras se tapaba el cuerpo con mis sábanas, incapaz de levantarse de la cama, porque estaba completamente desnuda.

—Lo... lo siento mucho, señor Masterson —balbuceó—. Yo... ya me voy.

Le coloqué el brazo delante.

—¿Está mamá aquí?

Mi padre, que al parecer estaba tan conmocionado como nosotros, desapareció de nuestra vista y habló desde el otro lado de la puerta.

—No. Tu madre y Weldon siguen en Boston. Uno de mis clientes ha tenido una emergencia y he vuelto antes. Por favor, ven a verme a mi despacho en cuanto os hayáis... vestido. —Y cerró la puerta.

Sabía que estaba enfadado pero me sentía muy aliviado al saber que mi madre no estaba en casa.

«¡Gracias a Dios!»

A Raven le temblaba la voz mientras empezaba a revolverse para buscar su ropa.

—¿Qué vamos a hacer? ¿Crees que se lo dirá?

—Hablaré con él. No te preocupes.

—No puedo creerlo, Gavin. ¡Tu padre acaba de encontrarme desnuda en tu cama! Es terrible.

Le puse las manos sobre los hombros.

—Escúchame. Todo va a salir bien. Voy a ocuparme de esto. Por favor, no te preocupes ni te arrepientas de lo que ha pasado entre nosotros. Ha sido la mejor noche de mi vida.

—La mía también —dijo en voz baja.

Estaba demasiado embriagado de ella como para preocuparme porque mi padre nos hubiera encontrado. Mientras mi madre no se enterara, podía soportarlo.

Raven se vistió deprisa. A pesar de lo tensa que se había vuelto toda la situación, no pude evitar contemplar su cuerpo desnudo. «Es mía.» Me encantaba la forma en que sus pechos rebotaban mientras se ponía la camiseta por la cabeza.

Raven poseía el tipo de belleza que hacía que un hombre perdiera la cabeza, que lo arriesgara todo. Por lo visto eso era lo que estaba haciendo.

Después de llevarla a su casa, volví y encontré a mi padre trabajando en su despacho. Guardé silencio mientras tomaba asiento enfrente y él fingió no notar mi presencia. Estaba enfadado. No podía culparle, solo que no me importaba tanto como para dejar que eso disipara mi euforia.

Al fin levantó la vista y se quitó las gafas, dejándolas a un lado.

—¿En qué mierda estabas pensando?

Me froté los ojos cansados.

—No lo sé.

—¿Y si hubiera sido tu madre la que hubiera llegado antes a casa? ¿Qué hubiera pasado entonces?

—En realidad pensaba que nadie iba a venir a casa.

—¡Es evidente!

—Papá, con el debido respeto, soy adulto y ella también. Yo...

—Sí, eres adulto, pero en esta casa tienes que cumplir ciertas reglas. Si tu madre se entera de que has traído a Raven aquí, las cosas podrían ponerse muy feas, y no solo para ti, sino también para Renata. No puedo controlar lo que tu madre decida hacer, y puede ser muy impulsiva cuando se enfada.

—Lo sé. Lamento haber puesto en peligro a los demás, pero no puedo evitar lo que siento, papá. —Las palabras que pronuncié a continuación me sorprendieron—: Estoy bastante seguro de que me estoy enamorando de ella.

Mi padre me miró a los ojos y su expresión se suavizó. Exhaló un largo suspiro.

—Hijo, entiendo que, como seres humanos, tenemos poco control sobre nuestros sentimientos; solo podemos controlar nuestros actos. Pero cuando tu madre se entere de esto, va a montar en cólera.

—No se va a enterar. ¿Por qué tiene que averiguarlo?

—Yo no voy a contarle lo que he visto, pero no te equivoques, tu madre se enterará si sigues viendo a Raven. Acaba enterándose de todo y te va a hacer la vida muy difícil. No quiero que eso ocurra.

Bajé la mirada a mis pies.

—Lo sé.

—Supongo que eres consciente de que he empezado a pagar las facturas médicas de Renata a espaldas de tu madre.

Asentí con la cabeza.

—Quería darte las gracias, pero no sabía si te incomodaría que sacara el tema.

—Por supuesto que me hace sentir incómodo. Todo el asunto me incomoda mucho porque, si tu madre se enterara, ¡se armaría la Tercera Guerra Mundial!

—Lo sé, papá. Pero gracias por arriesgarte.

Mi padre se quedó mirando por la ventana durante un momento.

—Cuando me casé con tu madre no era como es ahora —dijo—. El dinero la cambió por completo, creó un monstruo. Y ahora hay otros problemas que exacerban su comportamiento. La bebida se le ha ido de las manos y se niega a reconocerlo. Me preocupo por ella y por esta familia. Solo intento que las cosas no se desmoronen.

—No deberías vivir así, papá. Sé que no eres feliz. Me gustaría...

—No importa si soy feliz. En este momento de mi vida solo quiero tranquilidad. A veces la felicidad tiene un precio demasiado alto.

—¿Por qué tienes tanto miedo a divorciarte? ¿Por el dinero? —pregunté por pura curiosidad.

—No es el dinero. No quiero destrozar esta familia.

—Weldon y yo ya somos adultos. No tienes que preocuparte por nosotros.

Se masajeó las sienes.

—No puedo lidiar con el estrés de un divorcio, Gavin. Tu madre me las haría pasar canutas. No quiero que ninguno de nosotros tenga que pasar por eso. —Suspiró—. Y puede que te cueste creerlo, pero una parte de mí todavía la ama. Quizá sea más bien que sigo enamorado del recuerdo de quién era antes de cambiar.

Me entristeció oírle decir eso. Ojalá hubiera conocido a mi madre antes de que cambiara.

—Hijo, por favor, ten cuidado. Entiendo lo que es ser joven y estar enamorado. Sé que no puedo decirte cómo sentirte y además me resisto a decir que estarías mejor sin Raven. No quiero dar un consejo del que me arrepienta, así que solo puedo decirte que seas cauto. Quiero que seas feliz.

Me puse de pie.

—Gracias, papá. Y, de nuevo, agradezco tu discreción.

Más tarde esa noche, me presenté en la ventana de la habitación de Raven.

—¿Estás bien? —le pregunté mientras me dejaba entrar.

—Sí. Es que he estado preocupada por ti —dijo.

—¿Por mí? Yo estoy bien. Nunca he estado mejor.

—¿Qué te ha dicho tu padre? ¿Te ha echado la bronca?

—No. Me ha regañado por no tener más cuidado, pero no le va a decir nada a mi madre. No lo haría.

Exhaló un largo suspiro de alivio.

—Ha faltado muy poco.

—No le has contado a tu madre que mi padre nos ha pillado, ¿verdad?

—No. Eso la estresaría. Tiene el próximo ciclo mañana y no quiero disgustarla.

—Bien. No hay necesidad de decírselo.

Me agarró de la camisa.

—Ojalá esto no fuera tan duro.

No pude evitar besarla.

—Será más fácil cuando me vaya —repuse contra su boca—. Quiero decir que será una mierda en algunos aspectos, pero en otros será más fácil para nosotros.

Raven se apartó un poco.

—Si mi madre no está bien por alguna razón, no podré ir a verte a Connecticut.

—Por supuesto. Simplemente vendré más por aquí. Lo solucionaremos. —Busqué en sus ojos—. Quieres solucionarlo, ¿verdad?

—No creo que pudiera alejarme de ti, aunque lo intentara.

13

Raven

Durante los días siguientes, los últimos de Gavin en Palm Beach, él y yo nos unimos cada vez más. Se colaba en mi habitación por la noche y teníamos relaciones sexuales. Después me abrazaba hasta que me dormía. A veces lloraba hasta que me quedaba dormida, porque no soportaba ver a mi madre tan enferma por los tratamientos y perder el pelo. Se las había arreglado para trabajar en casa de los Masterson, a excepción de uno o dos días en los que las náuseas habían sido insoportables.

Una tarde, mientras mi madre trabajaba en casa de los Masterson, sonó el timbre de nuestra casa. Esperaba ver a Gavin o a Marni al abrir la puerta. En cambio, me llevé el susto de mi vida. La madre de Gavin estaba delante de mí con expresión fría.

—Ruth, ¿en qué puedo ayudarla? —Se me encogió el estómago—. ¿Mi madre está bien?

—Tu madre está bien. No quería alarmarte.

Exhalé un suspiro.

—¿Puedo pasar? —preguntó antes de entrar.

Tragué saliva.

—Eh..., claro. Sí, por supuesto.

Ruth llevaba su rubio cabello recogido en un moño. Miró a su alrededor con ojo crítico. Estaba segura de que hacía mucho tiempo que no entraba en una casa tan pequeña, si es que alguna vez lo había hecho.

—No me gusta que mi propia familia me mienta —dijo por fin.

Se me aceleró el pulso.

—¿De qué está hablando?

—Creo que sabes de lo que estoy hablando.

Mis ojos se movían de un lado a otro sin parar. No podía estar segura de si se refería a Gavin y a mí o, lo que era aún peor, si se había enterado de que Gunther pagaba las facturas médicas de mi madre.

—En realidad no sé a qué se refiere, señora Masterson.

Metió la mano en el bolso y sacó una cadena de oro antes de lanzármela. Cayó al suelo y, cuando la recogí, empecé a sentirme mal. Era mi collar, el que llevaba la noche que pasé en casa de Gavin.

Intenté hacerme la tonta.

—¿De dónde ha sacado esto?

—La criada que sustituía a tu madre lo encontró en la habitación de mi hijo el otro día. ¿Te importaría decirme cómo llegó debajo de su cama?

—No tengo ni idea.

—Eres una mentirosa. Yo creo que sí lo sabes. Creo que te coló en su habitación cuando yo no estaba. Por no mencionar que la grabación de la cámara de seguridad ha confirmado tu presencia en mi casa ese fin de semana.

«¡Mierda! ¡Mierda! ¡Mierda!»

De ninguna manera iba a negar nada. Tenía que tranquilizarme y no contestarle, aunque por dentro estuviera histérica.

Se paseó un poco y sus tacones repicaron contra el suelo de baldosas.

—Es curioso que mi familia crea que puede mentirme. Mi hijo lo hace y mi marido también. ¿Creen que soy estúpida?

—Me parece que...

—Se supone que no debes responder. Era una pregunta retórica —espetó.

—¿Qué quiere que le diga?

—No quiero que digas nada. ¡Quiero que no te acerques a mi hijo!

El instinto me pedía que le suplicara, pero sabía que no debía hacerlo.

«No digas nada. Todo lo que digas puede y será utilizado en tu contra.»

Sus siguientes palabras me impactaron de lleno.

—Mi marido cree que porque haya utilizado una cuenta en el extranjero no me enteraré de que está pagando las facturas médicas de tu madre. Conozco a Gunther, sé el tipo de persona que es: demasiado generoso. Sabía que se ofrecería a pagar sus facturas, así que indagué un poco en el hospital y lo confirmé. ¿Es que me toma por tonta? —espetó. Un torrente de sangre inundó mi cabeza. Levantó la barbilla—. Por la cara de asombro que tienes está claro que tampoco creías que me enteraría de esto.

—Señora Masterson..., estoy muy agradecida por lo que su marido está haciendo por mi madre. Le está salvando la vida y nunca podré pagárselo.

Dio unos pasos hacia mí.

—Puedo poner fin a esos pagos con suma facilidad si quiero, Raven. Lo único que mi marido siempre ha tratado de evitar es un divorcio complicado, no solo por el bien de nuestros hijos, sino también por la mitad de su fortuna. Si no le doy otra opción que poner fin a esos pagos, acabará accediendo. Le matará hacerlo, pero me saldré con la mía.

—Por favor, no lo haga —le rogué—. Trabajaré toda mi vida para devolvérselo si es necesario.

—No tienes que hacer eso. Por mucho dinero que pague por tu madre, es una gota de agua para nosotros.

—¿Qué quiere? —solté. Las lágrimas comenzaron a brotar porque ya sabía la respuesta.

—Si quieres que esos pagos se sigan efectuando, dejarás de ver a mi hijo. Y con eso no me refiero a que finjas hacerlo y le sigas viendo a mis espaldas, Raven. Me refiero a que te alejes de él. Cree que puede engañarme. Ya he contratado a un investigador privado para que lo siga por todo New Haven. Estoy segura de que planea verse a escondidas contigo cuando se vaya de casa. ¡Por encima de mi cadáver!

No podía imaginarme mi vida sin Gavin. Tenía los ojos tan anegados de lágrimas que apenas podía ver.

—Por favor, no lo haga.

—No me has dejado otra opción. En realidad, ni tú ni tu madre me desagradáis, pero no consentiré que mi hijo se involucre contigo. Jamás lo aceptaré. Si decides continuar con lo que estás haciendo y Gavin sigue a tu lado, no solo me encargaré de que las facturas médicas de tu madre dejen de pagarse, sino que además repudiaré a Gavin. ¿Es eso lo que quieres?

—No —susurré.

—Todo el mundo pierde si eliges ser egoísta, Raven. Tú decides.

—¿Qué tengo que decirle? —pregunté, limpiándome la nariz con la manga.

—Me da igual cómo lo hagas, pero no le dirás que he hablado contigo. ¿Entiendes? Mi hijo me desafiará si piensa que no es decisión tuya. Gavin se irá pronto. Este es el momento perfecto para cortar los lazos. Hazlo y me aseguraré de que tu madre tenga todo lo que necesite mientras lo necesite.

—¿Y si no lo hago?

Hizo una pausa para mirarme con frialdad.

—Haré de tu vida un infierno.

Pasé los dos días siguientes en mi propio infierno, debatiéndome de forma agónica sobre qué hacer. Al final, todo se reducía a lo que consideraba una decisión de vida o muerte.

Pero me era imposible mirarle a los ojos y hacerlo, así que opté por enviarle un, pero correo electrónico. Sabía que eso era horrible, pero toda la situación era horrible, una pesadilla. Si me enfrentaba a él, vería mis intenciones.

Me llevó horas poner en palabras la mayor mentira de mi vida.

Querido Gavin:

Por favor, perdóname por hacer esto por e-mail, pero no puedo decírtelo mirándote a los ojos. Este verano contigo ha sido el mejor de mi vida. Me has hecho vivir un montón de experiencias increíbles, pero teniendo en cuenta todo lo que está pasando en mi vida en este momento, no puedo con una relación seria. Todo esto me supera. Creo que es mejor que dejemos de vernos. No puedo ser la clase de novia que necesitas y creo que ahora mismo estoy sobrepasada. Lo siento si esto te sorprende. Sé que no te he avisado ni te he dicho últimamente lo que me rondaba por la cabeza, pero en los últimos días lo he visto muy claro. Siento mucho tener que romper contigo. Espero que llegues a perdonarme.

Raven

Me llevó otra media hora reunir el valor para darle a enviar.

Cuando por fin lo hice, cerré de golpe el portátil y me derrumbé en el suelo entre lágrimas. Estaba segura de que Gavin era el elegido, el amor de mi vida.

Ruth solo tenía razón en una cosa: la decisión era mía. Había tomado la decisión que a la larga era la correcta para mi madre y para Gavin. Y nunca podría decírselo a ninguno de ellos.

Ese sería mi sucio secretito. Bueno, de Ruth y mío. Después de todo, acababa de hacer un pacto con el diablo.

14

Gavin

No podía creer lo que estaba viendo. Me estaba duchando, preparándome para ir a casa de mi novia a ver cómo estaba, cuando me llegó un mensaje de ruptura que ni siquiera parecía de ella.

¿Qué mierda pasaba?

¿QUÉ MIERDA ESTABA PASANDO?

Cuanto más lo miraba, más me enfadaba. Estaba tan enfadado que temblaba.

Me puse una camisa y salí de mi habitación en busca de mi madre. Aquello llevaba su nombre escrito por todas partes.

La encontré en su dormitorio.

—¡Mamá!

—¿Qué te pasa, Gavin?

—¿Qué has hecho? —espeté.

—¿De qué narices estás hablando?

—¿Le has dicho algo a Raven?

—No. ¿Por qué? ¿Cuándo he vuelto yo a ver a esa chica?

—¿Me juras que no has hecho ni dicho nada que haya podido molestarla?

—¿Por qué iba a preocuparme por ella? Tú ya no la ves, ¿verdad?

—Verdad —murmuré.

Por desgracia, parecía que ese era el caso ahora.

Examiné sus ojos. No había ningún indicio de falsedad en ellos. En todo caso, parecía un poco preocupada por mí. O mi madre se merecía un premio de la Academia, o estaba diciendo la verdad.

Me marché enfadado, sin saber qué hacer. Tenía que calmarme antes de ir a casa de Raven. No pensaba salir de su vida sin interrogarla sobre por qué había roto conmigo por medio de un puto *e-mail*.

«Un *e-mail*. ¿Estás de coña, Raven?»

Necesitaba que me mirara a los ojos y me dijera las mismas cosas que ponía en ese mensaje. Si me miraba a la cara y me decía que ya no le importaba, me iría, por muy duro que fuera.

No podía creer que aquello estuviera sucediendo. Ni siquiera parecía real. Era como estar en medio de una pesadilla.

Busqué el teléfono y llamé a Marni.

—¡Eh! —respondió.

—Hola. ¿Has hablado con Raven?

—No desde hace unos días. ¿Por qué?

—Porque acaba de romper conmigo por *e-mail*.

—¿Qué?

—Sí.

—Eso no es nada propio de ella.

—Lo sé.

—¡Vaya mierda! —dijo tras una larga pausa—. Lo siento, niño rico. Lo siento de veras.

—¿Puedes hacerme un favor? ¿Hablarás con ella y me contarás lo que te diga.

—Estoy en el trabajo, pero puedo llamarla. Eso sí, no voy a mentirle. Le diré que me has pedido que la llamara.

Tendría que aceptarlo.

—No me importa. Está bien. Solo necesito que averigües todo lo que puedas antes de que vaya a verla. Si de verdad es esto lo que quiere, tengo que aceptarlo, pero, ¡joder, Marni!, no me lo esperaba. Ahora mismo tengo ganas de mandarlo todo a la mierda.

—¡Joder, Gavin! No hagas eso. Déjame ver qué puedo averiguar.

—De acuerdo. Gracias. Te lo agradezco.

Me pasé la siguiente media hora paseando por mi habitación. ¿Cómo he podido ser tan estúpido? ¿Por qué no he visto que no era feliz?

Cuando sonó el teléfono, prácticamente salté por la habitación para alcanzarlo de mi mesa.

—Hola, Marni. Cuéntame.

—Bueno..., he hablado con ella.

En el tono de su voz se apreciaba algo que hizo que mi estómago se revolviera aún más.

Sentí la boca seca.

—Vale...

—Y no sé, tío. Si te soy sincera, parecía ida.

—¿Ida?

—Sí, atontada.

—¿Qué te ha dicho?

—Me ha dicho que había cambiado de parecer respecto a ti, que las cosas estaban yendo demasiado rápido. Me ha jurado que eso era todo. —Hizo una pausa—. Ha dicho que lo que te ha escrito iba en serio.

Esas palabras aniquilaron mis últimas esperanzas. Me pasé la mano por el pelo.

—No puedo creer que no me lo haya dicho a la cara. ¿Crees que estoy loco porque necesito verla para creerlo?

—No, claro que no. Creo que es muy comprensible. Yo también estoy sorprendida. Es mi mejor amiga; tendría que haberlo visto venir.

—Sí, supongo que nunca se sabe.

—¡Mierda! Tengo que colgar —dijo ella—. El gerente acaba de llegar. Envíame un mensaje si necesitas algo. Buena suerte.

—Gracias. La voy a necesitar.

Tardé media hora en poder salir del coche para llamar a la ventana de Raven. Supuse que, si no estaba en su habitación, iría a la puerta principal. Lo de la ventana se había convertido más en una costumbre que en otra cosa. Ya no se trataba de esconderse de Renata.

Me obligué a bajarme del coche y sentí que mi sangre fluía con fuerza. Tenía la sensación de que el corazón se me iba a salir por la boca cuando llegué a su ventana y la vi en la cama. Estaba tumbada con la cara tapada por una manta, como si quisiera bloquear toda la luz.

Golpeé el cristal.

Dio un respingo, luego se volvió hacia la ventana y nuestras miradas se cruzaron.

Se me partió el corazón al mirar sus preciosos ojos. Me di cuenta de que ver la tristeza en ellos era peor que mi propio sufrimiento. Amaba a esa chica. No me estaba enamorando de ella. Estaba total y absolutamente enamorado de ella. Todavía la amaba. Y que me colgaran si sabía cómo iba a superar esto..., si es que llegaba a superarlo alguna vez.

Me abrió la ventana y entré.

—¿No podías decírmelo en persona? —Me obligué a decir—. ¿No significo lo suficiente para ti como para romper conmigo cara a cara? —El temblor en mi voz me pilló por sorpresa.

«Domínate.»

A Raven apenas le salían las palabras.

—Yo... No podía...

—¿Por qué?

—Lo siento. Lo siento mucho.

—Así que, ¿todo era verdad? ¿Así, sin más? Simplemente... ¿se acabó?

Ella cerró los ojos.

—Sí —susurró.

—Te quiero, Raven. —Las palabras escaparon de mis labios—. Estoy enamorado de ti. He sido un imbécil al pensar que quizá tú empezabas a sentir lo mismo. ¿Cómo he podido equivocarme tanto? —Ella siguió mirándose los pies—. No me has mirado a los ojos desde que he entrado en esta habitación. Por eso estoy aquí. Para que me digas a la cara que se ha terminado. Entonces me iré y ahí se acabará todo. ¿No quieres verme más? No volverás a verme.

Empezó a sollozar.

¿Qué diablos pasaba? ¿Por qué lo hacía si le disgustaba?

—Dímelo a la cara y no volverás a verme.

Levantó la cabeza y me miró directamente a los ojos.

—Se acabó, Gavin. Se acabó.

—Entonces, ¿por qué narices estás llorando?

—Porque es difícil para mí.

—Aunque me digas que me vaya, te sigo queriendo, ¡joder! Eso sí que es jodido. —Ella no dijo nada. En cambio, volvió a mirar al suelo. Así que le di una última oportunidad—. ¿De verdad se ha terminado?

Me miró por última vez.

—Sí.

Las lágrimas me escocían en los ojos. No sabía si ella veía que estaba tratando de contenerlas o si ni siquiera le importaba. Pero ya había hecho el ridículo de todas las maneras, así que ¿qué más daba unas cuantas lágrimas?

Me mordí el labio y me obligué a dar un paso atrás.

—Gracias, Raven. —La voz me temblaba—. Gracias por enseñarme que nunca se conoce de verdad a una persona.

Salí por la ventana y corrí hacia mi coche, esperando para mis adentros que me pidiera a gritos que volviera y afirmara que todo aquello era un error. Habría vuelto corriendo con ella.

Arranqué el coche, pero no me puse en marcha de inmediato. En cambio, miré hacia la casa por última vez. Raven no vino tras de mí.

Cuando por fin me marché, dejé que las lágrimas brotaran. No podía ver bien la carretera. No podía recordar la última vez que había llorado así. Me permitiría tener ese momento, llorar esa única vez. Cuando cruzara el puente, hallaría la manera de recomponerme. Después de lo ocurrido, juré no volver a derramar otra lágrima por esa chica.

Encontraría la forma de olvidarla.

15

Raven

Cuando oí que su coche se alejaba a toda velocidad, supe que ya podía sucumbir al dolor. Con la espalda apoyada en la pared de mi habitación, me senté en el suelo y rompí a llorar.

Murmuré las palabras que tanto deseaba haber podido decirle.

—Te quiero, Gavin. Te quiero mucho.

Jamás en toda mi vida había sentido una tristeza igual, semejante mezcla de dolor, vacío y anhelo. Y no podía hablar de ello con nadie. Nadie podía saber por qué lo había hecho; ni Marni ni, mucho menos, mi madre.

Sabía que la única manera de sobrevivir a eso sería borrar todo recuerdo de él. Cualquier recuerdo sería demasiado doloroso de soportar. Tendría que dejar de seguirlo en Facebook, bloquearlo por completo. No podía soportar que pasara página con otras chicas, que siguiera con su vida. La sola idea me cortaba como un cuchillo.

Comprendí la magnitud de aquello de forma gradual. Nunca volvería a abrazarme. Nunca más lo sentiría dentro de mí. No volvería a oírle decir que me amaba. Hasta ese día no sabía que sentía eso. Escucharlo mientras lo dejaba ir parecía la más cruel de las bromas de la vida.

Fui a su página de Facebook para bloquearlo y me di cuenta de que había publicado una canción un tiempo después de haberse marchado de mi casa: *So cruel*, de U2.

Recibí su mensaje alto y claro.

Esa misma noche, mi madre llegó a casa del trabajo y me encontró tumbada en la cama. Llevaba todo el día temiendo verla, porque sabía que tendría que mentirle.

—¿Ha pasado algo entre Gavin y tú? —Fue lo primero que me dijo.

Me incorporé contra el cabecero.

—¿Por qué lo preguntas?

—Bueno, cuando he pasado por su habitación esta tarde, estaba sentado en el borde de su cama con la cabeza gacha. Parecía muy triste. Nunca le había visto así. Cuando le he preguntado si todo iba bien, se ha limitado a sacudir la cabeza y no ha dicho nada más. Le he dejado tranquilo, pero mi instinto me decía que tenía algo que ver contigo.

Oculté la cara en mis manos.

—He roto con él.

—¿Qué? ¿Por qué?

—No estaba funcionando como esperaba.

Pasé los siguientes minutos mintiendo a mi madre, diciéndole las mismas tonterías que le había dicho a Gavin. A pesar de lo idiota que sonaba, mi madre me abrazó con fuerza.

—Todo irá bien. Todavía eres joven. Te llevará un tiempo descubrir lo que realmente quieres. —Me abrazó más fuerte—. Sé que crees que estoy pasando por muchas cosas en este momento, pero no guardes tu dolor dentro. Siempre puedes contar conmigo, aunque parezca que las cosas son abrumadoras. Siempre serás mi prioridad. Haría cualquier cosa por ti.

La miré a los ojos.

—Yo también haría cualquier cosa por ti.

Acababa de demostrarlo.

Segunda parte

Diez años después

16

Gavin

Tenía ese viaje pendiente desde hacía mucho tiempo. Había recurrido a todas las excusas posibles para posponerlo. La verdad era que sabía que iba a ser una tortura hacer frente al deterioro de mi padre, a sus setenta años, y a todas las decisiones que había que tomar a raíz de ello.

Después de estacionar en el camino de entrada circular frente a la casa de Palm Beach, me quedé sentado en el coche durante varios minutos. Contemplé la enorme estructura y pensé que nada parecía haber cambiado. Las plantas del cuidado jardín seguían floreciendo como de costumbre. Las blancas columnas de la parte delantera de la casa eran tan ostentosas como siempre.

Pero las apariencias pueden engañar, porque absolutamente nada era como antes.

Nuestras vidas dieron un vuelco hacía unos cinco años, cuando mi madre murió tras estrellarse contra un árbol por conducir en estado de embriaguez. Mi relación con ella había mejorado durante los años anteriores a su muerte y, aunque su pérdida fue dolorosa, para mí fue un alivio que tuviéramos buena relación cuando falleció.

Sin embargo, me carcomían los remordimientos por no haberla presionado para que recibiera la ayuda que necesitaba. A menudo me preguntaba hasta qué punto su desdichada conducta mientras yo crecía tenía que ver con su dependencia del alcohol.

Y por si las cosas no fueran lo bastante mal después de la muerte de mi madre, más o menos un año después, mi padre empezó a mostrar las primeras señales de demencia con tan solo sesenta y cinco años. A partir de ahí, la situación evolucionó con bastante rapidez. El personal de Florida me llamaba sin parar a Londres para decirme que estaban preocupados por él. Weldon, que ahora vivía en California, era prácticamente un inútil. Así que la responsabilidad de llevar los asuntos de nuestro padre recaía por completo en mí. Al final empeoró tanto que tuve que contratar atención las veinticuatro horas del día.

No fue fácil ocuparse de todo eso desde el extranjero. A causa de mi frenético horario de trabajo, hacía más de un año que no iba por allí. Y casi diez que no vivía en aquel lugar ni siquiera una parte del tiempo.

Abandoné la carrera de Derecho después del primer año y me pasé al programa de Máster de Administración de Empresas de Yale. Cuando terminé, me mudé a Londres, y creé una empresa de robótica con un par de ingenieros. Los robots que diseñamos realizaban una serie de funciones para diversas industrias. Crecimos rápidamente hasta contar con varios cientos de empleados.

Por fin había encontrado mi pasión y Londres se había convertido en mi hogar permanente, pero al encontrarme tan lejos me resultaba difícil estar al lado de mi padre. Me sentía culpable por haber tardado tanto en ir a verle después de enterarme de que su estado había empeorado y me juré que no volvería a hacerlo. Había llegado el momento de darle prioridad a él. Había acordado trabajar a distancia desde Estados Unidos durante al menos un mes para poder evaluar la situación y elaborar un plan de cuidados a largo plazo para mi padre. Me preguntaba si podría convencerlo para que vendiera la casa y me dejara trasladarlo a Londres. «Paso a paso.»

«Aquí no hay nada.»

Dejé escapar un largo suspiro, salí del coche y me dirigí a la puerta principal. No había llamado al personal para avisarles de que venía porque quería entrar sin previo aviso para ver cómo estaban las cosas. No quería que hicieran nada que pudiera suavizar la situación.

Entré con mi llave. Cuando Genevieve oyó la puerta, se apresuró a ir al vestíbulo.

Parecía que yo era la última persona que esperaba ver.

Sus zapatos resonaban en el suelo de mármol mientras se aproximaba a mí con celeridad.

—¿Gavin? ¡Ay, Dios mío! ¡Gavin!

—Hola, Genevieve. Me alegro de verte. —Llevé mi maleta hasta un rincón.

Me abrazó.

—¿Por qué no nos has dicho que venías? Podríamos habernos preparado.

—No es necesario. No necesito nada más que una de las habitaciones de invitados. Solo he venido a ver a mi padre.

—¿Cuánto tiempo te vas a quedar?

—En realidad no lo sé. Todavía no he reservado el billete de vuelta, pero es probable que al menos un mes.

Había algo extraño en su expresión. También parecía un tanto falta de aire, como si mi llegada la hubiera puesto en tensión. Me alarmó un poco.

—¿Va todo bien? —pregunté.

—Sí, por supuesto. Bienvenido a casa. Te prepararé tu antigua habitación.

—Gracias.

—¿Debo decirle a tu padre que estás aquí?

—Esto... Claro. Dile que iré a verlo dentro de un momento.

Subió corriendo las escaleras como si librara una especie de carrera contra el tiempo.

«¡Qué extraño!»

Después de usar el baño de la planta baja que estaba junto a la cocina y de beberme un vaso de agua, me dirigí al piso de arriba. Estaba nervioso, muy inquieto por presenciar lo que sabía que era cierto: el estado de mi padre había empeorado. No podía seguir ignorándolo.

Me detuve antes de abrir la puerta de su dormitorio. Cuando por fin lo hice, lo que vi era algo para lo que no me había preparado. Hasta ese momento jamás había entendido lo que significaba la expresión «el tiempo se detuvo».

Entrecerré los ojos. Por un segundo pensé que podía ser culpa del desfase horario, que tal vez estaba alucinando, pero cuanto más la miraba, más seguro estaba. Era ella, sin lugar a dudas, y diez años se disolvieron en diez minutos cuando la miré a los ojos; unos ojos que nunca creí que volvería a ver.

«Raven.»

¿Raven?

«¿Qué estaba pasando?»

La confusión se mezcló con la ira y mis duras palabras escaparon de mi boca antes de que pudiera pensármelo dos veces.

—¿Qué mierda haces aquí?

Raven se quedó paralizada y parecía incapaz de hablar mientras yo la contemplaba.

No quería volver a verla. No quería recordar el dolor que sentí cuando rompió conmigo, pero todo había vuelto en cuestión de segundos. Y, en todo caso, ¿qué hacía allí con mi padre?

—¿A qué estás jugando? —pregunté.

La expresión de sus ojos pasó del *shock* a la rabia.

—¿Cómo dices?

—Por favor, no le hables así a Renata —dijo mi padre.

Le miré. «¿Acababa de llamarla Renata?»

—Papá, ¿de qué estás hablando? Renata lleva...

—¡No! —gritó Raven y me fulminó con la mirada. Se dirigió a mi padre en voz baja y serena—. Disculpe, señor Masterson. —Luego se dirigió a mí—: ¿Podemos hablar en el pasillo, por favor?

Salí de la habitación, sintiéndome como si hubiera entrado en un sueño extraño. Ella salió después de mí antes de cerrar la puerta.

Raven se alejó un poco por el pasillo y yo le seguí. Se giró hacia mí.

—¿Tú qué crees que estoy haciendo aquí? ¿Crees que estoy manipulando a tu padre?

—No tengo ni idea de lo que estás haciendo —dije la verdad.

Tomó aire despacio y luego exhaló.

—Soy su enfermera, Gavin.

—¿Su enfermera?

—La empresa para la que trabajo me asignó aquí hace seis meses. Estuve a punto de rechazarlo, pero decidí venir a hacer una visita, porque sentía verdadera curiosidad por la situación de tu padre. No sabía si se acordaría de mí. Resulta que cree que soy mi madre y he dejado que continúe creyéndolo porque le hace feliz.

La extraña reacción de Genevieve a mi llegada cobró sentido de repente. Trabajaba allí cuando salí con Raven hacía años. Sabía todo lo que había pasado. Al parecer esa era la razón por la que me lo había ocultado durante seis meses.

—¿Por qué el personal no me dijo que estabas aquí?

—Tal vez temían tu reacción. No quieren que me vaya porque mi presencia aquí le ha ayudado. Le debo mucho, Gavin, así que me quedé. He dejado que crea que soy mi madre. Han pasado seis meses y he sido su enfermera todos los días. No hay nada siniestro, pero gracias por tu confianza —dijo con amargura.

—Raven, yo...

Se alejó y volvió a la habitación de mi padre antes de que pudiera disculparme.

La seguí.

Ella abrió la puerta.

—Señor Masterson, voy a darle un poco de privacidad con su hijo. Ha venido desde muy lejos para verle.

—¿Cuándo vas a volver? —preguntó mi padre, sin reconocerme.

—Dentro de una hora, ¿le parece bien?

Mi padre parecía triste.

—De acuerdo.

Fue revelador ver a mi padre más preocupado por cuándo iba a volver ella que por mi presencia.

Sin hacer contacto visual, Raven pasó a toda prisa por mi lado y salió por la puerta.

Me volví hacia mi padre, sintiéndome en cierto modo como si estuviera viviendo eso fuera de mi cuerpo. Tenía la mirada perdida.

—Me alegro de verte, papá.

—¿Dónde ha dicho Renata que iba?

—No lo ha mencionado, aunque sí ha dicho que volvería en una hora. Pero ahora estoy yo aquí. ¿Qué necesitas?

—Iba a llevarme a dar un paseo.

—Puedo llevarte yo.

—No. Prefiero que me lleve ella.

—¿Qué puedo hacer por ti mientras estoy aquí?

—Nada. Estoy bien.

Me senté en el asiento de al lado.

—Papá, siento no haber venido en tanto tiempo. Pienso quedarme al menos un mes para ayudarte a poner en orden algunas cosas y asegurarme de que estés bien.

—¿Has quedado con Clyde?

—No, papá. Clyde no está... aquí.

Su antiguo socio, Clyde Evans, llevaba tres años muerto.

—¿Qué necesitas de mí? —preguntó.

—Nada. He venido solo para estar contigo, ¿de acuerdo?

Me miró por fin y esbozó una ligera sonrisa.

—Muy bien, hijo.

La diferencia en su comportamiento era impactante. Parecía casi un niño.

Después de estar sentado con él unos veinte minutos, mi padre me informó de que quería echarse una siesta. Le dejé tranquilo y me aventuré a bajar las escaleras.

Genevieve preparó una cafetera y me puso al corriente de los últimos meses. Me contó que el estado de mi padre había empeorado bastante antes de la llegada de Raven. Creer que era Renata le había levantado el ánimo. Aunque todavía no alcanzaba a comprenderlo, sabía que le debía a Raven una disculpa.

Todavía estaba tomando café en la cocina, cuando entró por la puerta lateral. Mi reacción inmediata y visceral fue bastante desconcertante.

Después de todo ese tiempo, seguía ejerciendo un fuerte efecto sobre mí.

Parecía nerviosa y no se fijó en nosotros. Se dirigía hacia las escaleras cuando me levanté.

—Oye, antes de que te vayas, ¿podemos hablar?

—En realidad, le debo a tu padre un paseo —dijo, sin apenas mirarme a los ojos—. Y llego tarde, así que...

—Entonces, ¿después de eso?

Al final accedió, con la vista fija en el suelo.

—De acuerdo.

Raven y mi padre estuvieron fuera un buen rato antes de que lo llevara de nuevo a su habitación. Esperé abajo por lo menos otra media hora hasta que por fin se presentó en la cocina.

No dijo nada mientras alcanzaba una taza y se servía de la cafetera. Parecía disgustada.

—Te debo una disculpa por mi comportamiento de antes —dije—. Entrar aquí y verte ha sido un *shock* por muchas razones. No debería haber sacado ninguna conclusión sin dejar que te explicaras. Lo siento mucho.

Dejó de remover el azúcar antes de soltar un largo suspiro.

—No pasa nada. Yo también estaba nerviosa. No puedo culparte por haberte sorprendido. Nadie se sorprendió más que yo al verte hoy. No estaba preparada.

Por fin se giró para mirarme y se apoyó en la encimera. Mi cuerpo reaccionó mientras la contemplaba. Por mucho que mi mente quisiera olvidar, mi cuerpo la recordaba demasiado bien.

Por extraño que pareciera, Raven era aún más hermosa que antes. Los mismos ojos grandes, la misma suave piel de porcelana que se enrojecía a la mínima. Sin embargo, habían desaparecido sus ingobernables rizos. Su pelo negro, ahora alisado, le llegaba hasta media espalda.

Había muchas cosas que quería saber, aunque no fueran de mi incumbencia. ¿Estaba casada? ¿Tenía hijos? ¿Qué había estado haciendo durante estos diez años? Y seguro que, en estos momentos, conocía a mi padre mejor que nadie. Quería saber su opinión sobre su estado.

—¿Dispones de un rato para quedar conmigo esta noche? Podría pedir la cena. Me gustaría que me dieras tu opinión sobre algunas cosas... concernientes a mi padre.

Ella lo pensó durante un momento.

—No lo creo. Esta noche tengo planes.

—De acuerdo..., esto..., ¿tal vez en otro momento a lo largo de la semana?

Miraba a todas partes menos a mis ojos.

—Claro. Echaré un vistazo a mi agenda.

—Gracias. Te lo agradezco.

¡Qué conversación tan profesional! En algún rincón de mi interior, mi corazón lanzaba a gritos preguntas que hice todo lo posible por acallar.

«Ya no importa.»

—¿Cuánto tiempo vas a quedarte? —preguntó.

—No lo sé. Tenía pensado un mes. He estado evitando esto durante demasiado tiempo. Necesito poner en orden sus asuntos y organizar las cosas.

—Entiendo. —Dejó su taza en la encimera—. Bueno, será mejor que vaya a atenderlo.

Después de que volviera a subir, sentí una opresión en el pecho. No sabía si la reacción estaba causada por Raven o por la carga emocional general de estar de nuevo allí; probablemente por una mezcla de ambas cosas.

Había algo diferente en Raven que no lograba discernir. Algo, tal vez la experiencia de la vida, la había endurecido. Mi cabeza empezó a dar vueltas mientras trataba de descubrirlo. Mientras miraba por las puertas de cristal de la cocina hacia la piscina me pregunté si no estaría desvariando, lo mismo que mi padre.

El sol brillaba sobre el agua. Necesitaba refrescarme.

Salí y me quité la camiseta antes de hacer lo mismo con los pantalones. Sin pensarlo dos veces, me metí en la piscina en calzoncillos. El agua, que el sol había calentado, no estaba lo bastante fría para lo que necesitaba en aquel momento.

Nadé un largo tras otro para intentar desfogar la energía nerviosa.

Cuando por fin paré, me eché el pelo hacia atrás, me limpié el agua de la cara y miré hacia arriba. En medio de la cegadora luz del sol podría haber jurado que vi a Raven en la ventana del dormitorio de mi padre, mirándome.

Cuando parpadeé, ya no estaba.

17

Raven

No podía creer que levantara la vista hacia mí. Me asomé a la ventana que daba a la piscina mientras el señor Masterson dormía la siesta. Lo último que esperaba ver era a Gavin nadando como un tiburón de un extremo al otro. Casi me quedé sin aliento cuando emergió del agua, mostrando su cincelado cuerpo. Entonces, de repente, levantó la vista y me aparté tan rápido de la ventana que tropecé con la papelera y a punto estuve de despertar al señor Masterson.

Todo ese día me parecía un sueño. Habían pasado horas, pero aún me encontraba en estado de *shock* porque Gavin estaba allí y porque iba a quedarse al menos un mes.

Los diez años transcurridos le habían sentado muy bien. Era el mismo, pero diferente. El chico que una vez conocí se había convertido en un hombre desconocido para mí. Su cabello era la misma hermosa y despeinada mata que le caía sobre la frente. Su mandíbula estaba más definida, cubierta de una barba incipiente que ansiaba sentir contra mi piel. Sus hombros eran más anchos. Todo eso era como echar sal en mi vieja herida, que nunca había cicatrizado. Todos mis sentimientos resurgieron de nuevo.

Tenía que controlarme, porque si iba a quedarse un mes entero, no podía dejar que mi reacción hacia él afectara en mi trabajo diario al cuidado de su padre.

Gavin quería hablar conmigo, pero yo no estaba preparada. A duras penas podía mirarle a los ojos. Era demasiado doloroso y, después de todo ese tiempo, temía que se diera cuenta; «lo sabría». Por no hablar de que todavía estaba un poco afectada por su reacción al encontrarme allí. Me molestó que pudiera pensar que mis intenciones no eran honestas.

Me quedé arriba todo el tiempo que pude. Mi turno normalmente terminaba a las siete, momento en el que la enfermera de noche ocupaba mi lugar. Aquel día Nadine se retrasaba, así que me quedé con el señor Masterson hasta que llegó.

Esperaba evitar a Gavin en el piso de abajo y salir sin que me viera, pero tuve que pasar por la cocina para recoger mis llaves y algunas otras cosas. Estaba de pie junto a la encimera de granito cuando entré en la habitación.

—Bueno, he metido la pata y he pedido toda esta comida, sin darme cuenta de lo grandes que eran las raciones —comenzó—. No puedo comérmelo todo yo solo. ¿Seguro que no quieres cenar conmigo?

Me quedé en silencio, sin saber qué decir. Miré las bolsas de papel marrón que había en la encimera.

—¿Es del Wong's?

—Sí.

—Entonces sabías lo grandes que eran las raciones.

—Vale, permite que reformule mi pregunta —alegó—. Tengo una botella grande de vino para adormecer cualquier posible incomodidad de cenar conmigo. ¿Quieres quedarte?

Esbocé una sonrisa por primera vez desde su llegada.

—Bueno, ahora nos entendemos.

Se animó.

—¿Sí? ¿Te apuntas? Sé que me has dicho que tenías planes, así que no quiero...

—No tengo planes. Simplemente no quería cenar contigo.

Se rio un poco y asintió.

—¡Ah! Bueno, siempre me gustó tu sinceridad. Veo que no has cambiado.

—Me he dado cuenta de que necesito superar cualquier incomodidad entre nosotros, sobre todo si vas a quedarte un tiempo.

—Estoy de acuerdo. Tenemos que superarlo. Ahora veo que no vas a ninguna parte. Y no me gustaría que lo hicieras. Genevieve me ha informado de lo importante que te has convertido en la vida de mi padre. No puedo agradecerte lo suficiente que cuides tan bien de él.

—Es un placer.

Miré la botella de vino, que era realmente enorme.

—Es una botella de vino muy grande.

—Bueno, ya sabes lo que dicen...

—¿El qué?

—Una botella de vino debería ser un reflejo de la destreza de un hombre, así que...

—¡Ah! Deben de haberse quedado sin las más pequeñas. —Le guiñé un ojo.

Fingió estar muy ofendido.

—¡Ay! —exclamó. Sabía muy bien que estaba bromeando—. Supongo que me lo merezco por haber sido un imbécil antes.

—Honestamente..., no pasa nada, Gavin. Puede que en tu lugar yo hubiera reaccionado del mismo modo.

Su expresión se volvió seria.

—No tenía ni idea de cuánto había empeorado mi padre. Me siento avergonzado por lo ausente que he estado, pero eso se acabó. A partir de ahora estaré al tanto de todo. —Señaló hacia la mesa—. ¿Nos sentamos?

—¿Puedo ayudar?

—No, tranquila. Has tenido un largo día. Déjame a mí.

Tomé asiento mientras Gavin sacaba dos copas del armario y abría la botella de tinto. Busqué la alianza de casado mientras contemplaba sus grandes y masculinas manos. No llevaba ninguna. En los últimos meses Genevieve solo me había dicho que Gavin era empresario y que no llegó a terminar la carrera de Derecho. No me contó mucho de su vida personal y yo no le sonsaqué más información. Puede que tuviera miedo de descubrir la verdad.

Me sirvió vino y colocó la copa frente a mí en la mesa.

—Gracias —dije.

—De nada.

Se sirvió una copa, sacó dos platos y unos cubiertos y lo llevó todo a la mesa. Abrió las cajas de comida china y cada uno se sirvió.

Nos sentamos en silencio durante un par de minutos mientras tomamos los primeros bocados de comida y bebíamos vino. La tensión se cortaba en el ambiente. Era difícil no mirar su hermoso rostro, pero cada vez que lo hacía, solo empeoraba el dolor en mi pecho. Mi Gavin. Estaba a mi lado pero a la vez tan lejos.

Parecía tan estresado como yo.

—Solo quiero quitarme esto de encima, ¿de acuerdo? —dijo al fin, soltando el tenedor.

Se me aceleró el corazón.

—Vale.

—Lo que pasó entre nosotros fue hace mucho tiempo. Los dos somos adultos. A pesar de haber empezado con mal pie, no te guardo ningún rencor, Raven. Soy consciente de que ahora mismo te pongo muy nerviosa, y siento que es porque estás esperando que estalle o algo así. Quiero que sepas que todo está bien, ¿vale? Lo que pasó... ocurrió hace una década.

Eso me produjo sentimientos encontrados. No quería que siguiera dolido por lo que hice, pero todos mis sentimientos hacia él seguían ahí y una parte de mí deseaba que él sintiera lo mismo, aunque fuera un poco.

—Gracias por aclararlo —dije—. Para mí ha sido difícil verte después de tanto tiempo, pero no quiero que las cosas sean incómodas y te agradezco que intentes romper el hielo.

Cuando levanté la vista, sus ojos se clavaron en los míos de una forma que me hizo dudar de que no le afectara tanto como decía. Su boca acababa de decir una cosa, pero sus ojos decían otra.

O tal vez eso era solo un deseo por mi parte. Me perdí en esos ojos durante unos segundos, hasta que me interrumpió con una pregunta.

—Ahora que nos hemos quitado esto de encima, háblame de mi padre. ¿Cuál es tu opinión sobre su pronóstico? —Tomó un bocado de comida mientras esperaba mi respuesta.

—No cabe duda de que el estado de tu padre ha empeorado desde que empecé a trabajar con él hace seis meses. Le cuesta encontrar las palabras adecuadas para decir lo que quiere y se confunde mucho. No creo que nadie sepa con qué rapidez avanzará.

—Creo que debo trasladarlo a Londres.

Oír eso hizo que se me encogiera el estómago. No estaba segura de cómo sobrellevaría el señor Masterson algo tan drástico, por no hablar de que se había encariñado conmigo. Me invadió una gran tristeza ante la idea de perder todo lo que parecía importarme.

—¿Quieres mi opinión al respecto? —le pregunté.

Se limpió la boca.

—Sí, por supuesto.

—No creo que eso sea lo mejor para él. Esta casa, el personal de aquí, es todo cuanto conoce. Y aunque te sería más fácil vigilarlo si estuviera físicamente más cerca de ti, creo que tú serías la única persona que se beneficiaría de eso.

Gavin asintió con la cabeza y pareció dejar que mis palabras calaran.

—Muy bien. Gracias por tu opinión. —Sacudió la cabeza—. No puedo creer que te confunda con tu madre. Es decir, te pareces a ella, pero que no recuerde... —Se detuvo.

—Que está muerta... Ya. Eso también me sorprendió. —Cerró los ojos.

—Siento mucho lo de Renata.

—Gracias. —Recordé el funeral—. Las flores que enviaste eran preciosas.

Me miró durante un buen rato.

—Pensé mucho en ti cuando sucedió. Tenía muchas ganas de volver a casa, pero temía disgustarte. Pensé que no querrías que estuviera allí. No nos habíamos visto desde..., ya sabes. —Dudó—. Pero decidí enviar flores de todas formas.

—No estoy segura de que nada me hubiera perturbado en esos momentos. Estaba desconsolada.

Gavin me apretó la mano por encima de la mesa.

—Lo siento.

Su tacto me provocó una sensación de *déjà vu*. Entre eso y acordarme de mi madre, mis emociones se apoderaron de mí. Cuando empecé a llorar, él arrimó su asiento hasta mi lado de la mesa.

Entonces me abrazó. Tan natural. Tan Gavin.

Mi cuerpo absorbió su energía. Era una sensación poderosa que no podía describir del todo, excepto para decir que me sentía como si por fin hubiera encontrado el camino a casa.

—Este es el abrazo que debería haberte dado hace siete años. Siento no haberlo hecho.

Sus palabras solo me hicieron sollozar con más fuerza. Cuando nos apartamos y le miré a los ojos, estaban embargados de emoción, de mucho dolor, lo que contrastaba bastante con lo que había dicho antes sobre que no albergaba ningún sentimiento. Después de que me soltara, mi cuerpo ansiaba su contacto.

Gavin volvió a su lugar frente a mí.

—Hacía mucho tiempo que no lloraba por aquello —confesé—. Supongo que verte de nuevo me ha hecho recordar muchas cosas. Estuviste a mi lado en momentos muy duros. —Me limpié los ojos—. Yo también siento mucho lo que le pasó a tu madre.

Lo decía en serio. Por muy mal que se hubiera portado Ruth conmigo, no merecía morir así. Lo único bueno de que mi madre se fuera como lo hizo fue que pude despedirme.

—Te trató fatal, así que te agradezco que lo digas.

—Me sentí desolada por ti cuando me enteré. Yo también debería haberte tendido la mano. Me enteré por las noticias y le envié flores a tu padre, pero al igual que tú, no pensé que quisieras verme o saber de mí. Te había hecho mucho daño.

—Está bien. —Fijó la mirada en su copa e hizo girar el vino—. ¿Sabes? A pesar de lo terrible que podía ser mi madre, las cosas entre nosotros habían mejorado mucho con los años. Nunca habíamos estado tan unidos como en el momento de su muerte, así que me consuela el hecho de que al menos sabía que la quería.

Supongo que ahora no sería un buen momento para sacar a relucir el hecho de que ella era la razón de nuestro desamor. Después de lo que acababa de decir, no estaba segura de que la verdad saliera a la luz algún día. No podía empañar el recuerdo que tenía de ella.

Intentó aligerar la tensión del momento.

—Bueno, tengo una pregunta sencilla. ¿Qué has estado haciendo estos diez años?

—Una pregunta muy sencilla. —Me reí y bebí un buen trago de vino—. Los primeros años, después de que nos viéramos por última vez, me centré en mi madre, en cuidar de ella y asegurarme de que tenía lo que necesitaba hasta el final. El año siguiente a su fallecimiento fue un borrón. Algún tiempo después, por fin pude reunir las fuerzas para matricularme en la universidad. Obtuve mi título de enfermería y conseguí trabajo al acabar los estudios en un hospital. Con el tiempo me di cuenta de que podía ganar más dinero trabajando a domicilio, así que acepté un empleo en la agencia para la que trabajo ahora. Llevo casi dos años con ellos.

Esperaba que eso satisfaciera su curiosidad. No quería reconocer que, aunque había tenido algunos novios a lo largo de los años, ninguno se había acercado a lo que tuvimos él y yo. Mi corazón nunca se había recuperado. El espacio reservado dentro de él era para alguien que no podía tener, sin permitir que nadie más entrara por completo.

Se aclaró la garganta.

—Entonces, tengo que preguntar... —Mi corazón comenzó a latir con fuerza—. ¿Aún practicas jiu-jitsu?

Mi pulso se ralentizó un poco. Esa cena era como una montaña rusa.

—En realidad, sí. Pero ya no soy una aprendiz; ahora doy clases.

Esbozó una sonrisa de oreja a oreja.

—¡No jodas! Es increíble.

—Ha sido mi única válvula de escape durante todos estos años.

—Me alegra mucho saber que has seguido con ello.

—Sí. A mí también.

—¿Y Marni? ¿Cómo está?

—¡Oh, Dios mío! ¡Acaba de tener un bebé!

—¿En serio? Es alucinante.

—Inseminación artificial. Sigue jugando en el mismo equipo.

—Eso pensaba.

—Jenny y ella siguen juntas.

—¡Vaya! Han resistido la prueba del tiempo.

—Sí. —«Y nosotros terminamos antes de tener la oportunidad de empezar.»

Había un enorme elefante en la habitación, y ninguno iba a sacar el tema, por mucha curiosidad que tuviéramos.

—Háblame de tu carrera —dije finalmente.

—¿Cuánto sabes?

—Sé que no eres abogado, aunque la última vez que nos vimos te ibas a la Facultad de Derecho. —Sonreí—. Y sé que has creado tu propia empresa, aunque no tengo claro a qué te dedicas exactamente.

Se limpió la boca con una servilleta.

—Sí, bueno, un año después de ir a la Facultad de Derecho, decidí que no era para mí. Como puedes imaginar, mi madre estaba encantada. —Se rio—. Me cambié al programa de Máster de Administración de Empresas, pero ni siquiera después de graduarme tenía una idea clara de lo que quería hacer con mi vida. Me mudé a Londres y conocí a dos tipos que estaban diseñando unos robots que podían hacer de todo, desde ayudar a personas con parálisis hasta realizar tareas de fabricación. Aporté el capital para iniciar el negocio y el resto es historia. Años después, soy dueño de una de las empresas de robótica más exitosas de toda Inglaterra.

«¡Vaya!»

—Eso es increíble. ¡Enhorabuena!

—Gracias. —Tenía los ojos vidriosos cuando dijo—: Pero el éxito no lo es todo. Lo cambiaría por tener de nuevo a mis padres. —Exhaló—. No quiero hablar de mi padre como si se hubiera ido, pero... —Suspiró—. Siempre fue tan fuerte...; mi mayor apoyo. Es duro seguir teniéndolo, pero no de la misma forma.

—Entiendo cómo te sientes.

—Lo sé. —El silencio llenó el aire mientras me miraba de forma penetrante—. Me alegro mucho de que estés aquí, Raven.

Envié un mensaje de texto a Marni y fui derecha a su casa después de marcharse de casa de los Masterson. Eran casi las diez de la noche. Sabía que su hija estaría durmiendo y que Jenny trabajaba de noche.

—¿Qué pasa? —preguntó Marni cuando abrió la puerta.

Pasé junto a ella y entré en su casa.

—Ha vuelto.

—¿Qué estás...? —Hizo una pausa—. ¡Oh, mierda! ¿Gavin? ¿Gavin ha vuelto a casa?

—Sí. Va a quedarse por lo menos un mes.

—¡Mierda! —Se dirigió hacia la cocina adyacente—. Espera. Tengo que servirme una copa para asimilar esto. ¿Quieres un poco de vino?

—No, estoy bien. Aunque me alegra que esto te parezca entretenido. Estoy alucinando.

Marni volvió al salón con una copa de vino blanco. Se sentó en el sofá frente a mí.

—Bueno, ¿y qué pasa con él?

—No lo sé en realidad. Hemos cenado juntos al terminar mi turno, después de que se le pasara el susto inicial y de que entendiera por qué estaba allí.

—¿Y?

—Hemos hablado de la muerte de nuestras madres; mucho del señor Masterson, obviamente, y de nuestras carreras. Pero no hemos mencionado nada más. Nos las hemos apañado para evitar los temas personales.

Se quedó mirándome un rato, aparentemente asombrada.

—Debe de haber sido raro verlo después de tanto tiempo.

—Parecía que fue ayer. La forma en que me hace sentir..., todo volvió como una avalancha. Y, ¡Dios mío!, deberías verlo. Si antes me parecía guapo, ahora lo es diez veces más. Ahora tiene barbita... —Suspiré—. Es guapísimo, Marni.

Ella parecía confundida.

—Nunca entendí por qué rompiste con él.

Sentía una acuciante necesidad de contarle la verdad a alguien. Me la había guardado todos esos años y me estaba carcomiendo el alma.

Sin mi madre y sin nada que perder, solté un largo suspiro. Era el momento.

Durante los siguientes minutos, le confesé mi mayor secreto a mi mejor amiga.

Marni casi despertó al bebé cuando gritó.

—¡Joder, Raven! ¡Joder! ¿Cómo me lo has ocultado todos estos años?

—Lo siento, aunque espero que puedas entender por qué lo hice.

—Bueno, teniendo en cuenta que podría haberle dado una paliza a esa mujer por amenazarte, quizá fue buena idea que no me lo contaras. Podría estar en la cárcel ahora mismo. —Me miró fijamente—. No puedo creer que hayas sacrificado a tu único y verdadero amor. Siempre supe que eras una hija increíble con tu madre, pero ¿esto? Esto es otro nivel.

—Por mucho que estuviera enamorada de Gavin, no había discusión. No podía arriesgarme a que mi madre no pudiera pagar lo que necesitaba en ese momento.

—Esto explica que nunca hayas sido capaz de volverte a enamorar.

—Sí.

Dejó su copa de vino y se levantó de su asiento.

—Tienes que contarle la verdad a Gavin. Es tu ocasión de tener una segunda oportunidad.

—No sé si es la decisión correcta.

—¿Por qué no? La bruja está muerta.

—Gavin me ha dicho que la relación con su madre mejoró de verdad en los años posteriores a nuestra separación. Saber que cuando ella murió se llevaban bien le proporciona paz. Seguro que le mataría saber lo que ella hizo.

—¡Eso es horrible! Tiene que saberlo. Se merece la verdad, aunque sea difícil de aceptar.

—No sabría ni cómo decírselo.

—Eso es fácil. Le dices: «Gavin, siento informarte de que tu madre era una bruja». Y luego le cuentas la historia.

Me reí un poco.

—No es tan sencillo.

—Sencillo o no, tienes que hacerlo.

Me sentía muy dividida.

—Tal vez tengas razón.

—Sé que tengo razón. —Exhaló un suspiro—. Mira, no estoy diciendo que se lo sueltes mañana o pasado mañana, pero has dicho que va a quedarse alrededor de un mes, ¿no? Dispones de todo ese tiempo para hacerlo.

Pensé en lo que había sentido cuando esa noche me abrazó. Me lo debía a mí misma. Si había alguna posibilidad de recuperar a Gavin, quizá debía aprovecharla. ¿Cuántas oportunidades puede darte la vida de rectificar algo que lamentas haber hecho?

18

Gavin

El teléfono sonó a las cinco de la mañana. Entrecerré los ojos para ver el nombre en la pantalla. Paige.

—¿Hola? —respondí al teléfono con voz soñolienta.

—Hola, cariño. ¿Cómo te va? —Sonaba demasiado alegre para esa hora de la mañana.

—Bueno, teniendo en cuenta que son las cinco de la madrugada, estaba durmiendo —repuse con ironía.

—¡Oh, mierda! Tienes razón. Me olvidé de la diferencia horaria. Lo siento. Ha sido un día muy ajetreado en la oficina y ni me he acordado.

—No te preocupes. —Bostecé—. ¿Cómo estás?

—Estoy bien. Te echo de menos.

—Yo también te echo de menos —dije, frotándome los ojos.

—¿Cómo está tu padre?

—Eso es difícil de responder. Es decir, físicamente está bien, pero a nivel mental es peor de lo que imaginaba.

—¡Dios! Lo siento mucho. Me preocupaba que dijeras eso. Me cuesta concentrarme cuando tú estás pasando por eso solo.

—No pasa nada. Necesito este tiempo con él. Ahora mismo no podría ofrecerte mucho, aunque estuvieras aquí.

—No esperaría nada. Sé que solo han pasado un par de días, pero es duro estar lejos de ti. No he pasado un mal día, pero anoche te eché mucho de menos.

—Volveré muy pronto. Lo que aún no sé es si mi padre vendrá conmigo.

—¿No estás seguro de que esté dispuesto a mudarse?

—¡Oh! Sé que no estaría dispuesto a hacerlo, pero no sé si puedo obligarle. Aquí está todo muy bien organizado, pero yo no puedo estar en dos sitios a la vez.

—Bueno, esperemos que se te ocurra la solución perfecta mientras estás allí.

Exhalé un suspiro.

—Eso espero.

—Y siento haberte despertado.

—No pasa nada. De todas formas, debería levantarme pronto. Quería pasar un rato con mi padre antes de que llegara su enfermera.

—¿No tiene atención las veinticuatro horas del día?

—Sí, pero prefiere a la enfermera de día, así que no quería interrumpir su tiempo con ella. Había pensado en colarme antes de que ella llegara, si es que está despierto.

—Entonces, ¿el personal es bueno?

—Sí. Estoy muy satisfecho hasta ahora.

—Estupendo, al menos eso es bueno. —Suspiró—. En fin, solo quería saber qué tal estabas.

—Me alegro de que lo hayas hecho.

—¿Aunque te haya despertado? —Se rio.

Yo sonreí.

—Aunque me hayas despertado.

—Te quiero.

—Yo también te quiero.

—Adiós.

—Adiós. —Colgué y me quedé mirando el teléfono.

Paige y yo llevábamos juntos poco menos de un año. Nos conocimos cuando la contrataron para un puesto de *marketing* en mi empresa. Siempre me había negado a mezclar los negocios con el placer, pero dado que mi trabajo era mi vida, acabé cediendo.

Mi vida en Londres con Paige era cómoda y hasta que llegó ella no había sido feliz en años. Nunca había dudado de si estaba preparado para sentar la cabeza con ella, hasta este viaje. Mi reacción hacia Raven, lo rápido que resurgió todo, me pilló desprevenido. Me sentía un poco culpable porque, aunque sabía que no pasaría nada entre Raven y yo, no podía evitar preguntarme qué entrañaban esos sentimientos de cara a mi relación con Paige.

¿Por qué sentía algo por otra persona? Tuve que atribuirlo a la nostalgia. Las cosas con Raven habían terminado de forma tan abrupta que tal vez no llegué a superarlo del todo. Verla de nuevo había reabierto una vieja herida. Tal vez se trataba de una reacción normal y le estaba dando demasiadas vueltas.

Pero anoche me había olvidado de mencionar a Paige, y no entendía muy bien por qué. Raven y yo estábamos hablando de nuestras vidas. ¿No era Paige una gran parte de la mía? No era algo que hubiera planeado ocultar. Si Raven me hubiera preguntado, se lo habría dicho.

Supongo que no sabía cómo sacar el tema. Ella no había compartido ninguna información sobre sus propias relaciones. No quería parecer que le estaba restregando por la cara la mía, pero por lo que yo sabía, Raven podría estar casada.

Después de levantarme y vestirme, le dije a la enfermera de noche que podía irse temprano. Mi padre y yo acabamos dando un paseo matutino por el jardín.

El aire de la mañana estaba cargado de humedad. Mientras paseábamos, mi padre me hizo muchas de las mismas preguntas que me había hecho al llegar, así que repetí muchas cosas de las que ya habíamos hablado. Supongo que a estas alturas estaba agradecido de que aún supiera quién era yo.

—¿Cuánto tiempo te vas a quedar? —preguntó.

De nuevo, otra pregunta que me había hecho varias veces.

—Alrededor de un mes.

—Bien.

Continuamos paseando.

—¿Sabes? Me gustaría vivir más cerca de ti, papá —aventuré—. Mi empresa tiene su sede en Londres, así que no podré mudarme aquí de nuevo. ¿Considerarías dejar que te trasladara a Inglaterra para estar más cerca de mí?

Él negó con la cabeza.

—No.

—¿Ni siquiera te lo plantearías, aunque te comprara una casa bonita y te consiguiera todo lo que necesitaras, con personal las veinticuatro horas, como aquí?

Se detuvo y me miró a los ojos con una lucidez que había sido fugaz desde que llegué.

—Me encanta esta casa —dijo—. Quiero morir aquí.

—¿Prefieres quedarte aquí, al cuidado de desconocidos, antes que estar con tu propia familia?

—Renata no es una desconocida.

«Renata.»

—Vale, Renata no lo es, pero ¿qué pasará cuando tenga que irse o la reasignen? No puedo cuidar de ti desde el extranjero, papá.

Una vez más me miró fijamente a los ojos.

—No pienso irme a ninguna parte.

Asentí en silencio. Intentar convencerle de que se mudara era una causa perdida. Al fin y al cabo, se había ganado el derecho a vivir y a morir donde le diera la gana. Y yo iba a tener que lidiar con ello.

Parecía estresado y detestaba haber sido el causante. Le puse la mano en el hombro.

—Está bien, papá. Lo solucionaremos. Tal vez pueda venir más a casa.

En ese momento, vi que un todoterreno rojo entraba en la entrada de la casa. Raven se bajó del vehículo. Mi padre la miró y se le iluminó la cara.

—Ahí está —dijo.

—Sí, ahí está —murmuré mientras le seguía hasta la sala.

La sonrisa de Raven se extendió por su precioso rostro.

—¿Habéis ido a dar un paseo?

—Sí. Hace una bonita mañana —dije—. Agradable y fresca.

—Me alegro de que pueda ver a su hijo, señor Masterson. En realidad, si todavía le apetece salir hoy, estaba pensando que quizá más tarde podríamos ir a ver el nuevo mercado de alimentos ecológicos que han abierto en el centro de la ciudad.

Mi padre asintió.

—Me encantaría ir.

Raven se volvió hacia mí.

—¿Quieres venir con nosotros?

Parpadeé un par de veces, sorprendido por el ofrecimiento. Supongo que ya no me estaba evitando.

—Me encantaría.

Esa misma mañana, los tres nos montamos en mi coche de alquiler y nos dirigimos al nuevo mercado.

De camino, paré en Starbucks y me sentí como en los viejos tiempos. Raven pidió su *macchiato*. Yo pedí lo mismo por el placer de hacerlo. Mi padre no quiso nada. Se sentó a mi lado en el asiento del copiloto mientras Raven iba detrás. La miré por el espejo retrovisor, todavía sorprendido de que estuviera aquí. Su familiar olor me traía recuerdos que había intentado reprimir durante mucho tiempo.

Las cosas estaban bastante tranquilas hasta que sonó *Hello*, de Adele, en la radio.

«Esto es demasiado, universo. Demasiado.»

Nunca había cambiado de cadena con tanta rapidez.

Una vez llegamos al mercado, descubrí que salir con mi padre resultaba agridulce porque era otro recordatorio de hasta qué punto dependía de Raven. Ella sabía que los mangos eran su fruta favorita y que no reaccionaba bien a los cítricos. No podía tomar ninguna decisión por sí mismo, ni siquiera recordaba lo que le gustaba.

Me entristecía no poder estar allí para hacer cosas así con él todo el tiempo. Mi cabeza no paraba mientras intentaba dar con una solución para cuidar de él a largo plazo, tanto si había alguna manera de que me incluyera como si no. Mi empresa estaba radicada en Londres, no podía trasladar a cientos de empleados, pero se trataba de mi padre. Tal vez pudiera encontrar la forma de vivir aquí parte del año. Mi cerebro seguía dando vueltas mientras comprábamos.

Había un puesto de helados en el rincón del mercado. Mi padre anunció que quería un poco y que iba a ir a por él. Raven y yo esperamos con el carrito mientras él hacía cola.

—A veces procuro darle un poco de espacio —dijo.

—Debe de ser difícil, teniendo en cuenta que no puede estar solo.

—Sí, pero si estoy cerca, intento dejarle hacer a él. No quiero agobiarlo.

—No estoy seguro de que le importe tenerte pegada a él. Tengo la sensación de que mi padre está tan enamorado de ti como lo estuve yo.

Las palabras se me escaparon antes de que pudiera pensar mejor si decirlas.

Raven se sonrojó.

—Es inocente. Tu padre nunca ha insinuado nada, si es eso lo que quieres decir.

—No estaba insinuando que lo hubiera hecho. Solo señalaba lo evidente: tú le haces feliz.

«Sé lo que se siente.»

Nuestra conversación se vio interrumpida cuando la empleada del mostrador de helados gritó:

—¡¿Hay alguien con este hombre?!

Abandonamos el carro y nos apresuramos a la fila.

—Papá, ¿estás bien?

—Parece desorientado —dijo la chica.

—Gracias. Nosotros nos encargamos —dijo Raven—. ¿Todavía quiere un poco de helado?

—Yo... solo... quiero irme a casa —dijo mi padre mientras lo alejaba.

—Por supuesto, señor Masterson. —Me señaló con la cabeza—. Gavin le llevará afuera y yo pagaré todo esto.

Sentí que se me rompía el corazón mientras agarraba del brazo a mi padre.

—Venga, volvamos al coche.

Me sentía como un pez fuera del agua, pero Raven estaba muy tranquila. Estaba claro que no era la primera vez que ocurría algo así. ¡Dios! No tenía ni idea de cómo tratar a mi propio padre. A veces el amor no podía arreglarlo todo.

Después de acomodar a mi padre en el coche, ocupé el asiento del conductor y apoyé la cabeza en el reposacabezas. No pude evitar que una única lágrima escapara de mi ojo. Me apresuré a enjugármela. Aquello era mucho más difícil de lo que había imaginado.

Después de unos minutos, recobré la compostura y me volví hacia él.

—¿Estás bien, papá?

—Sí —dijo mientras miraba por la ventana.

Sabía que la estaba buscando, esperando con impaciencia a que Raven volviera, como siempre hacía. Miré las manchas de la edad en sus nudillos. Posé mi mano en la suya.

«¿Qué voy a hacer contigo?»

Raven se acercó por fin con el carrito. Había apoyado los brazos en él para empujarlo porque tenía las manos ocupadas con dos cucuruchos de helado.

Esbozó una sonrisa y, de repente, todo mejoró. A mi padre le brillaron los ojos de felicidad al verla. Bajó la ventanilla y ella le entregó uno de los cucuruchos.

—¿Es esto lo que quería, señor Masterson?

—Sí. —Sonrió.

—Es su favorito, el de nueces. —Mi padre empezó a devorarlo. Se acercó y me dio el otro cucurucho—. Pensé que a ti también te vendría bien animarte. —Esbozó otra sonrisa.

Sabía lo devastadora que había sido para mí esa escena allí dentro.

El helado era de nata y galletas, mi favorito. Lo recordaba.

Esta vez la opresión en mi pecho no tenía nada que ver con mi padre.

Cuando volvimos a casa, Raven llevó a mi padre arriba. Y cuando bajó, yo estaba sentado en el patio.

Salió al reparar en mi presencia y tomó asiento a mi lado.

—¿Estás bien? —preguntó, entrecerrando los ojos para protegerse de la luz del sol.

—Sí. —Exhalé—. Ha sido... muy duro verlo.

—Lo sé. —Su larga melena ondeaba con la brisa. Cuando el sol incidía en su negro cabello le arrancaba los mismos reflejos azules que recordaba—. Tienes una paciencia increíble con él.

—Me he acostumbrado. No siempre ha sido así. Por eso no te sientas mal por tus sentimientos; son muy normales dadas las circunstancias.

—¿Sabes? Hoy temprano, antes de que llegaras, le he sacado el tema de que se mude a Londres. Se ha enfadado y se ha negado. Ahora sé que no puedo obligarle. Ha trabajado muy duro toda la vida y se merece vivir y morir donde quiera. No voy a obligarle.

Raven parecía aliviada.

—Creo que eso es muy sensato. Me alegro de que ahora lo veas así.

—No sé en qué estaba pensando.

—Pensabas en lo mismo que cualquiera en tu posición. Te haría la vida mucho más fácil. Al menos tenías que considerarlo, si él hubiera estado dispuesto.

Eso me tranquilizó. Me había sentido culpable de que mi deseo de trasladarlo fuera puramente egoísta. Por muy extraño que fuera tener a Raven allí no sabía qué haría sin ella.

—Hoy he pensado que soy demasiado joven para perder al único progenitor que me queda —le dije—. Entonces me vino a la cabeza que tú eras mucho más joven cuando perdiste a tu madre. No es fácil.

—No, no lo es.

Nos sentamos en silencio durante un rato, disfrutando de la cálida brisa de Florida.

—¿Cuánto tiempo te ves haciendo este trabajo? —pregunté al fin—. Debe de ser agotador.

—No pienso irme.

—¿Cómo puedes estar tan segura de eso?

—Porque no quiero irme y porque le debo mucho a tu padre. Es un honor para mí pagarle de la única manera que puedo hacerlo.

—¿Y si te casas y tienes hijos? No puedes trabajar tantas horas. Es una jornada muy larga.

—Me las apañaría.

«Así que no estaba casada ni tenía hijos.»

Pensé que tal vez mi pregunta la animaría a hablar de su situación sentimental, pero no añadió nada más. No pude evitar preguntarme por qué seguía teniendo tanta curiosidad. «¿Realmente importaba?»

Entonces cambió de tema.

—¿Qué pasa exactamente con Weldon? Nadie parece saberlo.

—¡Ah! La pregunta del año. —Pensar en mi hermano siempre me enfadaba un poco—. Bueno, mientras yo montaba una empresa de tecnología en el extranjero, mi encantador hermano decidió dejar su carrera en la abogacía por una vida de surf y bebida en California. Hace que nos sintamos orgullosos.

—¿Me tomas el pelo? ¿Weldon? Pero si era un santurrón que siempre trataba de complacer a tu madre... ¿Estás en contacto con él?

—Solo para asegurarme de que sigue con vida. En su defensa diré que se descarrió después de la muerte de nuestra madre. Fue el que peor lo llevó, así que le he dado un poco de margen, quizá demasiado. Un viaje al oeste para organizar una intervención es lo siguiente en mi lista, cuando pueda volver a escaparme del trabajo.

—No es fácil para ti, Gavin. Eres el pegamento que mantiene unida a tu familia.

Me reí.

—No estoy seguro de que nadie mantenga unido nada por aquí, excepto tú.

Más tarde, cuando miré el reloj, faltaba una hora para que terminara el turno de Raven. Ella estaba arriba, en la habitación de mi padre, y la oí hablar con él, así que supe que no estaba dormido.

Nuestra capacidad de llevarnos bien había mejorado mucho hoy y quería hacer algo para romper aún más el hielo. Recordé los días en que ponía música para enviarle mensajes, así que saqué mi teléfono y puse *Ice cream girl*, de Sean Kingston. La puse a todo volumen. Aunque ella no pudiera oírla o no entendiera lo que estaba haciendo, supongo que me estaba entreteniendo después de un largo día.

Raven y yo estábamos en la cocina la tarde siguiente mientras mi padre dormía la siesta arriba.

El timbre de la puerta sonó.

—¿Esperas a alguien? —preguntó.

—No —respondí, sacudiendo la cabeza.

Oí a Genevieve abrir la puerta.

—¿En qué puedo ayudarla? —dijo.

Me asomé a la esquina y alcancé a ver una melena rubia justo cuando oí su voz.

«No puede ser.» Había hablado con ella justo ayer. Entonces vi su cara.

Cuando Paige me vio, levantó los brazos en el aire.

—¡Sorpresa! He agotado el resto de mis vacaciones. ¡A la mierda! Me he subido a un avión. Te echaba demasiado de menos como para aguantar un mes entero.

No tuve tiempo de comprender lo que estaba pasando antes de que Paige me envolviera en un abrazo.

Me quedé con la boca abierta.

—¡Vaya! Esto sí que es una sorpresa. —Mi corazón latía con fuerza.

—Sabía que me dirías que no viniera. Espero que te parezca bien que te haya sorprendido; es que no podía estar lejos. Quiero estar aquí para apoyarte. —Llevó su maleta al rincón antes de volver a mi lado y rodearme el cuello con sus brazos.

Miré por encima del hombro de Paige y vislumbré a Raven, que había salido de la cocina. Parecía que hubiera visto un fantasma al ver a Paige abrazándome.

El sudor me perlaba la frente. Me aparté y agarré a Paige de la mano mientras nos aproximábamos a Raven.

—Raven, esta es mi prometida, Paige. —Me obligué a pronunciar las ineludibles palabras.

19

Raven

«Su prometida.»

«Paige.»

Su prometida.

Su prometida.

«Di algo.»

—Encantada de conocerla —dije, aclarándome la garganta.

Ella mostró sus preciosos dientes blancos.

—Lo mismo digo.

No solo tenía un magnífico acento británico, sino que Paige era la perfección rubia y con ojos azules. Parecía una versión mayor de las chicas que antaño solían pasar el rato en la piscina, pero además se parecía un poco a la Baby Spice de las Spice Girls.

Se volvió hacia ella.

—Raven es la enfermera de mi padre.

«Sí. Eso es todo lo que soy. Nada más.»

Su expresión cambió.

—¿Se llama... Raven?

—Sí.

—¡Menuda ironía!

—¿Por qué lo dices?

Lo miró a él y luego a mí.

—El primer prototipo de robot que diseñó nuestra empresa se llamaba «Raven». Gavin le puso el nombre.

«¿Qué?»

Le dirigí una mirada inquisitiva. Sus ojos se clavaron en los míos, pero no dijo nada.

«¡Mierda!»

—¡Vaya! —dije—. ¡Qué cosa tan... rara!

—Lo sé. Una coincidencia muy extraña. —Sonrió—. De todos modos, es un placer conocerte.

—Lo mismo digo. —Desvié la mirada de Gavin a ella y al enorme pedrusco en su dedo. «Voy a vomitar.»—. Si me disculpáis, tengo que atender al señor Masterson.

Subí las escaleras tan rápido como pude. Me metí en el baño, cerré la puerta y exhalé una temblorosa bocanada de aire. Gavin tenía una prometida. Se iba a casar. Estaba comprometido de por vida. Cualquier esperanza de reavivar algo se había esfumado. ¿Y a qué venía lo otro? ¿Gavin le había puesto mi nombre a un robot? ¿Había pensado en mí durante estos años? Pero eso era insignificante ahora, porque era demasiado tarde.

«Demasiado tarde.»

«Demasiado tarde.»

«Demasiado tarde.»

Me miré las manos temblorosas. No me había dado cuenta hasta ese momento de lo mucho que había deseado que Gavin y yo volviéramos a encontrarnos. ¡Qué estúpido había sido pensar que un buen partido como él seguiría soltero!

El señor Masterson se despertaría en cualquier momento. Tenía que espabilar y atenderlo. Yo era su enfermera. «Y nada más.» A pesar de sentirme vacía por dentro, me eché agua en la cara, me dije que ya era adulta e hice mi trabajo.

Hice todo lo posible por mantenerme alejada de todo el mundo, excepto del señor Masterson, durante el resto del día y recé para no encontrarme con

Gavin y con Paige al salir. Pero, una vez más, no tuve más remedio que pasar por la cocina, donde guardaba mis pertenencias.

Gavin estaba solo cuando entré. Parecía tenso y tenía una copa de vino en la mano mientras se apoyaba en la encimera.

Ni siquiera podía mirarle.

—Siento interrumpir. Solo voy a recoger mis llaves y me voy.

—No estás interrumpiendo. Te estaba esperando.

Se me encogió el corazón.

—¿Dónde está tu novia..., esto..., prometida?

—Está durmiendo la siesta antes de la cena. Ya sabes, la diferencia horaria y todo eso.

—¡Ah, claro! —Después de lo que me pareció el momento de silencio más largo de la historia, dije—: Bueno, debería dejarte tranquilo. Me...

—Siento no haberla mencionado —dijo.

—No me debes ninguna explicación.

—Lo sé, pero dada nuestra historia, debería haber dicho algo. Iba a hacerlo, lo que pasa es que nunca parecía haber un momento adecuado.

Mis ojos se quedaron pegados al suelo.

—No te preocupes.

—Me ha sorprendido de verdad que haya venido.

—Bueno, está claro que no podía vivir sin ti. —«Sé lo que es eso.»

—Sobre lo del robot... —comenzó.

Por fin levanté la vista hacia él.

—Sí. ¿Qué ha sido todo eso?

—Le puse tu nombre al prototipo. No sé por qué. No quiero que pienses que estaba...

—¿Que todavía estabas enamorado de mí? —Solté.

Parpadeó un par de veces.

—Sí. Quiero decir que..., en cierto modo, supongo que siempre he llevado un trozo de ti, incluso cuando no quería pensar en ti. Supongo que convertirte en tecnología fue una oda a mi experiencia, a la buena y a la mala. Dejaste una gran huella en mi vida en muy poco tiempo. Y sobra decir que jamás pensé que volvería a verte, así que no tenía pensado que te enteraras. Era solo mi pequeño secreto..., ya no tan secreto, supongo.

—No se lo has dicho, ¿verdad? ¿Lo nuestro?

—No. Aún no.

«¿Aún no?»

—Bien. No quiero que estemos incómodos. Que lo sepa no puede traer nada bueno.

—No he tenido tiempo de pensar cómo proceder. Si prefieres que no se lo diga mientras esté aquí, no lo haré, pero tengo que ser sincero con ella en algún momento.

—Sí. En realidad, prefiero que no digas nada en este momento.

—De acuerdo.

—De todos modos... será mejor que me vaya —dije, cuando el peso de su mirada se volvió imposible de soportar.

—¿Tienes que ir a algún sitio?

Dije la verdad.

—Tengo una cita.

Hace un par de semanas, antes de la llegada de Gavin, había concertado una cita para esa noche con un hombre que había conocido en una aplicación de citas. En ese momento se encontraba fuera de la ciudad en un viaje de negocios y dijo que volvería ese día. Me había olvidado por completo de la cita, hasta que esa tarde me envió un mensaje para recordármelo. No tenía ganas de ir, pero teniendo en cuenta lo que había pasado iba a obligarme a hacerlo. Necesitaba mucho distraerme.

—¡Oh! Muy bien. —Dejó su copa en la encimera—. ¿Tu novio?

—No. No tengo novio en este momento, pero he quedado con alguien para cenar. —Gavin asintió despacio—. De todos modos, que pases buena noche —dije.

—Iba a decirte que tuvieras cuidado, pero ¿a quién quiero engañar? Le vas a dejar por los suelos. —Sonrió, y fue como si me clavara un cuchillo en el corazón.

Por mucho que supiera que tenía que irme no quería dejar a Gavin, y eso era retorcido. Nunca había pensado que podría sufrir un segundo desengaño cuando se trataba de él, pero eso era justo lo que estaba pasando.

Estaba buscando fuera las llaves en mi bolso, cuando un hombre vestido de negro apareció entre los arbustos.

Se plantó de un salto delante de mí.

—¡Uh!

Con un susto de muerte, me giré sin pensar y le di una patada antes de inmovilizarlo.

—¡¿Pero qué diablos?! —gritó debajo de mí.

—¿Quién eres?

—No. ¿Quién diablos eres tú?

—Trabajo aquí.

—Bueno, esta es mi casa —dijo.

«¿Qué?»

El aliento le olía a alcohol. Le miré a los ojos y le reconocí.

«¡Ay, Dios mío!»

—¿Weldon? —le solté.

—El mismo que viste y calza. —Se puso de pie.

¡Vaya si había cambiado! Tenía el pelo largo y desgreñado. Llevaba bigote y barba. Nunca lo habría reconocido de lejos.

—No te he reconocido, lo siento. Creí que estabas a punto de asaltarme.

Entrecerró los ojos.

—Espera un momento... Yo te conozco. Eres la chica que le arrancó el corazón a mi hermano.

Tragué saliva a pesar del nudo que se me había formado en la garganta.

—Sí, soy Raven.

—He oído que está en casa, pero ¿qué haces tú aquí? ¿Te estás metiendo de nuevo en su cabeza?

—Trabajo aquí, Weldon. No sabía que tu hermano iba a volver a casa.

—¿Qué quieres decir con que trabajas aquí? ¿Has recuperado tu antiguo empleo de criada?

—No. Soy enfermera particular. Me asignaron aquí hace seis meses para cuidar de tu padre. Es una larga historia, pero él cree que soy mi madre, Renata, y nunca he tenido el valor de decirle la verdad ni de recordarle que está muerta.

—¡No jodas! Eso es una locura. —Miró hacia la casa—. Bueno, yo... siento lo de tu madre. No tuve ocasión de decírtelo.

—Gracias. Y yo siento lo de la tuya.

—Mientes bien —se burló.

—De verdad lo siento, Weldon.

—Bueno, gracias. Todavía no lo he superado.

«No me digas.»

—¿Sabe tu hermano que estás aquí?

—No. No le dije a nadie que venía. Gavin no me contesta al teléfono, así que llamé a su oficina en Londres. Me dijeron que había venido aquí, así que pensé: ¿por qué no hacerlo en familia? De todos modos, tenía que visitar a mi querido padre. —Sacó una petaca de su chaqueta—. ¿Cuántos tornillos ha perdido exactamente?

Le observé mientras tomaba un trago.

—Tu padre ha conservado gran parte de su memoria, pero sufre demencia y cada día es diferente. Tendrás que verlo por ti mismo.

—¡Joder! Creía que ya tenía suficientes razones para beber. Estar aquí podría llevarme al límite.

—Por lo que parece, creo que te vendrá bien estar con tu familia.

Se rio mientras cerraba la petaca.

—¿Mi hermano se quedó de piedra cuando te vio?

—Fue un *shock* para los dos.

—Incómodo, ¿eh?

—Bueno, incómodo fue cuando su prometida se presentó esta tarde.

—¡Venga ya! ¿Su prometida? El muy imbécil no me dijo que estuviera con nadie y mucho menos prometido.

—Sí, pero no le digas nada de mí. Solo sabe que soy la enfermera.

—¿No sabe que le arrancaste el corazón a mi hermano?

—Por favor, deja de decir eso.

—¿Por qué? Es la verdad, ¿no?

Tenía los ojos llorosos. No era un momento oportuno para sucumbir a las emociones. Había sido un día muy largo.

—¿Por qué parece que estés a punto de llorar? —Se puso en cuclillas—. ¿Todavía sientes algo por él?

—No —mentí.

—¿Estás soltera?

—Sí. —Tenía que escapar de esta conversación. Me apresuré a abrir la puerta de mi coche—. Esto... Tengo que irme. Disfruta del tiempo con tu familia.

Cerré de golpe y arranqué tan rápido como pude.

Mi cita terminó siendo un fracaso. Y teniendo en cuenta que era incapaz de concentrarme en otra cosa aparte del hecho de que Gavin iba a casarse, tampoco esperaba que fuera un éxito. Pero el tipo se pasó todo el rato hablando de sí mismo, sin interesarse por nada de lo que yo tenía que decir. Sin embargo, sí estaba interesado en tener relaciones sexuales; eso lo dejó muy claro cuando intentó venirse a casa conmigo. Por desgracia era la misma experiencia que había tenido las últimas veces que había intentado tener citas por internet.

Al día siguiente me vi obligada a estar en la piscina con el señor Masterson para que pudiera pasar tiempo al aire libre con sus hijos. Había evitado animarlo, pero cuando me pidió que me uniera a ellos, me tragué mi orgullo y lo acompañé.

Weldon sonrió en cuanto aparecí en las puertas francesas que daban al exterior. Esperaba que no me delatara ante Paige.

Podía sentir los ojos de Gavin sobre mí mientras ayudaba al señor Masterson a sentarse en su tumbona. Tomé asiento junto a él y miré hacia la piscina, intentando no establecer contacto visual con nadie.

—Gavin, ¿por qué no vas con Raven al Starbucks que está a dos horas? Me apetece un café.

Sin duda Weldon seguía siendo el mismo provocador de siempre.

Mi corazón latía con fuerza.

Gavin lo fulminó con la mirada.

—Si lo único que has tomado hoy es café, me sorprendería mucho.

—*Touché,* hermano.

En un momento dado, Paige pasó de su asiento al borde del de Gavin antes de apoyar la cabeza en el pecho de él. Verlos a los dos así me puso los pelos de punta. Su dorado cabello estaba desparramado encima de él y parecía muy contenta. Me vino a la mente un recuerdo de mí misma, haciendo eso exactamente durante nuestro único fin de semana a solas allí. Tuve que darme la vuelta.

La voz de Paige me sobresaltó.

—Bueno, Raven, ¿cuánto hace que trabajas aquí?

—Un poco más de seis meses —respondí sin mirarla.

—Renata trabajó para nosotros durante muchos años antes de volver —aclaró Gavin.

Paige hizo una mueca de disculpa.

—Bueno, es agradable ver al padre de Gavin tan bien cuidado.

—Yo podría decir lo mismo de mi hermano —intervino Weldon—. Parece que lo estás cuidando muy bien, Paige. ¿Quién iba a imaginar que tenía una churri en Inglaterra? Desde luego, yo no. Supongo que soy el último en enterarme de las cosas por aquí.

—Bueno, si respondieras a mis putas llamadas quizá podría ponerte al corriente de mi vida —espetó Gavin.

Paige parecía sorprendida. No hacía falta decir que su volátil dinámica no me sorprendió.

Con una mirada de suficiencia, Weldon dirigió su atención hacia mí.

—Así que, ¿tienes planes para esta noche, Renata?

«¿A dónde quería ir a parar?»

—Perdona, ¿cómo dices?

—Tengo entradas para ver *Escuela de rock* en el Kravis Center. El protagonista es amigo mío. No tengo con quién ir, y ya que tú estás soltera y yo estoy soltero...

—¿Cómo sabes que está soltera? —soltó Gavin.

—Me lo dijo anoche durante nuestra charla fuera, justo después de inmovilizarme en el suelo porque pensaba que iba a robarle el coche.

Gavin me miró y por un momento podría haber jurado que estaba enfadado.

—Renata tiene mejores cosas que hacer que acompañar a un borracho a ver un musical —espetó Gavin.

Entonces ocurrió algo muy extraño. Weldon parecía realmente triste, como si se hubiera tomado a pecho el comentario de Gavin. Me molestó un poco que Gavin hubiera respondido en mi nombre. Sabía que solo estaba pinchando a su hermano, pero cuanto más veía a Paige encima de él, más perdía la cabeza.

Lo más probable era que necesitara que me revisaran la cabeza.

—En realidad, *Escuela de rock* es uno de mis favoritos. No me importaría ir a verlo.

Weldon irguió la espalda.

—¿De veras? —Sonrió—. Bueno, pues muy bien.

«¿Qué estoy haciendo?»

—Te diría que te recogeré a las siete, pero ahora no tengo coche —dijo.

—No recogerás a nadie borracho —le regañó Gavin.

—Yo conduciré —intervine.

Weldon esbozó una sonrisa de satisfacción.

—Genial.

Gavin tuvo el ceño fruncido durante el resto del tiempo que estuvimos fuera.

Después de que Paige y él subieran, Weldon se volvió hacia mí.

—Seguro que ha ido a follar para sacarte de su cabeza —dijo.

«¡Oh, Dios mío!»

—¿Podrías bajar la voz si vas a decir cosas así? Tu padre podría oírlo.

Por suerte el señor Masterson se había quedado dormido en su silla.

Weldon soltó una carcajada.

—¿Podría ser más disfuncional esta familia? Mi hermano, que al parecer está prometido, todavía está colado por ti. Puedo verlo en sus ojos. Mientras tanto, mi padre también está colado por ti, pero solo porque siempre lo estuvo por tu madre, que ahora está muerta, aunque él cree que tú eres ella. ¿Y yo? Solo estoy borracho y viendo cómo se desarrolla todo mientras estoy seguro de que mi madre se revuelve en su tumba.

«Bueno, ¿acaso no era la verdad?»

Me fui deprisa a casa para cambiarme antes de volver para recoger a Weldon e ir a ver el espectáculo.

Cuanto más tiempo pasaba, más me arrepentía de haber dicho que sí. Fue una decisión estúpida que había tomado movida por los celos y por el rencor.

Cuando llegué para reunirme con Weldon, Gavin abrió la puerta. No parecía más contento que antes.

—Hola —saludé.

No dijo nada, solo tragó saliva mientras me contemplaba.

Me había puesto un vestido negro que tal vez fuera excesivo para un musical, pero no cabía duda de que resaltaba mis piernas. Y sí, quería que Gavin sufriera un poco.

—¿Estás enfadado porque voy a ir con Weldon a ver el musical?

Gavin apretó los dientes.

—Sabes que está intentando joderme. Le has seguido el juego.

—Supongo que me dejé llevar porque respondiste por mí. Han sido unos días agotadores a nivel emocional. He estado a punto de cancelarlo, pero luego he pensado: ¿por qué no ir y disfrutar del espectáculo para distraerme?

Me miró fijamente durante unos segundos.

—¿Sabes qué? Tienes razón. No tengo derecho a enfadarme por esto; simplemente no puedo evitarlo. Supongo que cuesta cambiar las viejas costumbres.

—No tienes que preocuparte. Sé que no te debo ninguna explicación, pero nunca saldría con tu hermano, Gavin.

A pesar de la situación actual, sabía que fui yo quien le hizo daño hacía diez años. No podía soportar la idea de que pensara que volvería a hacerlo.

Paige entró en la habitación e interrumpió nuestra conversación. Me erguí cuando se acercó.

Me miró y se fijó en mi bolso.

—Estás muy guapa, Raven. ¿Es vintage? ¿Es un Fendi?

Bajé la mirada.

—No. Más bien es un... Wendi.

—¿Un qué?

—Una falsificación. Tengo mejores cosas en que gastar mil dólares.

Sus mejillas se tiñeron de rosa.

—¡Ah!

Gavin rio entre dientes. Paige trató de ser educada.

—¡Oh, bueno! Es... bonito.

Miré el bolso.

—En realidad, mi madre estuvo enferma antes de morir, y cuando supo que era muy posible que no sobreviviera, decidimos hacer un viaje a Nueva York. Ninguna de las dos había salido del estado de Florida antes y ella siempre había querido ir a Manhattan. Pasamos una semana allí y compré este bolso en Canal Street. Es viejo, pero me recuerda tiempos mejores, así que lo sigo llevando en su memoria.

Gavin parecía tener los ojos un poco empañados cuando lo miré.

—¡Qué bonito! —Paige sonrió—. Y siento lo de tu madre.

—Gracias.

Justo entonces, Weldon bajó las escaleras vestido de... ¿esmoquin? «¿Está loco?» Llevaba el largo cabello recogido en una cola de caballo.

Dio una palmada al verme.

—Ahí está, tan despampanante como siempre. ¿Preparada para irnos, preciosa?

—¿Llevas esmoquin? ¡Y yo que pensaba que iba demasiado arreglada!

Giró con orgullo.

—Lo he encontrado en el armario de papá.

—¿Por qué no dejas el alcohol un par de horas, James Bond? Intenta disfrutar del espectáculo —dijo Gavin.

—¡Oh! Pero verlo estando pedo será mucho más divertido. —Se rio—. Es una broma. Por desgracia, ahora mismo estoy bastante sobrio.

Eché un vistazo al comedor, donde la mesa estaba preparada para dos personas, con copas de vino y servilletas de tela bien dobladas sobre los platos. Una sensación de necesidad en la garganta amenazaba con ahogarme. Habría dado cualquier cosa por cenar con Gavin esa noche. Habría dado cualquier cosa por cambiar de lugar con Paige. Habría dado cualquier cosa por intercambiar nuestras vidas.

Cuando llegamos al Kravis Center, algo no encajaba. En lugar de *Escuela de rock*, el cartel digital anunciaba una ópera.

—¿Seguro que no te has equivocado de noche?

Weldon sonrió.

—No... Esto... En cuanto a *Escuela de rock*, bueno...

—¿Qué, Weldon?

—Me lo he inventado.

Abrí los ojos como platos.

—¿No hay ningún musical?

Se echó a reír. Me dieron ganas de abofetearle.

—¡¿Por qué lo has hecho?! —grité.

Se frotó los ojos.

—Solo trataba de joder a mi hermano. No esperaba que aceptaras mi oferta de salir. Así que, cuando lo hiciste, me dejé llevar.

Apoyé la cabeza contra el asiento.

—Eres un payaso.

—Oye, relájate. Vamos a buscar un bar en Clematis y algo de papeo. Todavía podemos pasar un buen rato.

—El último lugar al que debería llevarte es a un maldito bar.

—O bien voy a beber solo esta noche o en compañía de alguien que pueda vigilarme. ¿Qué va a ser? —preguntó, y le miré con incredulidad—. Vamos —me incitó—, yo invito. No soy tan grosero como para invitarte a salir y no pagar la cena. Ya es bastante penoso que no tenga vehículo.

Sacudí la cabeza y arranqué el coche. ¿Podría mi vida ser más extraña?

Terminé yendo al centro. Aparcamos y nos aventuramos a entrar en un bar asador que estaba lleno de gente. El suelo estaba pegajoso por la cerveza derramada y en cada uno de los diversos televisores colgados en las paredes se podían ver deportes. Desde luego, no era como me había imaginado esa noche. Estaba cansada, estresada y sensible, y ahora planeaba ahogar mis sentimientos con comida.

Pedimos, y después de que el camarero trajera mi gigantesca hamburguesa con una guarnición de patatas fritas rizadas, Weldon me observó comer, divertido.

—¡Hay que joderse! ¡Menudo saque tienes! —dijo.

Le di otro gran mordisco a mi hamburguesa y hablé con la boca llena.

—¿Qué le vamos a decir a tu hermano cuando nos pregunte qué tal el musical? No pienso mentir.

—No tienes que mentir. Le diré la verdad y asumiré la culpa. Ya está decepcionado conmigo por muchas razones, ¿qué importa otra más?

Me limpié el kétchup de un lado de mi boca.

—¿Qué está pasando con tu vida, Weldon?

Su expresión cambió y exhaló.

—No lo sé. Ojalá pudiera decírtelo.

Dejé lo que quedaba de mi hamburguesa.

—¿Cuánto tiempo llevas viviendo así..., bebiendo y surfeando, o lo que sea que hagas?

Tomó un trago de cerveza y cerró los ojos durante un momento.

—Cuando mi madre murió, perdí el rumbo. Dejé mi trabajo de abogado en Nueva York y no he vuelto. Mi madre me dejó mucho dinero y supongo que aproveché que tenía recursos para hacer lo que quisiera. Todavía me aprovecho.

—Bueno, normalmente te diría «Mientras seas feliz...», pero no parece que lo seas.

—No lo soy —dijo sin vacilar—. Estoy perdido. —Me limité a mirarle, esperando que se explayara, y al final lo hizo—: Mi hermano... daba igual lo que se propusiera hacer en la vida, tenía éxito. Abandonó la Facultad de Derecho y dio igual; sabías que iba a encontrar la manera de hacer algo aún mejor. Luego te enteras de que está construyendo robots. Él encuentra sus pasiones, ¿sabes? ¡Diablos! Ellas lo encuentran a él. Yo nunca encontré una pasión. Odiaba ejercer la abogacía, pero lo hice de todos modos porque no sabía qué otra cosa hacer. —Dejó caer la cabeza entre las manos por un momento—. Pero a los ojos de mi madre, no podía hacer nada mal. Era la única persona que creía en mí, incluso cuando la cagaba. Cuando murió, sentí como si una parte de mí muriera con ella. La única persona que me amaba de forma incondicional se había ido.

Podía identificarme con ese sentimiento.

—Lo siento, Weldon.

—Sé que no puedo vivir así para siempre. Solo espero poder encontrar el camino de vuelta a la vida real en algún momento. Necesito ayuda, lo sé.

Asentí con la cabeza.

—Cuando mi madre murió, yo también sentí que mi mundo se había acabado, y desde entonces he estado luchando por encontrar mi camino. Me siento muy sola, y hasta que conseguí este trabajo ayudando a tu padre, no tenía un propósito de verdad. Me ha ayudado mucho.

—No dejo de pensar en que cree que eres tu madre.

—Lo extraño es que en realidad no me importa. Siento que la mantengo viva de alguna manera, aunque solo sea por él.

—Eso es muy profundo.

Me sorprendí disfrutando de la compañía de Weldon. Era un alma perdida, sin duda, pero en muchos aspectos, yo también lo era. Y aunque tenía una copa a su lado, en la última hora no había bebido mucho.

Entablamos una cómoda conversación mientras me contaba algunas historias de California. Le conté algunas de mis experiencias con su padre en los últimos meses. Entonces el ambiente cambió.

—Bueno, sé sincera, ¿todavía sientes algo por mi hermano? —preguntó.

De repente, me sentí sonrojada.

—¿Por qué lo preguntas?

—Hoy parecías incómoda en presencia de Paige y de él. Me dio esa sensación.

Me puse a jugar con una fritura sobrante.

—Es complicado —dije.

—Le destrozaste de verdad. Nunca se había enamorado, hasta que te conoció.

Mi cuerpo se tensó. Gavin no solo fue mi primer amor, sino mi único amor. No quería saber lo que le había hecho. Sabía que le había hecho mucho daño, pero había sido capaz de bloquear los detalles. Sin embargo, Weldon estuvo allí. Debería haberle impedido que me contara más, pero no lo hice.

—Después de que rompieras con él, no quiso hablar con nadie durante días. No tenía ni idea de qué estaba pasando. Al final le obligué a dar un paseo conmigo y me confesó que habías cortado con él. Estaba tan jodido por eso... Y luego, simplemente, se fue. Tuvo que irse a Yale, pero se fue con el corazón roto.

Mis lágrimas comenzaron a caer. Que Dios me ayudara; eso no era bueno.

Weldon me escudriñó.

—¿Por qué lloras, Raven?

—Porque nunca quise hacerle daño.

—Entonces, ¿por qué lo hiciste?

—Tuve que hacerlo.

Se cruzó de brazos.

—¿Fue mi madre?

Me limpié los ojos.

—¿Por qué dices eso?

—Porque sé la respuesta —dijo sin alterarse—. Pero quiero escucharla de ti.

Abrí los ojos como platos.

—¿Qué?

—Ella me lo contó.

Se me paró el corazón.

—Te contó...

Weldon asintió con la cabeza.

—Una noche, cuando estaba borracha como una cuba, me contó cómo... —simuló que hacía unas comillas de aire— se deshizo de ti.

—¡Oh, Dios mío! —susurré, tapándome la boca.

Se quedó mirando.

—Quería a mi madre, pero lo que hizo fue una guarrada.

—Es evidente que no le contaste a tu hermano lo que sabías.

—No. En ese momento no quería traicionar a mi madre. Sabía que podía contarme cualquier cosa y que quedaría entre nosotros. Tras su muerte, no quise herir a Gavin contándoselo, porque ¿qué sentido tenía? No imaginé que volvería a verte. Había pasado tanto tiempo... Pensé que no valía la pena arruinar la relación que había construido con mi madre antes de que muriera. Si te soy sincero, nunca me importó, hasta que hoy he visto la forma en que te miraba.

Me quedé aturdida, incapaz de asimilar todo eso.

—No puedo creer que lo sepas. Pensé que nadie lo sabía. Ni siquiera sé qué decir.

—Solo está con Paige porque cree que no puede tenerte.

Sacudí la cabeza con incredulidad, pues me costaba aceptarlo.

—Han pasado muchos años; es demasiado tarde. Como bien has dicho, contárselo empañaría el recuerdo de tu madre. Y, me guste o no, ahora está con Paige. Tienen una vida en común en Londres. Le puso un anillo en el dedo. Es lo que hay.

A pesar de mis palabras, algo bullía en la boca de mi estómago. «Todavía no está casado.»

Weldon se recostó en su asiento y tiró la servilleta de tela.

—¿Y ya está? ¿Vas a rendirte sin más?

—¿Qué opción tengo?

—En realidad, tienes dos opciones. Una de ellas es decirle la verdad. La otra es guardártela para el resto de tu vida hasta que mueras. Ninguna de las dos opciones carece de consecuencias.

—¿En serio crees que merece la pena correr el riesgo de destruir su relación actual y el recuerdo de tu madre por decirle la verdad?

—No tengo la respuesta. Solo sé que hubo un tiempo en que mi hermano estaba dispuesto a dejarlo todo por ti. Debes de haber significado mucho para él. Desde luego yo no habría sacrificado mi herencia por una chica, pero yo no soy Gavin. Mi hermano siempre ha mostrado abiertamente sus sentimientos.

Ahora tenía la sensación de que mis sentimientos me estaban asfixiando.

Aun así, luché contra ellos.

—Gavin tiene su vida en Londres —aduje—. Y no voy a dejar a tu padre; le debo demasiado. Así que, aunque tu hermano no estuviera con nadie, lo nuestro no funcionaría.

—Bueno, supongo que ya tienes tu respuesta.

—No le dirás nada, ¿verdad?

—No. Bueno, al menos no sobrio.

Puse los ojos en blanco.

—Genial.

—Haré lo que pueda. —Se inclinó—. Pero que conste que no creo que ella le haga ni la mitad de feliz de lo que sería si supiera que aún te importa. Aunque, claro, no me corresponde a mí decir nada. —Sonrió, y había una expresión amable en sus ojos.

Aquella noche fue la primera vez que pude ver el alma de Weldon. Esa desastrada versión de él también tenía algunas cosas buenas.

—No eres tan malo, Weldon.

—Siento haber sido tan idiota cuando era más joven. —Suspiró—. Bueno, sigo siendo un imbécil, pero al menos ahora soy consciente de ello. ¿Eso cuenta algo?

20
Gavin

Estaba oscuro. Seguí mirando por la ventana para ver si volvían. El musical ya habría terminado, así que, si no estaban de vuelta, significaba que habían ido a algún lugar después.

«¡Maldito Weldon!»

Todavía no podía creer que saliera con Raven. Todo el asunto me molestaba mucho.

—¿Qué miras?

Me di la vuelta y me alejé de la ventana, esbozando una sonrisa forzada.

—Nada.

Paige acababa de salir de la ducha. Se secó el pelo rubio con una toalla, que parecía mucho más oscuro cuando estaba mojado.

—Pareces inquieto —dijo—. Estás así desde que tu hermano se fue con Raven.

La expresión que puso me dijo lo que yo ya sabía; sospechaba algo.

Tragué saliva. Había sido un tonto al pensar que mis sentimientos no eran transparentes.

—¿Me estás ocultando algo? —preguntó.

Ocultar a Paige la verdad sobre Raven me tenía muy tenso. Paige y yo siempre habíamos sido francos el uno con el otro. ¿Qué intentaba conseguir ocultándole eso? Ella merecía saberlo. Era la mujer con la que me iba a casar. Necesitaba controlar mi vano deseo de proteger los sentimientos de Raven y hacer lo correcto.

—No te equivocas —confesé—. Hay algo en lo que no he sido sincero.

—¿Tiene que ver con Raven?

Hice una pausa.

—Sí.

Paige exhaló un suspiro.

—El ambiente ha estado enrarecido desde que la conocí. Además, el nombre. En fin, venga ya. ¿Quién es en realidad, Gavin?

—Es mi exnovia.

La cara de Paige se volvió carmesí.

—¿Por qué no me lo dijiste?

—No quería que te sintieras incómoda, porque no hay razón para ello.

Recorrió mi rostro con la mirada.

—No entiendo. ¿Qué hace aquí, trabajando para tu padre?

—Puede que tengas que sentarte. Es largo de contar.

Gran parte de la siguiente media hora la dediqué a contarle a Paige la historia de cómo conocí a Raven, lo que había pasado entre nosotros y cómo llegó a trabajar allí diez años después.

—Fue una estupidez no explicarte de inmediato quién era. Me arrepiento y lo siento. Por favor, perdóname.

Paige se frotó las sienes.

—Ni siquiera sé qué decir. Esto es mucho que asimilar.

—Lo sé. Pregúntame lo que quieras.

Me miró a los ojos.

—¿Todavía sientes algo por ella?

¿Cómo podría responder a eso de una manera que ella entendiera?

—Mis sentimientos por Raven siempre serán complicados. Fue mi primer desamor de verdad. No esperaba volver a verla, y mucho menos encontrarla trabajando de forma tan estrecha con mi padre. Sin duda me desconcertó. No había tenido ocasión de asimilarlo bien antes de que llegaras, así que el ambiente raro que notas se debe a eso. Pero te ruego que no le des más importancia.

—Así que, ¿estás seguro de que de verdad está aquí por tu padre y no por ti?

—Sin la más mínima duda. Siente que se lo debe. En estos momentos, está tan apegado a ella que no podría interrumpir esa relación. Espero que lo entiendas. —Parecía que seguía sin estar segura y no dijo nada—. Lo que pasó fue hace mucho tiempo, Paige.

Levantó la vista hacia mí.

—¿Tanto que seguías pensando en ella años después, cuando le pusiste nombre al prototipo?

Esa pregunta era justa. Tenía que intentar explicarlo, aunque ni yo mismo lo entendía del todo. Exhalé un suspiro.

—Fue una decisión impulsiva. En aquel momento todavía le guardaba cierto rencor. En cierto modo, ponerle su nombre fue mi forma de aceptarlo y seguir adelante. Fue antes de conocerte.

En el fondo de mi corazón sabía que mis sentimientos por Raven eran más complicados de lo que daba a entender. Eran más profundos de lo que jamás estaría dispuesto a admitir. A pesar de eso, Raven perdió mi confianza el día que salió de mi vida. Jamás podría estar con alguien que cambiaba de opinión tan rápido. Siempre me preocuparía que volviera a suceder, así que Raven y yo no teníamos futuro. Tenía que hacer lo que fuera para asegurarle a Paige que no tenía que preocuparse, porque Paige era mi futuro.

Se acercó al tocador y empezó a cepillarse el pelo con movimientos cortos y cargados de frustración.

—Así que, ¿se supone que debo pasar el resto de mi tiempo aquí interactuando con ella como si nada hubiera cambiado? ¿Como si no hubieras estado enamorado de ella en algún momento?

—Podemos abordarlo como quieras. No tienes por qué admitir que te lo he contado o podemos decirle juntos que lo sabes. Estoy conforme con lo que a ti te parezca mejor.

Dejó el cepillo al fin.

—Bien. Gracias por ser sincero. Sé que tú no has buscado esta situación. Este viaje no ha sido fácil para ti.

Paige era mi consuelo, mi roca. Tenía que respetar sus sentimientos y demostrarle lo mucho que la valoraba.

Le agarré la mano y la besé.

—Me alegra que decidieras venir.

Se acercó y depositó un casto beso en mis labios.

—Yo también. —Miró nuestros dedos entrelazados—. Y creo que quiero que le digas que lo sé..., conmigo delante. Quiero que sepa que no me ocultas nada. Se acabó el ambiente raro. A nadie le gusta eso con todo lo que está pasando con tu padre.

Respiré hondo y asentí.

—De acuerdo. Podemos decírselo mañana.

Raven solía traer a mi padre a comer con nosotros. Comíamos todos juntos como una familia. Así que, al día siguiente, a la hora de comer, este sería nuestro tema de conversación. No podía decir que lo esperaba con ansias.

Paige se durmió pronto; aún no se había adaptado al cambio de hora. Y aunque le había prometido no entrometerme en la «cita» de Weldon y Raven, no podía pensar en otra cosa. ¿Qué estaban haciendo? ¿De qué estaban hablando? Se hacía tarde, y él aún no había vuelto a casa.

Mientras Paige dormía, bajé a la cocina. Preparé un poco de té y me senté a la mesa, atento a la puerta principal.

Cuando Weldon regresó por fin, justo pasada la medianoche, me levanté y me apoyé en la encimera mientras le esperaba como un halcón.

Abrió la nevera y sacó una lata de refresco antes de mirarme.

Me crucé de brazos.

—¿Qué tal el musical?

Esperaba que entrara aquí tan fresco, con la misma cara de satisfacción con la que se había marchado. Pero algo había cambiado, su expresión era más seria.

—No hemos ido.

Me empezó a hervir la sangre.

—¿Qué quieres decir con que no habéis ido? ¿Dónde diablos estabais?

Bebió un buen trago y no me miró.

—Bueno, me inventé lo del musical cuando estábamos en la piscina. La única razón por la que la invité a salir fue para tocarte las pelotas porque está claro que todavía te gusta. No me esperaba que aceptara, así que cuando lo hizo, me dejé llevar.

«¿Estás de broma?»

—Entonces, ¿dónde mierda habéis estado todo este tiempo?

En ese instante volvió a ser el viejo Weldon.

—¿Nos estamos poniendo un poco nerviosillos? —se burló. Yo apreté los puños—. Oye —comenzó—, puede que sea un cretino pero no tocaría a esa chica ni aunque estuviera remotamente interesada. Yo no te haría eso.

—¿Dónde estabas? —repetí la pregunta, echando todavía humo por las orejas.

—Hemos ido a un bar de deportes en Clematis y hemos estado charlando. Eso es todo. Es muy fácil hablar con ella.

—¿Cuándo se enteró de que no iba a ver un musical?

—En cuanto llegamos al lugar y vio el cartel que anunciaba otra cosa.

No pude evitar reírme.

—Eres un idiota.

—Pero se lo tomó bien. Podría haberme enviado a casa de una patada en el culo, pero se ha portado bien. Hemos comido mucho y hemos hablado de la vida. Ha sido la experiencia humana más normal que he tenido en meses. Raven no juzga, lo que agradezco ahora que soy un desastre.

Le miré fijamente. Llevaba demasiado tiempo sin prestar atención a la vida de Weldon. Tenía que ponerme las pilas y buscarle ayuda. Antes de que pudiera decir nada, empezó a contarme una historia.

—¿Sabes? Una vez me quedé dormido en la playa hace unos meses. Al despertarme vi a dos personas que pasaban por allí y me miraban con asco. Dieron por hecho que era un indigente. Por primera vez comprendí cómo debía de ser que te trataran como yo solía tratar a cualquiera que no viniera del mismo lugar que nosotros. Aquello me abrió los ojos. Me han pasado muchas cosas malas, pero ninguna tiene que ver con mi espíritu, con mi alma, Gavin. Solo han crecido mientras mi cuerpo se deteriora.

Di unos pasos hacia él y le puse la mano en el hombro.

—¿Qué puedo hacer para ayudarte? Haré cualquier cosa.

—Tan solo no me des la espalda. Por muchas veces que la cague.

Le acerqué a mí. Hacía años que no abrazaba a mi hermano. Nos quedamos así durante al menos un minuto.

Luego le di una palmada en la espalda.

—Si no te he abandonado a estas alturas, nunca lo haré, maldito incordio.

Estuvimos un rato en silencio.

—¿Sabes? Entiendo por qué te enamoraste de Raven —agregó—. No lo entendí en su momento. Por entonces no entendía mucho de nada. Pero ahora lo entiendo.

No había duda de que era fácil enamorarse de Raven. Pero yo me había enamorado de muchas cosas, incluida la idea de que ella me correspondía, de que yo le importaba de verdad.

Weldon parecía estar pensando en algo y sonrió para sus adentros. No cabía duda de que había regresado de la velada con una actitud diferente.

—Voy a buscar ayuda, ¿vale? Cuando vuelva a California, iré a ver a alguien.

—Bien. Creo que es muy buena idea. Estoy orgulloso de ti por reconocer que lo necesitas.

Weldon aplastó su lata de refresco y la tiró al contenedor de reciclaje.

—En fin, estoy cansado y necesito una ducha. Me voy a la cama.

—De acuerdo.

Antes de subir las escaleras, se detuvo.

—A veces, cuando la gente es joven, toma decisiones estúpidas basadas en el miedo y en otras cosas. Sé que yo lo hice. De hecho, aún lo hago. De todas formas, cuando tu chica vuelva a Londres, tal vez deberías hablar con Raven, conocer quién es ahora. No estoy diciendo que debas engañarla ni nada por el estilo; solo que estés seguro antes de meterte en algo de lo que no puedas salir. Puede que todo lo que ha pasado hasta ahora haya sucedido por una razón, para llegar a donde estás hoy, y la chica a la que una vez quisiste más que a nada aún sigue aquí.

21
Raven

Había intentado no establecer contacto visual con Gavin y Paige mientras estábamos sentados en la mesa durante la comida. Estaba a punto de escapar con el señor Masterson, cuando Gavin le preguntó a Genevieve si no le importaba llevar a su padre arriba. Le dijo que tenía que hablar conmigo.

Mi corazón empezó a latir con fuerza. «¿Me va a despedir o algo por el estilo?»

—¿De qué va esto?

—Lo siento, no quería hablar de esto delante de mi padre. Solo quería que supieras que le he contado a Paige nuestra historia. He pensado que debía saberlo.

Me quedé sentada, en estado de *shock*.

—No hay por qué sentirse incómodo —intervino Paige—. Me ha explicado la situación. Fue hace mucho tiempo.

Eso me dolió, pero fingí reírme de ello.

—Fue hace mucho tiempo. Éramos prácticamente unos críos. No sé por qué no dije nada antes. Quiero decir que todos somos adultos.

—Exacto. —Esbozó una sonrisa.

No debería haber esperado que Gavin guardara nuestro secreto, pero me había convencido de que lo haría. Eso demostraba lo tonta que era.

—Bueno, esto ha sido muy incómodo —murmuró Weldon mientras alcanzaba un panecillo sobrante.

No estaba segura de si Gavin y Paige lo habían oído, pero desde luego yo sí.

Me levanté y salí a tomar el aire. Me senté en el pequeño banco junto al jardín, con la esperanza de que nadie saliera.

Al cabo de unos minutos oí unos pasos acercándose por detrás. Cuando me giré, vi que Weldon se dirigía hacia mí.

—¿Quién necesita la televisión con el dramón que hay en esta casa, eh?

—Weldon, he venido aquí para estar sola, así que...

Me ignoró y se sentó a mi lado en el banco. Dejó escapar un largo suspiro.

—He visto que mi hermano quería ir tras de ti. Pero tiene las manos atadas, así que he venido yo en su lugar. —Me miró con empatía.

—Bueno, no era necesario. Solo necesitaba un poco de aire. Estaré bien.

—Olvidas que soy el único aquí que sabe lo que pasó en realidad, así que no me vengas con que estás bien con todo esto. Puedes ser sincera conmigo.

—Es que... es una mierda —cedí, dejando escapar un suspiro.

—Sí, lo sé. —En realidad parecía un poco triste. Entonces chasqueó los dedos—. ¡Oye! ¿Quieres que la seduzca esta noche? ¿Que los separe? Bueno, mírame. No podrá resistirse. —Meneó las cejas.

Mientras tanto, parecía que no se había lavado el pelo en dos semanas y tenía migas de pan en la barba.

Pero había conseguido sacarme una sonrisa.

—Bueno, ahí está... —Me reí—. La solución a mi problema.

Se rio.

—Si te sirve de consuelo, creo que a mi madre tampoco le habría gustado Paige.

—¿Por qué lo dices?

—Porque a mamá no le gustaba nadie, excepto yo. —Me guiñó un ojo.

~

No volví a encontrarme con Gavin durante el resto de la tarde. Paige y él salieron de la casa para hacer algo de turismo.

Por desgracia regresaron justo antes de que terminara mi turno esa noche.

Paige se fue arriba. Gavin estaba solo cuando me siguió afuera mientras me dirigía a mi coche para marcharme. Fingí no verlo.

—¡Raven! —me llamó desde mi espalda.

Me di la vuelta antes de perder un poco los nervios.

—Habría agradecido que me avisaras del incómodo enfrentamiento de la comida.

—Siento si te ha disgustado.

—Tengo que irme. —Corrí hacia mi coche. Él no me siguió.

Los neumáticos chirriaron con fuerza mientras me alejaba a toda velocidad.

Me fui directa a casa de Marni, con las emociones bullendo en mi pecho. La había mantenido al tanto de la situación con Gavin por teléfono todos los días, pero no la había visto desde la primera noche que llegó.

Cuando abrió la puerta, me desahogué y caí en sus brazos llorando.

—Ya no puedo más. No puedo estar en esa casa cuando ella está allí. No puedo verlo con ella. No puedo estar cerca de ellos.

—¡Joder! —Me abrazó con más fuerza—. He estado esperando a que estallaras. ¿Has descartado decirle la verdad?

Me aparté para mirarla.

—Está enamorado de ella. Están prometidos. ¿Qué sentido tiene? —Me limpié los ojos y entré en la casa—. A ver si se marcha cuanto antes. Si te soy sincera, a ver si él se marcha cuanto antes.

La hija de Marni, Julia, estaba en el columpio. Me agaché para darle un beso en la frente.

—¿Qué ha pasado hoy en concreto? —preguntó.

Me enderecé.

—Se enfrentaron a mí juntos. Él le había contado nuestra historia. Supongo que se sentía culpable por habérselo ocultado. —Me dolía el pecho al pensar en ello—. Me dio su palabra de que no se lo diría mientras ella estuviera aquí. Le pedí que no lo hiciera. Que lo haya ignorado y se lo haya contado de todos modos demuestra que no le importan mis sentimientos. Pero por qué iban a importarle, ¿verdad?

—Verdad. Cree que lo dejaste hace años. No sabe que todavía estás enamorada de él. Tiene derecho a saberlo, Raven.

—Y luego, ¿qué? Regresa a Londres, vuelve con ella.

—Eso no lo sabes.

—Marni, lo único que podría dolerme más que hacer lo que le hice sería volver a perderlo de nuevo, y más aún por otra persona. Te va a sonar raro, pero hay una parte de mí que se consuela al saber que me amaba cuando rompí con él. Al menos sé que me quería. ¿Abrirle mi corazón de nuevo y que me rechace porque está enamorado de otra persona? No creo que pueda soportarlo.

—Lo entiendo. Lo entiendo. Pero ¿estás segura de que está enamorado de ella?

—Se va a casar con ella. ¿Por qué iba a pedirle matrimonio si no la amara? Y la forma en que hoy se han confabulado contra mí... Son un frente unido. Ha sido muy revelador.

Marni miró con cara de impotencia.

—Entonces, ¿se acabó? ¿Así es como termina la historia?

Cerré los ojos un momento.

—Sí. —Tragué saliva—. Tengo que pasar página.

Esa noche, ya en casa, saqué fotos antiguas que no había visto en años; fotos que no me había permitido mirar. Eran las pocas fotografías que Gavin y yo nos habíamos hecho juntos aquel fin de semana que estuvimos en su casa mientras sus padres estaban fuera. Resultaba doloroso mirarlas, sobre todo porque podía ver en sus ojos el amor que sentía por mí. Podía ver lo felices que éramos. Así era como quería recordarnos.

Tenía que aceptar que el chico de la foto se había ido. Ahora era un hombre adulto, que finalmente había encontrado la paz, y yo tampoco era la misma. También había tenido mis problemas y experimentado la pérdida, incluso después de la muerte de mi madre, algo que no había compartido con él.

Sentada con las piernas cruzadas en la cama, seguí mirando las fotos. Nunca podríamos recuperar aquella inocencia.

22

Gavin

En los días posteriores a la marcha de Paige, traté de centrarme en mi padre, y dedicaba mi tiempo a pasear o a sentarme con él a jugar a las cartas. Había hecho todo lo que podía hacer allí. No había logrado convencer a mi padre de que se mudara, pero me sentía más cómodo dejándolo en Palm Beach. Solo tenía que dar con la forma de volver aquí más a menudo. Raven había hecho todo lo posible por mantener las distancias conmigo desde el día en que le conté lo que había compartido con Paige. Tal vez fuera lo mejor. Se había mantenido en un segundo plano, concediéndome más tiempo a solas con mi padre.

Sin embargo, el hecho de que Raven estuviera enfadada conmigo por contarle la verdad a Paige seguía atormentándome. Lo otro que me atormentaba eran las palabras de mi hermano la noche en que había salido con Raven, sobre que a veces la gente se equivoca cuando es joven.

¿Se arrepentía Raven de haber roto conmigo hacía años? Sabía que yo todavía le afectaba, eso estaba claro por su lenguaje corporal, y en el fondo yo sabía que mis sentimientos por ella seguían en carne viva. Pero la realidad era que, por fin, había conocido a alguien con quien era capaz de verme pasando el resto de mi vida. No podía dejar que mis confusas emociones destruyeran todo lo que había construido con Paige.

A la noche siguiente, subí a ver cómo estaba mi padre. Sabía que era probable que Raven no se hubiera ido todavía, pero no estaba seguro de dónde estaba. El dormitorio de mi padre estaba vacío, pero la puerta del baño principal estaba abierta.

Me quedé paralizado al acercarme. Mi padre estaba en la bañera y Raven lo estaba bañando. Aquello me sorprendió. Desde luego debería haber sabido que aquello formaba parte de sus responsabilidades como su enfermera, pero supongo que no era consciente de que eso significaba que había visto a mi padre desnudo.

Raven le enjabonó el pelo con champú. Parecía tan relajado, como si este fuera su pequeño pedacito de cielo. Lo cuidaba muy bien. Mantuvo los ojos cerrados mientras ella vertía lentamente agua sobre su cabeza con una pequeña palangana. Él gimió de placer.

«Sí, amigo. Me lo puedo imaginar.» No pude evitar reírme a carcajadas.

Raven se sobresaltó.

—¡Oh, Dios mío! Me has asustado.

—Lo siento. No era mi intención. He venido a ver cómo estaba. —Le brindé una sonrisa—. Hola, papá.

Mi padre se limitó a gemir a modo de respuesta. Cerró los ojos de nuevo mientras esperaba a que volviera a enjuagarle.

Después de dar unos pasos, pude mirar dentro del agua. Mi padre estaba empalmado; me quedé boquiabierto. «¡Joder!» En ese momento, oí pasos. Mi hermano también entró en el baño.

—Aquí estáis. Me preguntaba dónde estaba todo el mundo. Yo... —Se dio cuenta de la situación en la bañera—. ¡Oh, vaya!

Raven parecía enfadada.

—¿Podéis darle un poco de intimidad a vuestro padre? Tengo que terminar de enjuagarlo antes de que acabe mi turno.

—Lo sentimos. No queríamos molestar. —Empujé a Weldon para que saliera por la puerta conmigo.

Abajo, en la cocina, Weldon decidió portarse como era típico en él.

—Me gustaría imaginar que a lo mejor le proporciona un final feliz.

—Me gustaría darte un cabezazo contra la pared.

—¡Por Dios! ¿Tan frustrado estás que ya no aguantas una broma? —Sacó una cerveza de la nevera—. ¿Quieres una?

Me encogí de hombros. Me entregó un botellín.

Salimos al patio y nos sentamos en silencio durante un rato, bebiéndonos la cerveza.

Cuando vio a Raven a través de la puerta de cristal, se levantó de un salto y corrió hacia la cocina.

«¿Qué diablos hace?»

Antes de que me diera cuenta, la arrastró afuera y la llevó a una de las tumbonas.

—De verdad que no puedo quedarme, Weldon. Esta noche tengo mucho que hacer.

—Tu turno ha terminado, ¿verdad?

—Sí, pero...

—Tómate una cerveza con nosotros. Está claro que has tenido un día «duro».

—¿En serio? —Estaba enfadada—. ¿Tan inmaduro eres?

—¡Oh, venga ya! Ni Gavin ni tú aguantáis una puñetera broma esta noche. Tienes que reconocer que el hecho de que se empalme cuando lo estás bañando es divertidísimo.

—En realidad yo no lo encuentro divertido, pero ¿sabes lo que sí me resulta divertido? Que lleves la misma camiseta desde hace tantísimo tiempo y que además tenga una mancha de salsa de la comida de hace tres días.

Se me escapó un bufido; no pude evitar reírme.

—Muy bien. ¿Conque esas tenemos? —preguntó—. Puedo soportarlo.

Raven esbozó una sonrisa.

Weldon le señaló la cara.

—¿Es diversión eso que veo? ¿Significa que te quedarás a tomar una cerveza?

Me sorprendió ver que cedía.

—Está bien. Solo una.

Weldon fue a la cocina a por la cerveza, dejándonos solos durante un minuto. Un perro aulló en la distancia. Raven y yo nos giramos y compartimos una sonrisa titubeante, pero ninguno de los dos dijo una palabra.

Había muchas cosas que quería decir, sobre todo pedirle disculpas de nuevo por haberle contado a Paige lo nuestro sin avisarle. Pero Raven había tenido un día muy largo y no creía que fuera el momento adecuado para volver a abordar ese tema.

Weldon regresó y le dio la cerveza antes de relajarse en su asiento.

—¡Ahhh! ¿No es genial? Como en los viejos tiempos, ¿verdad?

Raven rio.

—No del todo. En los viejos tiempos no estaba invitada a pasar el rato en el patio, como bien recordarás. Y, si yo no recuerdo mal, eras un completo idiota que no se parecía en nada a Jesucristo en aquella época. Así que ya ves. —Le guiñó un ojo.

Me mordí el labio, sin saber si reírme o enfadarme al recordar cómo eran las cosas por aquí.

—Aunque... —añadió— tengo que decir que has sido un buen amortiguador cuando era necesario.

Weldon contrajo los músculos.

—Soy bastante musculoso.

Raven bebió un poco más de cerveza y levantó la botella.

—Por cierto, Weldon, he oído que están representando *Jesucristo Superstar* en el Kravis Center. ¿Quieres ir?

—¿Hablas en serio?

—No.

—¡Joder, tía! Me habías emocionado.

—Conozco la sensación —le regañó.

Me quedé callado, pero disfruté del ambiente relajado.

«¡Qué necesario!»

—Por cierto —dijo Weldon—, ¿no crees que mi madre encontraría toda esta situación divertidísima ahora mismo? ¿Papá arriba, con una erección, y nosotros tres ocupando la casa?

De repente, el cielo se abrió y se puso a llover a cántaros.

Raven levantó la vista y alargó la palma de la mano para recoger parte del agua.

—Bueno, ahí tienes tu respuesta.

A medida que se acercaba la fecha de mi marcha, descubrí que no podía dejar de pensar en Raven. Solo me quedaban un par de días y en mi interior crecía una sensación de desasosiego que no podía evitar.

No me estaba haciendo más joven. Quería una familia. Estaba preparado para sentar cabeza. No quería tener ninguna duda antes de que eso sucediera. Estos dos últimos días serían mi única oportunidad para explorar cualquier pregunta sin respuesta y conseguir cerrar el capítulo que necesitaba cerrar para seguir con mi vida, casarme con Paige y no mirar atrás.

Se trataba de seguir adelante con Paige, no de mirar atrás con Raven, pero de alguna manera sentía que esto último era necesario para avanzar.

«Tengo que hablar con ella.»

Sabía que aquel era el día libre de Raven. Había pasado toda la mañana con mi padre y ahora estaba durmiendo la siesta.

Decidí dar un paseo en coche, pues necesitaba despejarme la cabeza, y sin saber cómo, acabé en el puente de West Palm Beach.

Decidí visitar el antiguo club de improvisación por diversión. Para mi consternación, estaba todo tapiado, sin embargo, el cartel seguía allí. Por alguna razón, ver el letrero prácticamente intacto en el edificio tapiado me puso muy triste. Tenía tan buenos recuerdos de allí...

Era un día plomizo y lluvioso. Me senté en el aparcamiento vacío y tuve una sensación de *déjà vu.* ¿Cómo habían pasado diez años en un instante? Habían cambiado tantas cosas... Tanta gente se había ido...

Ahí estaba de nuevo esa sensación de desasosiego en mi pecho. No entendía muy bien lo que intentaba decirme, pero sospechaba que tenía algo que ver con Raven y con el final que buscaba antes de volver a Londres.

Paige y yo habíamos planeado saltarnos una gran boda e irnos a Fiji a casarnos. Yo sabía que ella quería que fuera pronto, así que la próxima vez que volviera aquí, sería un hombre casado. Si quedaba alguna duda sobre mis sentimientos por otra mujer, tenía que resolverla antes de la boda.

La insistencia de mi hermano en que hablara con Raven me vino a la mente una vez más. Weldon no solía ser una persona demasiado sensata, pero lo que me había dicho se me había quedado grabado.

Seguí conduciendo un poco más y acabé pasando por el estudio de jiujitsu. Recordé que me había dicho que daba clases allí en su día libre. No tenía ni idea de a qué hora era su clase, pero entré en el aparcamiento. Si la veía allí, no iba a interrumpir ni nada por el estilo, solo a mirar.

Toda la fachada del estudio era de cristal, por lo que se podía ver el interior. El corazón me dio un vuelco al ver a Raven con su uniforme negro. Siempre había estado en su elemento allí, pero verla al mando era realmente impactante. Había llegado muy lejos. La vi pasearse mientras hablaba ante una hilera de adolescentes vestidos con kimonos blancos.

Sentí que el corazón estaba a punto de salírseme del pecho, pero tenía que ver esos sentimientos como lo que eran: un enamoramiento inexplicable. ¿De verdad había amado a esa chica? Eso creía. Pero después de tantos años y de la forma en que terminaron las cosas, eso no era lo que sentía ahora. No podía serlo. Cuando la gente pierde un miembro, dicen que a veces siguen sintiéndolo, aunque ya no lo tengan. Eso mismo ocurre con un corazón roto. A veces puedes seguir sintiendo el amor que le profesabas a alguien dentro de tu corazón, incluso después de que te lo destrozara.

No dejaba de repetirme que debía marcharme, pero no podía dejar de mirarla. Estaba en el suelo, sujetando a alguien mientras describía su técnica.

Cuando la clase terminó, los alumnos se dispersaron y Raven desapareció detrás de una mesa.

Varios minutos después, yo seguía de pie fuera. Ahora estaba sola.

«Debería irme.»

A pesar de la recomendación de mi cerebro, abrí la puerta del estudio. Una campanilla sonó al entrar.

Raven levantó la vista del papeleo y pareció sorprenderse al verme.

Me metí las manos en los bolsillos.

—Hola.

—Hola. Esto... ¿Qué haces aquí?

—¿Me creerías si te dijera que estaba por casualidad en el barrio?

Se humedeció los labios con nerviosismo.

—Probablemente no.

—Bien. Entonces no te diré esa estupidez.

—En serio, ¿qué haces aquí?

—No lo sé. —Me acerqué unos pasos a ella—. Quería despejarme la cabeza, así que he dado un paseo en coche y he terminado en el viejo club de improvisación. Lo he visto todo tapiado. —Ella asintió de manera compasiva—. No pensaba venir aquí, pero he pasado de camino a casa. Así que he parado y me he asomado al interior, y ahí estabas tú. Luego no he podido apartar la vista, así que me he quedado a ver la clase un rato.

—No puedo creer que no me haya fijado en ti.

—Bueno, estabas ocupada.

—¿Lo has visto todo?

—Una buena parte. Eres tan increíble como siempre.

Una ligera capa de sudor cubría su frente. Por alguna razón trajo a mi memoria el recuerdo de los dos sudando en mi cama después de hacer el amor por primera vez. No podía evitar los derroteros que seguía mi mente.

—Si no lo supiera, pensaría que me has estado evitando en los últimos días. —Sonreí—. Podría ser mi imaginación, pero...

—Lo he hecho —admitió.

—Lo sé. —Se produjo un momento de silencio—. El caso es que me voy en un par de días. Hay algunas preguntas y sentimientos que no puedo quitarme de encima. Pensé que estaban muertos, pero no lo están. Voy a volver a Inglaterra y me voy a casar. Así que no te preocupes, no estoy insinuando nada al decir esto; solo creo que tenemos que hablar antes de irme, eso es todo.

Parecía estar a punto de echarse a llorar y me pregunté qué parte de lo que acababa de decir lo había provocado. ¿Tanto la alteraba estar cerca de mí?

—¿Podemos ir a comer algo? —sugerí—. Te traeré de vuelta después para que recojas tu coche.

—En realidad he venido andando. Una vieja costumbre, y me gusta el ejercicio.

—¡Ah, vale! Bueno, puedo llevarte a casa cuando terminemos.

Pensó un momento antes de asentir.

—Deja que vaya a por mis cosas.

Cuando volvió, me siguió afuera. Le abrí la puerta del pasajero y me subí al otro lado. Tenerla así en mi coche, los dos solos, me pareció surrealista.

—¿Algún lugar en particular al que te gustaría ir? —pregunté.

—Bueno, el Steak 'n Shake aún sigue abierto. Sé lo mucho que te gustaba.

—Por fin algo que sigue en pie. ¿Tú quieres ir?

—Claro. —Esbozó una sonrisa.

Terminamos comiendo dentro del restaurante y cada uno pidió una hamburguesa con patatas fritas. Luego tomamos nuestros batidos para llevar.

Nos quedamos sentados en el coche, bebiendo en silencio durante un rato. No quería arrancar el motor porque aún no me había desahogado y no sabía muy bien a dónde ir.

Mientras ella miraba por la ventana, mis ojos se detenían en ella. Todavía estaba cegado por su belleza y no podía evitar la atracción física. Era innegable y palpable. Dudaba de que mi cuerpo dejara algún día de reaccionar ante ella. El recuerdo de lo que sentía al estar dentro de ella era demasiado real. El recuerdo de su vulnerabilidad y de la forma en que se había entregado a mí era demasiado real.

Raven se agitó y siguió sin mirarme.

—¿Por qué te pongo tan nerviosa? —le pregunté.

Se volvió para mirarme a los ojos.

—No lo sé —dijo apenas en un susurro.

—No pasa nada si prefieres dejarlo correr, pero yo siento que hay muchas cosas que no nos hemos dicho. Si no te hubiera vuelto a ver, tal vez podría haber vivido con eso, pero vas a estar en mi vida gracias a mi padre. Nos volveremos a ver y no quiero que sea incómodo.

Ella asintió.

—Lo entiendo.

Las gotas de lluvia golpeaban las ventanas cuando comenzó el típico chaparrón de Florida a última hora del día.

—¿Puedo pedirte un favor, Raven?

—Tú dirás...

—¿Serás sincera conmigo? Si te pregunto algo, ¿serás sincera?

Se quedó callada durante mucho tiempo, pero finalmente asintió.

23

Raven

Quería que fuera sincera. ¿Era eso posible? Respiré hondo. Se merecía tanta sinceridad como pudiera darle sin hacerle daño.

—¿Te... altero? —preguntó.

Mi corazón golpeó contra mi pecho.

—No.

—Pareces muy triste cuando estoy cerca. Podría jurar que a veces estás a punto de llorar.

Aquel hombre increíble creía que me alteraba. No se daba cuenta de que todavía le quería tanto que me dolía.

Necesitaba mirarle a los ojos para eso.

—Te prometo que no me alteras. Tengo muchos remordimientos por la forma en que manejé lo nuestro. Que hayas vuelto ha hecho que afloren de nuevo.

—Pero no te gustó que le contara a Paige lo nuestro. Ese día estabas muy enfadada conmigo.

—Bueno, sí, eso me molestó. Me prometiste que no dirías nada, pero entiendo por qué lo hiciste. —Me apresuré a añadir—: Es tu prometida, tienes que ser sincero con ella. Y siento haberte pedido que le ocultaras la verdad, no fue justo.

Asintió con la cabeza.

—Gracias por entender por qué se lo conté, pero me sentí como una mierda. Te has portado muy bien con mi padre y trabajas mucho. No quería causarte estrés. Entiendo por qué no querías que las cosas fueran incómodas.

—No pasa nada, Gavin.

Aunque estaba evitando su mirada, podía sentirla con cada centímetro de mi alma.

Su siguiente pregunta me sacudió.

—¿Te has enamorado de alguien?

«No desde ti. Ni por asomo.»

—No.

—Pero has tenido novios.

—Sí, pero nunca me he enamorado. Mi relación más larga duró dos años. Se llamaba Ray. Trabajábamos juntos en el hospital. También era enfermero. Se preocupaba mucho por mí y quería casarse conmigo. Yo quería amarlo, pero al final no conseguí verme pasando el resto de mi vida con él, así que le dejé marchar.

—¿Dónde está ahora?

—Está casado y tiene un par de hijos.

Gavin pareció asimilar eso. Una emoción que no pude identificar nubló su rostro.

—De acuerdo.

Yo también tenía que hacerle una pregunta. Quería escuchar su respuesta en voz alta.

—Asumo que, como te vas a casar con Paige, estás enamorado de ella.

Contempló la lluvia que caía por la ventana.

—La quiero, sí. Es decir..., estoy en paz. No me había sentido a gusto con una mujer hasta que la conocí.

Y justo por eso no podía decírselo. Era feliz. «Estaba en paz.» Paige lo había recompuesto, había hecho que se sintiera amado. Aunque le dijera la verdad, la elegiría a ella antes que a mí y no sobreviviría a esa devastación.

—Pero el amor se manifiesta de forma diferente con cada persona, ¿sabes? —añadió de repente—. Lo que tengo con ella es un tipo de amor más maduro. Lo que sentía por ti... era diferente.

«Diferente.»

—¿En qué sentido?

Cerró los ojos y se rio un poco.

—Era... una locura. Una puta locura. Intenso. Pero ahora me pregunto si se debió a que tal vez no era real.

Levanté la vista y mis ojos se cruzaron con los suyos por primera vez desde hacía un rato.

—¿No era real?

—Lo que quiero decir es que... quizá fue prematuro. Demasiado y demasiado rápido. Tus verdaderos sentimientos en ese momento demostraron que yo estaba demasiado colado, ¿verdad? Al parecer, yo era el único que tenía unos sentimientos tan profundos. A veces me pregunto si lo que experimenté contigo fue amor o si fue algo más, como un profundo y poderoso encaprichamiento. Solo sé que nunca he vuelto a sentir nada parecido.

¿Le había hecho dudar de si alguna vez me había amado de verdad? Luché en silencio contra las lágrimas. La idea de que dudara de lo que tuvimos, de que pensara que no fue amor, me causaba un profundo dolor.

Lo que había tenido con Gavin fue el amor más real y maravilloso que jamás hubiera podido imaginar. Había impedido que me enamorara de otro hombre, pero su perspectiva tenía sentido. No le había dado ninguna razón para creer que lo que tuvimos fue real.

Me quedé sin palabras, tratando de contener las lágrimas. Gavin se volvió hacia mí.

—Me prometí a mí mismo que no iba a hablar contigo de eso..., de algo tan vulnerable, Raven. Pero es muy difícil mantenerlo todo dentro. Sigo queriendo preguntarte por qué. Sé que respondiste a esa pregunta hace años, lo que pasa es que por alguna razón la respuesta nunca me pareció lo bastante buena.

—Yo era joven y estúpida. Pero, por favor, no pienses nunca que lo que vivimos no fue real para mí. Sí, le puse fin, pero cada segundo fue real, Gavin.

Perdí la batalla con mis lágrimas y comenzaron a brotar. Gavin parecía confuso mientras alcanzaba un pañuelo de la guantera y me lo entregaba. Me soné la nariz.

—Gracias. Siento haber perdido el control.

Sacudió la cabeza mientras me sonaba la nariz.

—Me llevó mucho tiempo... —dijo—. Tardé mucho en olvidarte. He tenido muchas relaciones desde entonces y más aventuras sin sentido de las que me gustaría recordar. Daba igual qué hiciera o con quién estuviera..., no podía borrarte de mi mente, así que dejé de intentarlo. Seguí adelante a pesar de los sentimientos persistentes. Todavía están ahí, solo que no tan fuertes.

El miedo se apoderó de mí cuando sentí que estaba a punto de soltarlo todo.

—No te he traído aquí para hacerte sentir culpable —dijo—. Es que necesitaba dejar salir algo de todo esto. En realidad, estoy bien, Raven. Ha pasado mucho tiempo. Quiero que sepas lo mucho que agradezco lo que estás haciendo por mi padre. Solo necesito que estés bien cuando vuelva a casa. Cuando me case con Paige... —Dudó.

No fue necesario que terminara la frase.

Entendí de golpe. «Cuando se casara con Paige.» Si seguía trabajando para el señor Masterson, tendría que verlos juntos a Paige y a él cuando vinieran de visita a casa. Tendría un asiento de primera fila en sus vidas, con sus hijos. Sentí que iba a hiperventilar.

Debió de notar mi pánico, porque de repente arrancó el coche.

—Vale. ¿Sabes qué? Esto es demasiado, lo siento. Pongámonos en marcha.

Gavin arrancó y condujo un rato hacia el oeste. Acabamos en Wellington, que estaba a unos treinta minutos de donde yo vivía.

Permanecimos en silencio hasta que Marni envió un mensaje de texto preguntando si todavía iba a ir a su casa esa noche.

—¡Mierda! —dije.

Gavin miró el teléfono en mis manos.

—¿Qué?

—Olvidé que Marni hace una barbacoa esta noche. Le dije que me pasaría por allí.

—¿De verdad? Sería genial ver a Marni. ¿Te importa si me paso contigo a saludar? Puedo dejarte y marcharme justo después; no me quedaré.

«¿Qué se supone que debo decir? ¿Que no?»

—Sí, estoy segura de que le encantaría verte.

—Genial. —Sonrió—. Pero deberíamos llevar algo, ¿no? Sería una grosería aparecer con las manos vacías.

—Sí. No se me había ocurrido.

—¿Por qué no paramos en la tienda?

—De acuerdo. —Sonreí.

Gavin dio la vuelta y se dirigió de nuevo hacia West Palm antes de acabar parando en el supermercado. Estaba lloviznando mientras cruzábamos el aparcamiento.

En un momento dado, Gavin me pisó sin querer la parte de atrás del zapato y casi me hizo tropezar.

Me puso las manos en los hombros.

—¡Mierda! Lo siento. ¿Estás bien?

Su tacto me entibió. Las emociones que aún se arremolinaban tras nuestra charla en el coche hacían que estuviera más sensible de lo normal.

—Estoy bien. —«Bueno, en realidad no.»

Una vez dentro, buscamos en los pasillos algo que llevar. De mi pecho no dejaba de brotar el dolor. Era surrealista ir de compras con él. Nos habíamos perdido ese tipo de cosas cotidianas a lo largo de los años. Sin embargo, prefería mil veces estar ahí con Gavin que haciendo cualquier otra cosa en cualquier otra parte del mundo. Porque nunca es el lugar lo que importa, siempre es la persona.

Esperaba que Paige se diera cuenta de la suerte que tenía de poder pasar su vida con Gavin, de hacer esas cosas sencillas con ese hombre maravilloso, de dormir a su lado por la noche y oírle decir que la quería.

En cierto momento me excusé para ir al baño y recuperar la compostura.

Cinco minutos después, cuando me reuní con él, nos decidimos por una de esas enormes botellas de vino que le gustaban a Gavin. De camino a la caja registradora, me sorprendí empujando el carrito muy despacio porque no quería que eso terminara. Una vez que lo hiciera, estaría un paso más cerca de irse.

En la cola de la caja, Gavin entabló una conversación educada con la cajera. Apenas oí una palabra de lo que decían mientras contemplaba sus hermosas facciones, grabándome a fuego en la memoria estos últimos momentos con él, preguntándome si sería la última vez que iríamos juntos a algún sitio.

Cuando regresamos al coche, se volvió hacia mí.

—¿Estás bien?

—Sí. —Me obligué a sonreír.

Gavin examinó mi cara durante unos segundos. Sabía que se daba cuenta de que estaba mintiendo.

Arrancó y se dirigió a casa de Marni.

Le envié un mensaje a mi amiga mientras él estaba atento a la carretera.

Raven: Es una larga historia, pero Gavin viene conmigo. Solo quiere saludarte.

Marni: ¡¡¡¿¿¿???!!!

Raven: No es nada de eso. Estábamos hablando y le dije que iba a venir aquí. Quiere saludarte. Eso es todo.

Marni: !!!!!!!!!

Me puse nerviosa cuando llegamos a casa de Marni. Todo eso me incomodaba, aunque podía entender que Gavin quisiera verla. Aquel verano se habían hecho muy buenos amigos, y el hecho de que yo lo dejara de forma tan brusca había supuesto el fin de la amistad que habían entablado.

Marni abrió la puerta antes de que pudiéramos bajarnos por completo del coche.

—¡Oh, Dios mío! ¡Niño rico! —Se apresuró a acercarse a nosotros y tiró de Gavin para darle un abrazo—. ¡Cuánto me alegro de verte! —exclamó—. ¡Mierda! No esperaba que se me saltaran las lágrimas —dijo, limpiándose los ojos.

Gavin se apartó para mirarla a la cara y luego la abrazó de nuevo.

—¿Tanto me has echado de menos?

Se limpió los ojos de nuevo.

—Supongo que sí.

—Me alegro de verte, Marni. No has cambiado nada.

—Tú estás aún mejor, imbécil.

Todos nos reímos mucho con eso.

Cuando Marni me miró, lo supe. Estaba llorando por mí. Porque me quería y sabía lo duro que había sido todo esto.

—Espero que te quedes —le dijo.

Gavin se volvió hacia mí.

—No pensaba hacerlo.

—Quédate —insistió Marni—. Tenemos mucha comida y tienes que conocer a mi hija.

Sabía que buscaba mi aprobación, ya que se había autoinvitado a venir aquí.

—Deberías quedarte —dije al final.

—Será un placer.

—Pues está decidido —sentenció Marni mientras le quitaba el vino y me agarraba del brazo—. Sírvete algo de beber o de comer, Gavin. Voy a robarte a Raven para que venga a ayudarme dentro un momento.

—¿Seguro que no puedo ayudar yo también? —preguntó.

—No. Tú relájate en el patio.

—De acuerdo.

Marni me arrastró a la cocina. Jenny estaba mezclando alcohol, zumo y fruta en una ponchera gigante.

—Hola, Raven.

—Hola, Jenny.

Marni miró por encima del hombro para asegurarse de que Gavin no nos había seguido.

—Siento mucho haberme dejado llevar así. Es que verte con él después de todo este tiempo... me ha afectado.

Y ahora me estaba afectando a mí. «¡Dios! Te ruego que no permitas que me eche a llorar ahora mismo.»

—Lo sé.

—Está estupendo.

Puse los ojos en blanco.

—Como si yo no lo supiera.

—Me da mucha rabia —repuso, y yo le dirigí una mirada de advertencia—. Prometo que me portaré bien.

—Más te vale.

—Deja que vaya a buscar a Julia. Tiene que despertarse o esta noche no dormirá nada.

Mientras Marni iba a buscar a su hija, yo ayudé a Jenny a sacar algunos vasos rojos de plástico y otras cosas. Habían colocado un montón de farolillos de exterior y luces blancas de Navidad, que seguramente quedarían impresionantes una vez que cayera la noche.

Gavin estaba charlando con uno de los vecinos de Marni. Tenía una cerveza en una mano y un pequeño plato con una servilleta enrollada en la otra.

Cuando me vio, su boca se curvó en una sonrisa. Me recordó la forma en que su rostro siempre se iluminaba cuando me veía. Se disculpó y se acercó a mí.

—¿Puedo prepararte una bebida? —preguntó.

Alargué mi mano.

—No. Estoy bien por ahora.

Se inclinó y me habló al oído.

—¿De verdad te parece bien que esté aquí?

El deseo me asaltó.

—Sí, de verdad me parece bien.

—De acuerdo. Solo quería estar seguro.

Al final acabé dejando que me trajera un vaso de ese ponche con alcohol para relajarme un poco.

Gavin y yo conversamos durante un buen rato. Me contó más sobre cómo llegó a crear su empresa y eso nos llevó a hablar de inversiones. Me dio buenos consejos sobre mi fondo de pensiones. También mencioné que quería vender la casa de mi madre y mudarme a un apartamento. Mi única duda era el aspecto sentimental de venderla. Me sugirió que la alquilara y tratara de sacar un beneficio, algo que sin duda había que considerar.

Después centramos la atención en Marni, que entró en el patio con Julia, un bebé de ojos soñolientos que se chupaba el puño.

—Mira quién se ha despertado —dije.

Marni se acercó a nosotros con su hija.

—Gavin, esta es mi hija, Julia.

Él me pasó su cerveza y tomó a Julia en sus brazos. Verle con ella fue tan hermoso como doloroso. Diría que mis ovarios explotaron, pero fue más bien como si se marchitaran y murieran. Gavin sería un padre maravilloso algún día.

Cuando se inclinó y besó la frente de Julia, se produjo la explosión.

—Se te da muy bien, Gavin —dijo Marni—. Suele llorar cuando un desconocido la toma en brazos.

Como si fuera una señal, Julia se puso a llorar.

—Bueno, supongo que mi tiempo ha terminado —bromeó Gavin mientras le devolvía la niña.

Marni se llevó al bebé para saludar a los demás invitados, dejándome de nuevo a solas con Gavin.

—¿Te sientes preparado para volver a Londres? —pregunté.

Él se encogió de hombros.

—Sí y no. Desde luego siento que estoy dejando una parte de mí aquí. No me gusta la idea de estar tan lejos de mi padre. Mi hermano también es un desastre. Siento que necesito multiplicarme por dos, para que uno dirija mi empresa y otro esté aquí con mi familia.

—Lo entiendo. Sin embargo, una parte de ti debe de estar deseando volver a la rutina.

—Es un trabajo muy intenso; apenas tengo ocasión de respirar. En ese sentido, ha sido un buen descanso.

—Sé que siempre te ha gustado Londres. No me sorprendió enterarme de que te habías establecido allí.

—Vivo en un *loft* en un antiguo almacén frente al Támesis. Es precioso; te encantaría.

Eso me escoció un poco.

—Seguro que sí. —Tomé aire—. ¿Paige vive contigo?

—No se ha mudado de forma oficial, pero se queda allí casi todas las noches. Tengo largas jornadas de trabajo, pero trato de tomarme libres al menos los días en los que sale el sol. Nunca faltan cosas que hacer donde vivimos: atracciones de todo tipo, museos, disfrutar la increíble arquitectura...

—Solías decir que te encantaba por lo diferente que era a Palm Beach.

—Sí, y sigue siendo así. Pero, ¿sabes?, ahora que he estado lejos de Florida durante tanto tiempo, echo de menos este lugar. Ahora aprecio más su belleza. —Tomó un trago de cerveza—. ¿Te ves quedándote aquí para siempre? Quiero decir, ¿al margen de tu trabajo con mi padre?

—Creo que es muy probable que siga aquí, aunque no estuviera la cuestión del trabajo. Aquí me siento más cerca de mi madre, y luego está Marni. Es mi familia, ¿sabes?

—¡Oh, sí! Me alegro de que sigáis siendo amigas íntimas. Es importante tener a alguien que te apoye pase lo que pase. Ella siempre ha sido esa persona para ti.

—Sí, estoy de acuerdo. —La miré y sonreí—. Espero que tu hermano y tú podáis arreglar vuestra relación. No es del todo malo; solo necesita ayuda.

—También tiene que querer ayudarse a sí mismo.

—Lo sé.

—Ojalá no hubiera decidido irse a vivir tan lejos, aunque en parte fue intencionado.

—California parece adaptarse a su estilo de vida.

—Sí, es propicio para ser un vago en la playa. —Puso los ojos en blanco y sonrió—. Por cierto, habla muy bien de ti. Le causaste una gran impresión durante vuestra cita.

—No fue una cita.

—Lo sé, estoy bromeando. Después de todo, que mi padre y mi hermano estuvieran enamorados de ti sería demasiado. —Me guiñó un ojo.

Eché un vistazo a mi teléfono al notar que se me encendían las mejillas.

—¿Tienes que volver?

—No, a menos que quieras irte a casa.

Marni se nos acercó por detrás.

—Será mejor que no os vayáis —dijo—. Estamos a punto de encender una hoguera. ¿Puedes ayudarme, Gavin?

—Por supuesto.

Ayudó a Marni a llevar leña a una hoguera.

Una vez estuvo lista, todos se reunieron alrededor de la pequeña y controlada hoguera.

Gavin se sentó frente a mí. De vez en cuando, le sorprendía mirándome a través de las llamas.

Eso encendió un fuego dentro de mí.

24
Gavin

Levanté la vista al cielo nocturno, aunque sabía que me había sorprendido mirándola. Había sido un día agotador a nivel emocional y lo único que quería hacer ahora era mirarla a escondidas a través del fuego. Mirar a Raven resultaba muy fácil. Todo lo demás me costaba horrores, como saber qué estaba pensando en realidad.

Había algo raro y no solo relacionado con lo que había pasado con nosotros. Tenía la sensación de que había algo más en su vida que no me había contado. Tuve ese presentimiento desde nuestra cena en mi primera noche allí. Parecía más reservada y se comportaba de forma diferente. Había tratado de entenderlo sin éxito.

Esa noche me había preguntado si estaba preparado para volver a Londres. Aunque una parte de mí quería volver a mi vida de siempre, la sensación de urgencia, de asunto inacabado, me seguía acompañando.

Se hacía tarde y había refrescado mucho. Me dirigí a mi coche de alquiler y saqué una chaqueta con capucha del maletero.

Cuando volví, se la entregué.

—Toma. Parece que tienes frío.

—Gracias —repuso mientras se la ponía y se subía la cremallera. Poco después, los invitados de Marni empezaron a marcharse—. Creo que nosotros también deberíamos irnos —dijo Raven después de un rato—. Somos los últimos.

No quería irme. Bueno, no quería dejarla. Sabía que esa era probablemente «la noche», y todavía no había cerrado el capítulo que necesitaba cerrar.

A pesar de mi reticencia, me levanté.

—Claro. Sí, deberíamos irnos.

Cuando nos preparamos para salir, Marni se acercó y me dio un gran abrazo.

—Niño rico, me ha gustado mucho verte. Me alegro de que hayas decidido venir.

—Me aseguraré de invitarme de nuevo la próxima vez que esté en la ciudad.

—Aquí siempre eres bienvenido. Siempre.

—Eso significa mucho para mí. Y también conocer a Julia.

Raven abrazó a Marni antes de irnos juntos hacia mi coche.

El corto trayecto por la carretera hasta la casa de Raven fue tranquilo, pero la intensidad que nos había acompañado durante todo el día permanecía.

Cuando llegué a su casa, me bajé para acompañarla a la puerta.

—Tu casa está igual —dije.

—Sí. En realidad, no he cambiado nada.

Miré un poco más a mi alrededor.

—Estar aquí hace que parezca que no ha pasado el tiempo.

Más concretamente me recordó la noche en que rompió conmigo, cuando sentí que mi mundo se había acabado.

Raven se quedó en silencio, mirándome fijamente, aunque sus ojos me decían que quería decir algo.

Yo hablé primero:

—A pesar de todo lo que pasó entre nosotros, solo he querido lo mejor para ti. Espero que encuentres la felicidad. —Me demoré durante un largo rato antes obligarme por fin a marcharme—. Te veré mañana en la casa.

Me llamó justo cuando me di la vuelta para volver a mi coche.

—Espera.

Se me aceleró el corazón al pensar que podría decir algo convincente. En lugar de eso, se bajó la cremallera de la chaqueta, se la quitó y me la tendió. Cuando la tomé, nuestras manos se tocaron. Seguía pareciendo tan... triste.

Por impulso, volví a ponerle la chaqueta sobre los hombros antes de usar las mangas para tirar de ella y darle un abrazo. Sentí que lo necesitaba. O tal vez era yo quien lo necesitaba.

—Quédate con la chaqueta.

Ocultó su cabeza en mi pecho. Era mucho más baja que yo y su cabeza se posó de forma natural sobre mi corazón. Sabía que podía sentir lo rápido que latía.

Entonces empezó a sollozar.

«¿Qué diablos está pasando?»

Me moví para ver su cara.

—Mírame. Mírame a los ojos. —Cuando finalmente lo hizo, le dije—: No me importa el tiempo que haya pasado. No me importa lo que haya pasado en nuestras vidas... Sigo siendo yo. Soy yo, Raven. Puedes contarme lo que sea. Dime por qué lloras. Dime por qué estás triste. Por favor.

Le rodeé la cara con las manos y le limpié las lágrimas con los pulgares. No dejó de llorar. Apoyé la frente en la suya y escuché el sonido de su respiración agitada.

Sabía que era del todo inapropiado, pero en aquel momento me dominaban las emociones. Mi necesidad de consolarla se imponía a todo lo demás.

Cada vez que ella exhalaba, yo inhalaba, saboreando su aliento. Era todo cuanto iba a permitirme, y sin embargo lo era todo.

Cuando cerré los ojos por un momento, sentí sus labios sobre los míos. Me aparté, sorprendido por el contacto.

Parecía que Raven acababa de salir de un trance.

—¡Oh, Dios mío! Yo... no sé qué me ha pasado. Lo siento mucho.

—No pasa nada.

No es que no quisiera besarla, lo deseaba más que nada, pero sabía que estaba mal.

Se precipitó hacia la puerta.

—¡No! No, no es así. Te he besado. No está bien. No está nada bien. Yo... tengo que irme.

—No te vayas, Raven.

Estaba como loca.

—Tengo que irme —repitió antes de buscar a tientas la llave y entrar en la casa. Cerró de un portazo.

Aunque no había iniciado el beso, el sentimiento de culpa me invadía. Lo había deseado. Había deseado con todas mis fuerzas saborear los labios de Raven durante toda la noche. ¿No es el deseo de engañar casi tan malo como el propio engaño? Paige se merecía algo mejor que un hombre que todavía estaba colado por otra persona.

¡Joder! Esa era la verdad, por mucho que intentara negarlo.

Necesitaba superarlo. Necesitaba olvidarme de ella. Jamás podría confiar en alguien que me había abandonado con tanta facilidad, me recordé. Lo volvería a hacer y yo no sobreviviría una segunda vez. Raven me importaba, siempre lo haría, pero era peligrosa. Tenía que alejarme.

Raven era como una droga. Estaba bien hasta que de nuevo me permitía probar un poco de ella. Y ahora podía sentirme en una espiral. La única manera de deshacerme de ella era cortar los lazos emocionales y dejarla marchar.

«Déjala marchar.»

25

Raven

Estaba sentada en mi cama hecha un ovillo mientras la lluvia vespertina golpeaba mi ventana.

¿En qué estaba pensando?

Le he besado.

Cerré los ojos con más fuerza y me estremecí.

¿Cómo había perdido el control? Al parecer ocurría sin más. Cuando acercó tanto su cara a la mía, la necesidad de saborearlo por última vez se volvió insoportable. Respirar un aroma me había transportado a otra época, a otro mundo, uno en el que no había consecuencias.

«¡Estúpida! ¡Estúpida! ¡Estúpida!»

Se había apartado de mí antes de que nada pudiera suceder en realidad.

«Mi Gavin me ha apartado.»

Si eso no mostraba lo que había en su corazón, no sabía qué lo haría.

«Estoy muy avergonzada»

No podría enfrentarme a él mañana. Faltaría al trabajo durante el resto de su estancia. Cuando se fuera, volvería a mi puesto. Detestaba hacerle eso al señor Masterson, pero tenía que alejarme por mi propia cordura. Nunca me había ausentado del trabajo por enfermedad, tal y como me había enseñado mi madre. No cabía duda de que me lo había ganado.

Tomé una foto de mi madre de mi mesilla de noche. Se había tomado más o menos cuando le diagnosticaron la enfermedad. En realidad, éramos un calco con el pelo oscuro, la piel pálida y los ojos claros. Muchas veces había deseado pedirle consejo, pero nunca tanto como esa noche. Quería que me dijera qué hacer, cómo hacer desaparecer el dolor, cómo olvidar a Gavin. Suponía que, dondequiera que estuviera, ahora sabía el sacrificio que había hecho por ella. Esperaba que entendiera que, si pudiera volver atrás, lo haría de nuevo.

Me sobresaltó un fuerte golpe en la puerta. Había alguien ahí.

«¡Toc! ¡Toc! ¡Toc!»

Se me aceleró el pulso ante la posibilidad de que fuera Gavin. ¡Qué rápido la esperanza volvía a llenar mi corazón traidor! ¿Había vuelto a por mí?

«¡Toc! ¡Toc! ¡Toc!»

Corrí hacia la puerta principal y me detuve a unos metros.

—¿Quién es?

—¡Soy Marni! Déjame entrar.

Decepcionada, abrí la puerta.

—¿Qué diablos pasa?

—¡Sí que has tardado! —Pasó por delante de mí, con aspecto de rata mojada.

—¡Es la una de la madrugada! ¿Te has vuelto loca?

—Sí, lo estoy, y te voy a decir por qué. —Estaba sin aliento—. He tenido que venir corriendo. Esta noche no he parado de dar vueltas en la cama y no he podido aguantar más. Al principio no podía entender por qué, y entonces me he dado cuenta. Me he dicho: «Marni, tienes que hacer algo. No puedes quedarte de brazos cruzados y dejar que tu mejor amiga cometa el mayor error de su vida. Está asustada y tienes que hacerla entrar en razón, porque está a punto de dejar que el amor de su vida se marche a Inglaterra y se case con otra». ¡Por encima de mi puto cadáver!

—Le he besado, Marni.

Abrió los ojos como platos.

—¿Lo has hecho?

—Lo he hecho. Y ¿sabes qué ha pasado?

—¿Qué?

—Se ha apartado tan rápido que me daba vueltas la cabeza. Ya no me ama. La ama a ella. Eso lo ha demostrado.

Marni se cruzó de brazos.

—No me lo creo. Se ha apartado porque no quiere volver a enamorarse de ti y salir aún más herido. Y seguro que tenía miedo de que el beso llevara a algo más. Es un buen hombre, no quiere engañar a Paige. No quiere sucumbir a sus sentimientos por ti si eso significa traicionar a otra mujer, pero te quiere. Me he pasado toda la hoguera viendo cómo te miraba. Está muy enamorado de ti, Raven, y se odia por ello. Porque no cree que deba amarte. No sabe la verdad. Cree que está enamorado de alguien que le dejó tirado. Tienes que decírselo.

Mi alma me pedía a gritos que siguiera su consejo, pero el miedo era más fuerte, más de lo que jamás podría ser mi vulnerable alma.

—¿Y si se lo digo y lo pierdo de todas formas?

—¿No lo entiendes? De una forma u otra lo pierdes, cariño. Si la elige a ella, lo pierdes. Si no se lo dices, lo pierdes. La única manera de tener una oportunidad de estar con él es decírselo. —Se apretó el pecho, tratando aún de recuperar el aliento—. ¿Cuándo se va?

—Pasado mañana.

—Te diré qué vas a hacer. Tómate mañana el día libre. Mira dentro de tu corazón y pregúntate si podrás vivir contigo misma si le dejas marchar. Sé que yo no podría hacerlo si no hubiera venido aquí en plena noche y bajo esta tormenta para rogarte que no cometas semejante error, pero en última instancia es tu decisión.

Respiré hondo.

—De acuerdo. Prometo tomarme mañana el día libre y pensar en ello.

26
Gavin

«Has hecho lo correcto.» Eso era lo que me decía a mí mismo una y otra vez.

Entonces, ¿por qué me sentía tan mal por herir a Raven al apartarme? Todo era culpa mía. Fui yo el que se acercó tanto a ella. Entonces me volví loco.

«Paige.»

«¿Qué he hecho?»

Mi mente no dejaba de dar vueltas.

«No has hecho nada. La has detenido.»

«No ha pasado nada.»

Y entonces cambiaba: «¿Cómo has podido?»

Paré en una licorería de vuelta a casa. Lo único que teníamos en casa era vino y necesitaba algo mucho más fuerte. Escogí una botella del mejor vodka y me fui derecho a casa.

Necesitaba ahogar mis penas, emborracharme tanto que nada de eso importara. De lo contrario, me pasaría la noche en vela, analizándolo todo, cuando la realidad era que aquello era un error.

Me había dejado llevar por viejos sentimientos. No había pasado nada.

«No ha pasado nada.»

Pero la deseaba; eso era innegable. ¿Y no era eso igual de malo?

Mañana vería las cosas con claridad, volvería a mis cabales, pero esa noche necesitaba un poco de ayuda.

Elegí la zona de la piscina para mi pequeña fiesta de autocompasión. Estaba oscuro, salvo por las luces que iluminaban el agua. El viento nocturno hacía crujir las palmeras a mi alrededor.

Cuando miré el teléfono, me di cuenta de que no había visto un mensaje de Paige de primera hora de la tarde.

Paige: Me voy a la cama. Quería que supieras que estoy pensando en ti. Te quiero y estoy deseando que vuelvas a casa. ¡Cuento las horas!

Bebí un buen trago directamente de la botella y miré al cielo nocturno. El vodka prendió un reguero de fuego al bajar por mi garganta.

Weldon apareció en la oscuridad al cabo de un rato, viniendo de la casa de la piscina. Ahora sabía por qué no podía encontrarlo la mitad del tiempo. Se había estado escondiendo allí.

—¡Vaya, vaya, vaya! ¿Acaparando lo bueno, hermano? Y yo que pensaba que tenías las cosas claras.

Cerré la botella.

—Deja de dar la lata. A diferencia de ti, esto no es algo cotidiano.

Me dio una palmada en el hombro.

—¿Qué diablos te pasa esta noche?

El aliento le olía a alcohol.

«Por lo visto uno estaba más borracho que el otro.»

Me había dado la impresión de que, últimamente, Weldon había dejado el alcohol. No lo había visto tan borracho desde que llegó. Pensé que estaba haciendo un esfuerzo por mejorar. Al parecer me había equivocado.

—Quería decirte una cosa. Estoy pensando en quedarme en Florida un poco más.

—¿Qué? ¿Por qué?

—No tengo ninguna razón para irme todavía.

No quería que mi hermano estuviera aquí mientras yo estaba en Londres y no podía vigilarlo. En su actual estado, no quería que estuviera cerca de mi padre ni de Raven. Tenía que volver a California y buscar ayuda. Quedarse en Florida solo lo retrasaría.

—No te vas a quedar aquí.

—¿Perdona?

—Ya me has oído. No te vas a quedar aquí. Al personal no se le paga para que cuide de ti, y no quiero preocuparme por lo que haces en esta casa.

—¿Por lo que haga o por con quién me lo monte? —Sus ojos se clavaron en los míos —Vamos, ¿crees que no sé de qué va esto realmente? No confías en mí en lo que respecta a Raven. ¿De verdad crees que te jodería así?

—No creo que me jodieras sobrio, pero no tienes control sobre ti mismo cuando estás borracho.

—Mira quién habla, ahí sentado con tu botella de vodka. Era el favorito de mamá, por cierto.

—No metas a nuestra madre en esto.

—De acuerdo, no quieres hablar de mamá. Volvamos al hecho de que pareces creer que tienes derecho a decirme que no puedo quedarme en mi propia casa.

—Claro que tengo derecho. Tengo poder notarial, ¿recuerdas? Yo tomo las decisiones en lo que respecta a nuestro padre y a esta casa, y si digo que no puedes quedarte, no tienes más remedio que hacer caso.

Debería haber sabido que no debía sacar ese tema. Weldon estaba amargado porque mi padre me había cedido el poder sin pensárselo dos veces. Aunque en aquel momento era lo más sensato, no hizo más que consolidar la creencia de Weldon de que mi padre siempre me había favorecido. Al sacar el tema, había ido demasiado lejos.

—¿Ahora me amenazas? Te crees tan inteligente... No sabes una mierda, ni siquiera de lo peor que te ha pasado.

«¿Lo peor que me ha pasado?»

—¿De qué diablos estás hablando?

—Justo delante de tus propias narices y no tenías ni puta idea.

Si había algo que odiaba era que me manipulara mi propia familia. Había bebido suficiente vodka como para que no me importaran las consecuencias cuando lo agarré del cuello de la camisa y lo arrastré hasta la pared de la caseta de la piscina.

—Más vale que me digas de qué estás hablando o juro por Dios que te ahogo.

Se esforzó por hablar.

—Suéltame.

No lo hice. En su lugar, le retorcí el cuello de la camisa mientras permanecía inmovilizado contra la pared.

—Dime de qué estás hablando.

Tosió.

—Raven...

Me subió la presión arterial. Lo agarré con más fuerza.

—¿Qué pasa con Raven?

«Delante de mis narices. ¿Acaso la había tocado? ¿Había pasado algo entre ellos?»

—Fue mamá...

Dejé que sus palabras calaran. Se me encogió el corazón.

—¿Qué pasa con mamá? —Al ver que no respondía, le insté a hablar—: Weldon...

—¡Oh, mierda! —dijo por lo bajo, como si hubiera cometido un gran error.

Era demasiado tarde.

Apreté los dientes.

—Weldon, ¿qué pasa con mamá y qué tiene que ver con Raven?

El miedo me invadió.

«No. No. No. No puede ser. Por favor, dime que eso no sucedió.» Porque sería peor que lo que había creído durante todos estos años.

—¡Weldon! —grité, y mi voz resonó en la noche.

—Mamá la obligó a dejarte —soltó.

Todo mi cuerpo entró en estado de *shock* y le solté. Weldon cayó al suelo y luchó por recuperar el aliento.

—Que Dios me ayude si estás mintiendo sobre esto...

—Lo juro por la tumba de nuestra madre. Es la verdad.

Y ahora sabía que no estaba mintiendo.

—¿Qué... qué hizo? —pregunté, casi incapaz de hablar.

—Descubrió que papá estaba pagando las facturas médicas de Renata. Se puso furiosa, fue a casa de Raven y la amenazó. Prometió que los pagos cesarían y le dijo que te repudiaría para siempre si no rompía contigo y hacía ver que era decisión suya.

La cabeza me daba vueltas.

—¿Tú lo sabías?

—Entonces no. Me enteré años después. Mamá me lo confesó una noche. No creí que sirviera de nada decírtelo en ese momento; solo te habría hecho daño y te habría puesto en su contra.

De repente me invadieron unas náuseas terribles. Me llevé la mano al estómago, corrí hacia los arbustos y vomité. Seguí vomitando hasta que no quedó nada, como si expulsara las mentiras por las que se había regido mi vida durante la última década.

Me derrumbé en el suelo y me senté mientras un torbellino de emociones me desgarraba: ira y traición, pero sobre todo una profunda tristeza, una sensación de pérdida. Diez años viviendo una mentira; al parecer era el único que no lo sabía. Pensé en Raven y en que había roto conmigo a pesar de lo que ahora ya sabía, que era posible que me amara.

Lo que hizo... fue todo por Renata. Fue desinteresado y, para ser sincero, no podía enfadarme con nadie más que con mi madre. ¿Cómo podría perdonarla? ¿Importaba el perdón si la persona ya no estaba?

Ahora todo tenía sentido. Todo, en especial el dolor en los ojos de Raven cuando estaba cerca de mí, cerca de Paige.

«Paige.»

La mujer con la que iba a casarme.

Sentía una opresión tan grande en el pecho que apenas podía respirar. ¡Mierda! Ni siquiera alcanzaba a comprender las consecuencias de todo aquello.

No podía ir a ver a Raven esa noche, pues estaba demasiado ebrio como para conducir. Consideré la posibilidad de ir a pie, pero decidí no hacerlo. Necesitaba una noche para asimilarlo todo, para pensar en lo que significaba y en cómo afectaba a mi vida.

«Paige.»

Paige me quería y yo la quería, pero ¿era suficiente para hacerme olvidar lo que ahora sabía?

Cuando salió el sol, no había dormido una mierda y seguía sin saber cómo iba a confesarle a Raven que lo sabía. Decidí que debía ir a hablar con ella.

Tal vez algo hiciera clic dentro de mi cabeza mientras estaba allí, algo que me dijera qué diablos debía hacer. Tal vez me aseguraría que los sentimientos que había tenido por mí ya no existían y eso haría más fácil esa decisión. El dolor en sus ojos bien podría haber sido culpa.

Después de darme una larga ducha caliente para intentar aliviar el dolor, me vestí y me dirigí abajo.

—Raven ha dicho que está enferma hoy. —Fue lo primero que me dijo Genevieve—. La agencia va a enviar una sustituta para el turno de día.

«Por supuesto.»

Me hice el tonto.

—¿Ha dicho por qué?

—Ha sido la agencia la que ha llamado. No sé qué está pasando, pero nunca había llamado para decir que estaba enferma. Espero que esté bien.

«No lo está.»

No estaba enferma. Me estaba evitando y no podía culparla.

—Genevieve, tengo que irme un par de horas. Por favor, asegúrate de que quien venga a sustituir a Raven tenga todo lo que necesita. Llámame si hay algún problema.

—Lo haré, Gavin.

Cuando llegué a casa de Raven, me quedé en el coche unos minutos para ubicarme. Todavía era temprano; podría estar durmiendo. Casi me pregunté si debía asomarme primero al interior, para saber si estaba despierta. No quería despertarla. Verme después de la noche anterior ya iba a ser una sorpresa bastante desagradable.

Me invadió un sentimiento de nostalgia cuando me acerqué al lateral de la casa y me asomé a la ventana de su habitación, como solía hacer. Su cama estaba vacía.

Entonces, miré hacia la esquina de su patio y la vi. Raven tenía las piernas cruzadas en una postura de yoga mientras inhalaba y exhalaba. Tenía los ojos cerrados y parecía estar inmersa en un ejercicio de meditación. Recordé que lo había estudiado cuando intentábamos ayudar a su madre.

Llevaba el largo cabello negro recogido en una trenza a un lado. «Una belleza bohemia.» No llevaba nada más que la parte superior del bikini y unos pantalones cortos. Era la vez que la había visto con menos ropa desde que había regresado. Era evidente que estaba concentrada, desconectando de todo. Imperaba el silencio, salvo por el sonido de los pájaros.

Continuó con los ojos cerrados. A medida que me acercaba y la observaba con atención, me quedó claro que había algo en ella muy diferente. Recordaba el cuerpo de Raven. Cada centímetro, cada curva, estaba grabada a fuego en mi memoria. A menudo había deseado poder olvidarlo.

Y ahora, mientras mis ojos se detenían en su pecho, me sentía confuso. Muy confuso.

«¿Por qué haría algo así?»

—Raven —la llamé.

Ella se sobresaltó y abrió los ojos.

—¡Gavin! ¿Qué haces aquí?

—Tenemos que hablar.

Se cubrió con los brazos.

—¿Cuánto tiempo llevas ahí?

—Varios minutos.

Se miró el pecho y volvió a mirarme a mí.

27

Raven

Gavin tenía los ojos como platos.

No había manera de evitarlo; tenía que explicárselo. Se me aceleró el corazón.

Bajé los brazos, pues me sentía desnuda. Solo un pequeño triángulo de tela cubría mis pechos. Ni por asomo me habría puesto un top tan diminuto si hubiera sabido que Gavin iba a presentarse en mi patio.

Se sentó en la hierba frente a mí y esperó. Tragué saliva.

—Obviamente son... implantes.

Parpadeó, confuso.

—Son bonitos..., pero tus pechos eran preciosos. No entiendo por qué...

—Me los han quitado, Gavin. Mis pechos han desaparecido.

Todavía parecía perplejo.

—¿Qué?

—Hace dos años me sometí a lo que se llama «mastectomía preventiva». Fue una medida preventiva porque di positivo en la prueba de la mutación BRCA, que hace que tenga muchas más probabilidades de padecer cáncer de mama que la media de las mujeres. Después de lo que le ocurrió a mi madre, no quería correr ningún riesgo. Así que, por recomendación de mi médico, decidí ser precavida.

Dejó escapar un largo suspiro mientras miraba mis pechos.

—Vale... —murmuró.

—Creo que no lo sabías —le dije—, pero mi abuela también tuvo cáncer de mama. Dado que mi madre lo padeció tan joven, al igual que su madre, pensé que lo mejor era investigar mi riesgo genético. No tenía por qué extirpármelas. Mucha gente se limita a someterse a controles de vigilancia cada seis meses con resonancias magnéticas y mamografías, pero yo no quería tener que preocuparme por ello. Extirparlas no elimina por completo el riesgo de padecer cáncer de mama, pero lo disminuye de manera significativa.

Gavin sacudió la cabeza.

—Solo sabía...

—¿Qué?

—Que habías pasado por algo importante que no me habías contado. Había algo diferente en ti. No conseguía saber qué era. Ahora lo sé.

—Sí —susurré.

—No puedo ni imaginar la fuerza que se necesita para tomar esa decisión. —Me agarró la mano—. Me alegro mucho de que lo hayas hecho, de que estés bien.

—Con suerte...

Cuando esta vez miró mis pechos, ya no me sentí vulnerable. Había pensado mucho en él cuando pasaba por el calvario de intentar decidir qué hacer. Me preguntaba qué habría pensado, qué consejos me habría dado.

—Y son preciosos —dijo—. Tú eres preciosa.

—Fue la segunda cosa más difícil que he hecho en mi vida.

Podía sentir que empezaba a llorar, porque sabía que tenía que decirle la verdad. Después de pasar la noche en vela y meditar por la mañana, había llegado a la conclusión de que Marni tenía razón. No podría vivir conmigo misma si no se lo contaba antes de que se fuera.

Antes de que pudiera pronunciar las palabras, tomó mis manos entre las suyas y me miró a los ojos.

—Lo sé, Raven.

Mis manos comenzaron a temblar.

—¿Qué sabes?

Cuando una lágrima rodó por su mejilla, ya no tuve más dudas.

«¡Mierda! Está llorando. ¿Lo sabe? ¿Cómo?»

—Sé lo que hiciste por tu madre —dijo—. Sé que mi madre te amenazó. Sé que no querías romper conmigo. Sé que has vivido con este secreto durante diez años. Lo sé todo. Absolutamente todo.

«¡Oh, Dios mío!»

Lo sabe.

De verdad lo sabe.

Me quité un gran peso de encima. Me había quitado el peso de tener que dar explicaciones, pero aún no tenía ni idea de cómo lo sabía.

—¿Cómo te has enterado?

Gavin me agarró las manos con más fuerza.

—Estaba bastante jodido después de dejarte anoche. Acabé bebiendo más de lo que debía. Eso me llevó a pelearme con mi hermano, que, ¡oh, sorpresa!, también estaba borracho. Soltó algo que aludía a un secreto y luego dijo tu nombre. Entonces casi lo ahogué hasta que desembuchó toda la verdad.

«Weldon. ¡Dios Santo!»

Había tantas cosas que quería expresar, pero las palabras no salían. Ninguno de los dos parecía ser capaz de encontrar lo que debía decir.

Gavin me soltó las manos y se tumbó al lado de donde yo estaba, sentada en el suelo. Apoyó la cabeza contra mi muslo y miró al cielo, con aspecto de estar mentalmente agotado.

La brisa de la mañana agitaba su pelo. No pude evitar pasar mis dedos por esos mechones. Él cerró los ojos.

Nos quedamos así, escuchando el canto de los pájaros, durante largo rato. Podía sentir su dolor y su desconcierto en mis huesos. Estaba claro que ni siquiera había empezado a asimilar lo que todo eso significaba.

No era exactamente como imaginaba que podría pasar, pero no era una fantasía romántica fruto de mi imaginación. Era la realidad. Y la realidad era que no estábamos nosotros solos en la ecuación. Él estaba prometido a otra mujer y tenía una vida en otro país. En su continuo silencio podía sentir la confusión que emanaba.

Mientras seguía peinando su precioso y espeso cabello con los dedos me preguntaba si estaba tocando a mi Gavin o al de otra mujer. No pude exhalar ese suspiro de alivio que tanto deseaba. En lugar de eso, se me encogió el pecho. Él nunca supo que lo amaba. Aquella era mi única ocasión de decirle lo que sentía, aunque fuera demasiado tarde.

Abrió los ojos y al fin me miró. Esa fue mi señal.

—Gavin, yo... —dudé para recuperar el aliento— nunca lo superé. Nunca te olvidé. Me esforcé mucho por hacer que las otras relaciones que tuve funcionaran, pero el recuerdo de lo que sentí al estar contigo... Siempre sentí que me estaba subestimando. No puedes darle tu corazón a alguien cuando le pertenece a otro. Mi corazón siempre fue tuyo, aunque no lo supieras.

Levantó la mano y la ahuecó sobre mi cara, acariciándome la mejilla con el pulgar. Permaneció en silencio mientras seguía mirándome.

Cerré los ojos un momento.

—Dejarte marchar fue lo más duro que he hecho en toda mi vida. Sentí que una parte de mí murió ese día y nunca la he recuperado. Solo tuvimos un verano, pero para mí lo fue todo. Nunca tuve la oportunidad de decirte lo que sentía, que yo también estaba enamorada de ti. Te quería, Gavin. Mucho. Todavía te quiero.

Admitir esa última parte era un poco arriesgado, pero era la verdad. Todavía lo amaba y necesitaba que lo supiera.

Siguió asintiendo y luego exhaló una bocanada de aire de forma temblorosa.

—Lo siento, Raven. Siento que mi madre nos manipulara. Siento haber confiado en su palabra y no haber descubierto la verdad. En su momento le rogué que me dijera si había tenido algo que ver y me juró que no. Como un estúpido, yo me lo creí. Siento no haber estado aquí para apoyarte cuando tu madre murió. Siento no haber estado aquí para apoyarte en lo que has pasado desde entonces. Siento que hayas tenido que verme con Paige. Yo... lo siento. Lo siento mucho por todo.

—Por favor, no te disculpes.

Volvió a cerrar los ojos, pero ya no me sentí tan cómoda pasando mis dedos por su pelo. Su disculpa, su reticencia a corresponder a mi declaración de amor incondicional, avivó el pánico dentro de mí.

—¿Por qué no fuiste a buscarme después de la muerte de tu madre? —preguntó entonces—. ¿Por qué no me dijiste la verdad entonces?

Intenté explicar mi razonamiento lo mejor que pude.

—Me encontraba muy mal después de perderla. Me sentía muy vulnerable y, para serte sincera, aún temía a tu madre; temía que me hiciera daño de alguna manera por contarte la verdad, que te hiciera algo malo a ti también. Habían pasado tres años y también me preocupaba que hubieras pasado página. Había un montón de razones que parecían válidas por entonces, pero ahora veo que todas eran solo miedo; la misma razón por la que he tardado tanto tiempo en confesarte la verdad ahora.

Esperé a que dijera algo, cualquier cosa, durante unos segundos.

Exhaló un profundo suspiro.

—No siento que tenga respuestas. Hay muchas cosas que tengo que entender. Hay muchas cosas que quiero decirte ahora mismo, pero no sé si son apropiadas en estas circunstancias. Necesito dar un paso atrás y asimilar todo esto.

Me puse tensa.

—Por supuesto.

Nos quedamos sentados en silencio durante un rato.

—Tengo que volver a Londres mañana —dijo.

Sabía que se iba, y ¿qué esperaba que dijera o hiciera en esas circunstancias? Estaba prometido. Su vida estaba allí. Aunque aún sintiera algo por mí, tenía que volver. Londres era su hogar.

Tenía que aceptar que lo más seguro era que el hecho de conocer la verdad no cambiaría nada. Aquello estaba lejos de ser mi desenlace soñado, pero al menos lo sabía. Al menos ya no tenía que vivir con la carga de esa mentira, que pensé que me llevaría a la tumba. Daba las gracias por eso.

Gavin se levantó y yo le seguí. Entrelazó sus dedos con los míos. Levanté la vista a sus preciosos ojos azules y di gracias a Dios por haberme dado al menos la oportunidad de decirle lo que sentía.

Me tomó en sus brazos y me estrechó con fuerza. El frenético latido de su corazón reflejaba la agitación que había en su interior. ¿Era esa nuestra despedida?

28

Raven

Hacía dos semanas que Gavin había regresado a Londres. No me había llamado ni una sola vez para saber cómo estaba.

Eso me entristecía y me angustiaba; cada día era peor que el anterior.

Habíamos dejado las cosas de un modo extraño. Todavía estaba en estado de *shock* la última vez que lo vi y no volví a verlo después de que se fuera de mi casa ese día.

Me esforcé por retomar mi rutina habitual con el señor Masterson. Todo era normal, salvo que Weldon seguía allí. La mayoría de las veces se quedaba solo en la casa de la piscina y estaba bastante segura de que estaba bebiendo. Sospechaba que las cosas tampoco habían terminado bien entre Gavin y él.

Entonces se presentó una tarde en la habitación del señor Masterson con su maleta de ruedas.

Me levanté de mi asiento, sorprendida.

—¿Te vas?

—Ya era hora, ¿no?

—No iba a decir eso.

Se acercó a su padre, que estaba sentado en su sillón.

—Hola, papá.

—¿Weldon?

—Sí.

—Quería hablar contigo antes de irme.

—¿A dónde vas?

—Me vuelvo a California.

El señor Masterson puso una mano en el brazo de Weldon.

—Quédate, hijo. —Eso me enterneció.

—Gracias, papá, pero tengo que irme. Aunque volveré pronto. Te lo prometo. No será como antes, cuando pasaban años sin verme. —Weldon abrazó a su padre.

—¡Qué buen chico! —murmuró el señor Masterson.

Weldon cerró los ojos con fuerza.

—Te prometo que la próxima vez que esté aquí, te daré algo de lo que estar orgulloso.

El señor Masterson era ajeno a los problemas de Weldon, y sin duda eso era algo bueno.

—Tu madre y yo estamos muy orgullosos de ti, hijo.

Weldon me miró y supe que se preguntaba si el señor Masterson había olvidado que Ruth había muerto. En ese momento, no podía estar segura. Lo que recordaba difería de un día para otro.

Weldon le dio una palmadita en la espalda a su padre.

—No le causes problemas a Renata, ¿de acuerdo, viejo? Pórtate bien. —Y se volvió para susurrarme—: Va a venir a recogerme un coche dentro de unos minutos. ¿Puedo hablar contigo abajo antes de irme?

—Por supuesto. —Me volví hacia su padre—. Señor Masterson, voy a acompañar a Weldon a la puerta. Volveré en un momento.

Una vez abajo, Weldon y yo fuimos a la cocina.

—Así que de verdad te vuelves a California...

—Sí. Es la hora.

—¿Qué harás cuando llegues?

—Gavin ha llamado a varios sitios. Me ha metido en un programa en Laguna Beach. No confiaba en que yo tomara la iniciativa y, sin duda, ha sido una buena decisión. Tres meses. Le he prometido que iría. Empieza el lunes, así que...

—Estoy muy orgullosa de ti.

—Quería asegurarme de que tienes toda mi información y el nombre del lugar donde me voy a alojar. —Sacó un bloc de papel del cajón e hizo algunas anotaciones—. Por favor, avísame si cambia el estado de mi padre. Necesito participar más en su vida. Quiero ser mejor para él.

—Lo serás.

Se miró los pies y parecía un poco avergonzado.

—Siento mucho lo que hice; contarle a Gavin la verdad. No me correspondía a mí contar tu secreto. Lo eché todo a perder.

—No es necesario que te disculpes. En realidad, me has hecho un favor. De todos modos, había decidido contárselo antes de que se fuera y me has ahorrado tener que dar explicaciones.

—Aun así, me siento culpable. Te prometí que no diría nada. —Suspiró—. ¿Qué pasó entre vosotros antes de que se fuera?

—¿Gavin no te contó nada?

Él negó con la cabeza.

—Sabía que había ido a verte y, cuando volvió a casa, parecía que le hubiera pasado por encima un camión. Pero aparte de hacerme prometer que le dejaría buscar un lugar de rehabilitación para mí, no quiso hablar más. Dijo que me dejaría quedarme aquí un par de semanas con esa condición. No creo que me hubiera echado, pero acepté de todos modos. Sabía que necesitaba la patada en el culo. —Rodó su maleta hacia la puerta—. ¿No has hablado con él?

—No. Ni una palabra.

—Espero que se arregle, Raven. Espero que entre en razón. Se perderá mucho si no lo hace.

—Gracias. No estoy segura de que nada vaya a cambiar en nuestras vidas, pero me alivia que sepa la verdad. Por favor, no te sientas culpable por nada. Tú concéntrate en ponerte bien; sé que puedes hacerlo.

—Gracias por creer en mí. —Weldon se inclinó y me dio un abrazo.

Sonreí mientras me estrechaba. Ahora era una de mis personas favoritas, a pesar de nuestra volátil historia.

Le vi montarse en su Uber y marcharse.

Todo pareció más vacío en cuanto se fue. Volver a tener a los hermanos juntos había sido muy nostálgico. Su presencia había devuelto la vida a este lugar. Ahora volvía a ser prácticamente una residencia de ancianos, aunque seguro que era la más bonita del mundo.

Esa misma tarde, Genevieve encontró unos viejos álbumes de fotos que habían estado acumulando polvo en un armario de la habitación de invitados.

—¿Crees que al señor Masterson podría gustarle ver algunos de estos? —preguntó.

—Podría ser un buen ejercicio para despertar su memoria. Sí, se los llevaré.

El señor Masterson estaba sentado en la cama viendo la CNN cuando entré. Bajé el volumen.

—Genevieve ha encontrado algunas fotos antiguas. ¿Le gustaría verlas?

Asintió con la cabeza.

Me senté en el borde de la cama y coloqué uno de los álbumes sobre su regazo.

Comenzó a hojear las páginas. Se detuvo en una foto de Ruth de pie en el jardín. Probablemente se había tomado hacía veinte años. Allí estaba aquel collar de diamantes que siempre llevaba, rodeando su cuello.

—Mi bella esposa.

Rechiné los dientes.

—Sí, lo era, ¿verdad?

Continuó pasando las páginas. Había muchas instantáneas de los chicos cuando tenían seis y diez años.

En una de las fotos se veía a su madre de pie a la derecha de Gavin, ayudándole a cortar un trozo de su tarta de cumpleaños. Tuve que esforzarme para no llorar, pues era una imagen que no había visto hasta este momento. Ahora cada recuerdo de ella era muy preciado.

Señaló su cara.

—¿Quién es?

Se me aceleró un poco el corazón.

—Soy... yo.

—Me lo imaginaba. —No dejaba de pasear la mirada entre la foto y yo. Me ponía nerviosa pensar que tal vez se había dado cuenta de la diferencia, pero entonces se limitó a pasar la página. Se detuvo en una foto de Gavin y Weldon pescando—. Míralos. ¡Qué buenos chicos!

—Lo son, señor Masterson. Es usted muy afortunado. Tiene dos hijos maravillosos que le quieren mucho.

Se volvió hacia mí.

—Yo también tengo suerte de tenerte.

Le rodeé con el brazo.

—Yo soy la afortunada.

Cuando terminamos ese álbum, abrimos otro. Este contenía fotos de cuando los chicos iban al instituto.

En una de ellas se veía a Gavin vestido de esmoquin junto a una chica rubia con un vestido largo y rojo. Llevaba el pelo recogido, con algunos mechones sueltos que enmarcaban su cara. Era de un baile y se había tomado unos cinco años antes de que lo conociera.

—¿Quién es? —preguntó.

—Es Gavin.

Parecía confundido.

—¿Qué edad tiene Gavin ahora?

—Tiene treinta y uno.

—¿Dónde está?

—En Londres. Pero acaba de estar aquí, ¿recuerda?

—¡Oh, sí! Esta mañana.

—No, ese era Weldon. Hoy ha vuelto a California. Gavin pasó un mes aquí y se marchó hace un par de semanas. Pasó mucho tiempo con usted.

—¡Ah, sí! —dijo tras un largo silencio—. Así es.

La tristeza me invadió como cada vez que se olvidaba de las cosas. A veces era momentáneo, pero otras veces no. Era difícil saber cuándo se acordaba de verdad de algo y cuándo estaba fingiendo. Me pregunté cuánto habría empeorado la próxima vez que Gavin viniera a casa.

Sin embargo, tenía que decir que algunos días deseaba poder asumir parte de los olvidos del señor Masterson. Había muchas cosas que deseaba no tener que recordar.

Los días pasaban y seguía sin haber noticias de Gavin. Había transcurrido casi un mes desde que se fue.

Casi había perdido la esperanza de saber de él, hasta que sonó mi teléfono móvil un miércoles por la tarde. Cuando vi su nombre en la pantalla, tuve que hacer una pausa antes de contestar. Era irónico, porque el día en que volvió también era un miércoles cualquiera.

Una descarga de adrenalina me recorrió. Sentí que mi vida estaba en juego.

Me aclaré la garganta.

—¿Sí?

—Hola. —Su voz profunda me sacudió, haciendo que mi pulso volviera a actuar.

—Hola.

—¿Cómo están las cosas por allí? —preguntó—. He estado llamando a Genevieve para preguntar, pero hace tiempo que no hablaba contigo.

—Todo está bien. Estable. Tu padre está bien.

Gavin hizo una pausa.

—¿Cómo estás tú?

—Yo... voy tirando.

—Siento no haberte llamado.

Con cada segundo que pasaba, más temor me invadía.

—No pasa nada. En realidad, no esperaba tener noticias tuyas de forma obligatoria.

—Necesitaba algo de tiempo para aclararme las ideas después de Florida.

Tragué saliva.

—Bien...

—¿Puedo hacerte una pregunta?

—Claro...

—¿Confías en mí?

«¿Qué significa eso?»

—Sí.

—Tenemos que hablar... en persona. No quiero hacerlo por teléfono, pero no puedo volver a salir de Inglaterra ahora mismo. Me preguntaba si podrías subirte a un avión y venir aquí.

Sentí que mis ojos se abrían de par en par.

—¿Quieres que vaya a Londres?

—Sí. —Se rio—. ¿Tienes pasaporte?

Tardé unos segundos en asimilar su pregunta.

—Lo creas o no, aunque no vaya a ningún sitio, sí que tengo y lo mantengo en vigor.

—¿Te parecería bien subirte a un avión esta noche?

Se me aceleró el corazón. Quería gritar que sí, pero tenía tantas preguntas...

—¿Cómo voy a hacer eso? Tendría que hablar con mis jefes.

—Llamaré a la agencia y dispondré lo necesario para el cuidado de mi padre. Y, por supuesto, reservaré tu vuelo. Si puedo ocuparme, ¿vendrás?

¿Cómo iba a decir que no? La curiosidad me mataría.

—Yo... sí. ¡Sí, iré!

Dejó escapar un suspiro en el teléfono.

—Deja que haga unas llamadas y volveré a llamarte, ¿vale?

Aunque apenas podía respirar, traté de aparentar calma.

—Sí.

Colgué el teléfono.

«¿Qué acababa de pasar?»

No hacía falta decir que me costó concentrarme el resto de la tarde.

Cuando ya no pude aguantar más la espera, salí al patio trasero mientras el señor Masterson dormía la siesta.

Llamé a Marni.

—¿Qué pasa? —respondió ella—. No sueles llamarme a esta hora.

—Marni, estoy flipando.

—¿Por qué? ¿Qué ha pasado?

—Gavin quiere que vaya a Londres... esta noche.

—¿Qué? ¿Esta noche?

—Me ha llamado hoy. Me ha dicho que necesitaba hablar conmigo en persona y que no quería hacerlo por teléfono. No puede abandonar Inglaterra ahora mismo, así que quiere llevarme en avión. Está haciendo los preparativos para que cuiden de su padre y así pueda salir esta noche.

—¡Santo cielo! Eso es lo más romántico que he oído nunca.

—¿Romántico? Es aterrador.

—¿Cómo puedes pensar eso?

—No tengo pruebas de que se trate de que quiera volver conmigo. A lo mejor quiere verme en persona para darme las malas noticias. No me ha dicho por qué me quiere allí, salvo que tenemos que hablar. Todo me ha parecido bastante siniestro, en mi opinión.

—No lo creo ni por un segundo.

—Tal vez aún esté confuso. ¿Quizá necesita pasar tiempo conmigo para averiguar lo que quiere? O es posible que solo quiera verme una última vez antes de...

—Deja de especular...

—Hace casi un mes que no sé nada de él y ahora quiere que vaya a Londres. No sé qué pensar de todo esto.

—No pienses, solo hazlo. Ve. Arriésgate, Raven. Nunca has salido del país. Te mereces descansar de la rutina, y bien sabe Dios que te mereces un desenlace en lo que respecta a este hombre. De una forma u otra, creo que esta vez lo vas a tener.

—Ojalá pudieras venir conmigo.

—No. Este viaje lo tienes que hacer tú sola.

Mi teléfono emitió un pitido. Lo miré. Era Gavin llamando por la otra línea.

—¡Oh, Dios mío! Está llamando.

—¡Ve, ve! —exclamó.

Me acerqué, intentando parecer serena. Tenía la mano en la frente.

—Hola.

—Hola. He hablado con la agencia. Me han asegurado que tienen a alguien que ha trabajado antes con mi padre preparado para ocupar tu lugar al menos durante unos días. Aunque han dicho que se encargarán el tiempo que sea necesario. La sustituta va de camino.

Volví a entrar en la casa.

—¿Cómo lo has conseguido en tan poco tiempo? —pregunté.

—¿Importa?

Las cosas no funcionaban tan bien en mi agencia. Me preguntaba a quién habría pagado.

—Supongo que en realidad no.

—Explícale a mi padre que tienes que salir de la ciudad, pero asegúrale que volverás. Un coche irá a recogerte dentro de media hora. El chófer te llevará a tu casa para que hagas la maleta y luego te llevará al Palm Beach International. Deja tu coche en casa de mi padre, así no tendrás que lidiar con el aparcamiento en el aeropuerto.

—¿Por qué me siento como si estuviera en medio de una película con todas estas instrucciones?

—Cuando subas al coche, habrá una maleta con dinero. Llévalo al callejón y... —Se rio—. Es una broma.

—¡Eso es! ¡Eso es justo lo que me parece todo esto! —Exhalé de forma nerviosa—. ¿Qué hago cuando llegue a Londres?

—No te preocupes. Alguien irá a recogerte.

—De acuerdo. Hum... Esto es muy extraño. Y emocionante. Solo he volado una vez antes. Estoy un poco asustada.

—Todo irá bien, te lo prometo.

—Esto es lo más descabellado que he hecho nunca.

—Bueno, pues me alegro de participar en ello.

Miré el reloj. ¡Mierda! Estaría en Londres en cuestión de horas.

—Supongo que te veré pronto.

—Raven...

—¿Sí?

—Relájate.

29

Raven

No recordaba haber estado nunca tan nerviosa. Estar sentada en un avión de British Airways sin saber a qué me enfrentaría en tierra era angustioso.

Pasé la mayor parte del vuelo reflexionando sobre mi vida desde el regreso de Gavin.

Cuando éramos jóvenes, Gavin y yo hablábamos a menudo de encontrar nuestro propósito. Sin duda yo había encontrado el mío al cuidar del señor Masterson. Sabía que trabajar con él dejaría una huella imborrable en mí, aun después de que abandonara este mundo.

Yo era más madura y sensata que hacía diez años. Lo único que no había cambiado era el amor que había en mi corazón por un hombre con el que creía que nunca podría estar.

Volver a ver a Gavin era una segunda oportunidad que jamás soñé que tendría. Aun en el peor de los casos (que Gavin siguiera adelante con sus planes de casarse con Paige y quisiera dejarme en persona), podría cerrar el capítulo. Y jamás habría hecho un viaje así de otra manera. Aquella experiencia cambiaría sin duda mi vida, de una forma u otra.

El piloto habló por el intercomunicador:

—Estamos iniciando el descenso sobre el aeropuerto de Heathrow. Por favor, comprueben que los respaldos de sus asientos y las bandejas estén en posición vertical y que su cinturón de seguridad esté correctamente abrochado. Asegúrense también de que todos los dispositivos electrónicos estén en modo avión. Agradecemos su colaboración y que hayan elegido British Airways.

Estaba impaciente por bajarme del avión, pero una parte de mí quería permanecer en el aire de forma indefinida. Así me aseguraría de tener siempre una esperanza. Me di cuenta de que esa noche vería a Gavin. En cuanto aterrizara y supiera la verdad, fuera la que fuese, no habría vuelta atrás.

Cuando empecé a sentir que el avión descendía, no solo se me taponaron los oídos, sino que se me aceleró el corazón.

—¿Nerviosa? —me preguntó el tipo que se sentaba a mi lado—. Todo irá bien.

Había malinterpretado mi nerviosismo.

—Gracias. Eso espero —dije, en vez de darle explicaciones.

Empezaron a temblarme las manos cuando aterrizamos.

—Estás bien. Estamos a salvo. —Sonrió.

Agradecí la bondad de ese hombre por tratar de tranquilizarme, pero iba a necesitar mucho más que eso.

Cuando llegamos a la puerta de embarque, agradecí la larga cola para bajar del avión. El miedo que me invadía crecía a cada paso que daba. Atascada por un momento en el embotellamiento del pasillo mientras un hombre ayudaba a una anciana a recoger sus maletas del compartimento superior, el pánico se apoderó de mi garganta, pero logré evitar dejarme llevar por completo.

Al bajar del avión, me dirigí a la aduana, donde el proceso fue sorprendentemente rápido.

Después me tomé mi tiempo para recorrer el aeropuerto. Me temblaban las piernas mientras miraba a mi alrededor. ¿Qué estaba buscando? ¿Un cartel con mi nombre? ¿A Gavin? ¿Me iba a recoger él o habría un chófer?

Por lo que podía ver, no había nadie esperándome.

Dijeron un nombre por los altavoces. Al parecer, alguien estaba buscando a un ser querido perdido.

Podía identificarme con aquello.

Por una fracción de segundo me pregunté si estar allí era todo un sueño. Si ese era el caso, este sería el típico momento para despertar.

El hombre que se sentaba a mi lado en el avión se había reunido con quienes supuse que eran su mujer y su hija pequeña. Sonreí al presenciar la emoción de la niña por ver a su padre, pero otro ataque de nervios arrasó mis pensamientos felices con rapidez.

Allí nadie me esperaba.

Subí por la escalera mecánica hasta la recogida de equipajes. Debían de haber aterrizado varios vuelos al mismo tiempo, porque se había formado un enjambre de gente. Sola en un país extraño, me sentía como una niña perdida que buscaba a sus padres en un mar de desconocidos. Ni siquiera pude encontrar la cinta transportadora asignada a mi vuelo.

Perdida, rompí a llorar. Sabía que no tenía nada que ver con el hecho de estar perdida y sí con el miedo a lo que iba a ocurrir. Me enjugué las lágrimas, miré a mi izquierda y le vi a lo lejos. Sus ojos estaban fijos en mí, lo que sin duda significaba que me había visto secarme las lágrimas. Sentí que el corazón se me salía del pecho de las ganas de llegar a él. Llevaba una chaqueta de cuero parecida a la del primer día que le vi y empezó a sortear a la gente tan rápido como podía.

A cada metro que se acercaba, más segura estaba de que no podría soportar las malas noticias. Ni siquiera quería salir de ese aeropuerto si eso significaba tener que reconocer que había perdido cualquier oportunidad con él para siempre.

Cuando por fin llegó hasta mí, estaba sin aliento.

—Estás aquí de verdad. —Puso sus cálidas manos en mis brazos—. ¿Por qué lloras?

—Porque tengo miedo.

—¿Por qué tienes miedo?

Me entró el pánico.

—Porque te quiero, y no quiero perderte de nuevo. No sé qué vas a decirme. Lo único que sé es que te quiero, aunque tú ames a otra persona, Gavin. Jamás dejaré de quererte. Siempre te amaré.

Sus ojos brillaron mientras enmarcaba mi cara con sus manos.

—Raven, ¿crees que te pediría que te montaras en un avión y vinieras hasta aquí solo para decirte que estoy enamorado de otra persona? Yo jamás te haría eso. —Se inclinó y me besó en la frente, y ese consuelo fue algo maravilloso—. Siento mucho que me hayas tenido que esperar. Hubo un accidente que interrumpió el tráfico. He venido tan rápido como he podido.

La calma me invadió y los sentimientos de pánico fueron sustituidos por la certeza de que estaba a salvo. Era la sensación más eufórica del mundo.

Gavin inspiró hondo y apoyó su frente en la mía.

—Pensé que tendríamos algo de tiempo para empezar esta conversación con calma, pero ¡que le den! Al parecer tengo que decir esto ahora mismo. —Sus cálidas manos me rozaron los hombros. Permanecí en silencio mientras él hablaba—. Siento haberme callado, pero tenía que hacerlo. Las últimas siete semanas han sido algunos de los días más difíciles de mi vida, no porque no estuviera seguro de lo que quería, sino porque sabía que tendría que herir a una buena mujer que me quería. No podía decirte lo que sentía de verdad hasta que no hubiera hecho lo necesario con Paige. Pero, Raven, en cuanto descubrí la verdad de por qué me dejaste, ya no hubo duda de lo que quería. Yo tampoco dejé nunca de amarte, solo lo reprimí. No pude dejar de hacerlo y ni siquiera creía que habías decidido romper conmigo. Te he buscado en todas las mujeres que he conocido, intentando encontrar esa misma conexión, esas emociones que sentía cuando estaba contigo, pero era imposible porque Raven solo hay una.

Ambos respirábamos con dificultad cuando por fin me besó. Creí que iba a estallar de felicidad. A medida que nuestro beso se hacía más profundo, olvidé que estábamos en un aeropuerto abarrotado.

—Doy gracias a Dios por haber descubierto la verdad cuando lo hice... y no después de casarme —dijo cuando al fin nos separamos—. Porque no estoy seguro de que el resultado hubiera sido diferente. No podría haberlo ignorado. No habría sido justo estar con otra persona cuando estoy tan profundamente enamorado de ti. No ha pasado un solo día en todos estos años en el que no pensara en ti, pero nunca imaginé que llegaría el día en que me dijeras que sentías lo mismo. Hemos perdido diez años, pero pasaré cada día del resto de mi vida compensándote.

Me puse a llorar de nuevo. «¿De verdad está pasando?»

Se apartó para mirarme y parecía tan sobrecogido por este momento como yo. Tomó mis manos entre las suyas.

—Poco después de empezar a salir, te dije que siempre estaría a tu lado si me necesitabas. Lo dije en serio. Incluso entonces sabía que nunca habría otra persona que me hiciera sentir como tú. En diez años nunca sucedió. No estaba destinado a sentirme completo con nadie más. Estaba destinado a estar contigo, Raven. Te amo con todo mi corazón y mi alma y siempre ha sido así.

Parecía que era la primera vez que respiraba de verdad en una década. Me limpié los ojos.

—¿Estoy soñando?

—No, cielo. Esto es muy real.

Pasé mis manos por su pelo, apreciando cada sensación en la yema de mis dedos. Por fin podía decir «mi Gavin».

De repente recordé dónde estábamos. Estaba impaciente por salir de aquí, pues deseaba estar a solas con él.

—¿Dónde está tu equipaje? —preguntó.

—No lo encuentro —confesé, mirando a mi alrededor.

Él sonrió.

—Mi pequeña trotamundos.

Me reí por primera vez desde que aterricé en Inglaterra.

Gavin se las arregló para localizar el lugar por el que iba a salir mi equipaje. Así que, al cabo de unos minutos, vi mi maleta de flores.

—La mía es esa de flores.

Gavin la enganchó de la cinta transportadora.

—Vámonos de aquí de una maldita vez.

El apartamento de Gavin era un antiguo almacén histórico que habían transformado en una elegante residencia urbana. Estaba junto al río Támesis y era más bonito de lo que habría podido imaginar.

Contaba con unas vistas espectaculares, techos de triple altura y ventanas originales de marco metálico. El interior era de ladrillo visto y las gruesas vigas de madera del techo estaban al descubierto.

Miré a mi alrededor y me acerqué a la ventana, esperando aún despertar de este sueño.

Me sentía como si me hubiera metido en la vida de otra persona en un país extraño. Una parte de mí sabía que había invadido la vida de Paige. Estaba segura de que el dolor de lo que había pasado con ella estaba más fresco de lo que Gavin dejaba entrever.

¿Y si acababa arrepintiéndose de esa decisión? Todavía había muchas cosas en el aire, como el hecho de que él viviera aquí y yo en Florida.

Gavin volvió después de llevar mi maleta a una de las habitaciones. Al parecer era capaz de percibir las preguntas que se arremolinaban en mi mente.

Me frotó los brazos cuando se detuvo detrás de mí.

—Cuéntame.

—Paige todavía trabaja contigo, ¿verdad? —pregunté, volviéndome hacia él.

—No. —Suspiró—. Acordamos una indemnización por despido. Dada la situación, no quería trabajar más a mis órdenes. No puedo culparla. Es comprensible que esté muy dolida. Muy pronto te contaré cómo terminaron las cosas, pero esta noche solo quiero disfrutar de ti. No quiero pensar en nada más.

Deseaba poder desconectar todas mis preguntas.

—Todo esto parece... demasiado bueno para ser verdad.

—Especifica. ¿Que estés aquí o que todavía te ame?

—Todo. No quiero que te apresures a hacer nada de lo que te acabes arrepintiendo. Me refiero a que vamos a tener que mantener una relación a larga distancia. No va a ser fácil.

—Nada que valga la pena lo es —alegó—. Si quieres tomarte esto con calma, me parece bien, pero quiero que conste que para mí no es necesario tener un período de prueba contigo.

No quería tomármelo con calma. Quería lanzarme de cabeza y darle todo lo que durante tantos años había guardado.

Pero ¿había meditado esa decisión tanto como debía? Tal vez el verdadero problema era yo, mi arraigado miedo a no merecer ser feliz con él. Fuera lo que fuese, era imposible dominar mi preocupada mente.

Gavin me tendió la mano.

—Ven aquí. Quiero enseñarte una cosa.

Gavin me llevó a su dormitorio. La pared de detrás de su cama era del mismo ladrillo visto que el resto. Una gran estantería empotrada ocupaba otra pared. Su masculino aroma impregnaba la estancia.

Me senté en la cama y le vi abrir un humidor de puros de madera que había en su escritorio. Sacó algo pequeño. Mi corazón latía con fuerza.

Se acercó a mí y me tendió la palma de la mano para mostrarme una pequeña pegatina.

—¿Reconoces esto?

Lo tomé y, al mirarlo más de cerca, me di cuenta de que ponía «Chiquita».

¡Oh, Dios mío! Era la pegatina que se había desprendido de los plátanos el día que nos conocimos. Recuerdo bien que me la quitó y se la pegó en el dorso de la mano. Se había marchado con ella, pero ni en un millón de años habría imaginado que la conservaría todo este tiempo.

—No puedo creer que todavía tengas esto.

—En el momento en que nos conocimos, me dejaste impresionado. Sabía que había algo ahí. No podía soportar desprenderme de ninguna parte de ti, ni siquiera de esta pequeña pegatina, y a partir de ahí ya no pude olvidarme de ti. No eres una chica más. Eres «la chica». Y si estuve con otras, fue solo porque creí que no podía tenerte. Te daré todo el tiempo que necesites, pero te quiero a ti. Solo a ti. No mañana, sino ahora mismo, Raven. No necesito tiempo. Necesito recuperarte.

En el fondo de sus ojos vi la verdad. ¿De verdad el amor necesitaba justificación? No tenía nada que ver con la estabilidad ni con la distancia. No tenía sentido. Se había quedado con la pegatina. Le había puesto mi nombre al robot. El amor de Gavin por mí había sido inquebrantable a lo largo de los años, inalterable ante las circunstancias de la vida. Era incondicional, igual que mi amor por él. Eso era cuanto necesitaba. Ya no iba a mirar atrás.

30
Gavin

El último mes había sido un infierno, pero llegar a este punto hacía que todo mereciera la pena. Me había esforzado por no abrumar a Raven con la intensa necesidad que sentía, pero iba a explotar si no podía estar dentro de ella esa misma noche.

Me arrodillé a los pies de la cama donde estaba sentada y la miré a los ojos. No podía creer que estuviera allí, en Londres. Habían pasado diez años, pero seguía siendo la chica de mis sueños. Su precioso cabello largo negro que enmarcaba su piel de porcelana. Su nariz respingona. Sus grandes ojos verdes. Su hermosa alma. La chica que siempre me veía tal y como era. «Mi Raven.» Diez años atrás, hubiera renunciado a todo por ella. Y eso no había cambiado. Por ella había renunciado a mi vida tal y como la conocía, y lo volvería a hacer.

Se acercó a mí y me pasó los dedos por el pelo. Siempre me gustó que hiciera eso. Hacía que todo estuviera bien en el mundo.

Cerré los ojos y disfruté de su tacto. Podía sentir que el estrés de las últimas semanas se evaporaba. Por mucho que quisiera llevar yo las riendas, tenía que dejar que ella tomara la iniciativa porque no podía confiar en que yo no fuera demasiado deprisa. Durante los años que habíamos estado separados había fantaseado con ella más de lo que se consideraría normal para un ex. Entre la excitación y que no recordaba la última vez que había practicado sexo, mi cuerpo estaba demasiado ansioso.

Me atrajo hacia ella y me desplomé contra su pecho. La tenía tan dura que resultaba doloroso; mi necesidad por ella era del todo evidente.

—¿Aún quieres ir despacio? —pregunté, presionando mi erección contra ella.

—No. Por favor, te necesito.

«¡Gracias a Dios!»

Inspiré el dulce aroma de su piel y le besé el cuello. Su cuerpo se tensó cuando bajé la boca hasta sus pechos. Esperaba que no se sintiera cohibida por sus implantes. Ojalá supiera lo mucho que la deseaba ahora mismo. Tuve que contenerme al máximo para no correrme solo con estar pegado contra su cuerpo.

—¿Puedo quitarte la camisa?

Dudó un poco.

—Sí —respondió a continuación.

Se la quité y le desabroché el sujetador. Sus pechos eran como dos orbes perfectos y redondos. Eran preciosos, si bien más redondos, más firmes y diferentes a sus pechos naturales, en forma de pera. Ella era preciosa. Aun sin pechos habría adorado cada centímetro de Raven. Me di cuenta de que estaba incómoda por la forma en que su cuerpo se puso rígido de nuevo.

—No te pongas nerviosa. Soy yo. —Levanté la vista hacia ella—. Sigues siendo la chica más hermosa del mundo, ¿lo sabes?

Me sonrió.

Posé la boca en su pezón tatuado y pasé la lengua alrededor. No estaba seguro de que ella pudiera sentirlo. Me sentí invadido por una oleada de emoción al pensar en el paso que había dado para salvar con toda probabilidad su propia vida.

Deslicé la boca por su abdomen. A cada segundo se entregaba un poco más a mí, relajándose más. Aunque quería seguir descendiendo y darme un festín entre sus piernas, quería que primero se corriera conmigo dentro de ella. Así que inicié un sendero de besos por su cuerpo, hasta llegar a sus labios.

Sabía que podía sentir el latido de mi corazón contra su pecho. Esperaba que eso le demostrara lo mucho que significaba para mí.

—Te necesito dentro de mí —dijo.

—Creía que no ibas a pedírmelo nunca. ¿Me pongo condón?

—No. Estoy tomando la píldora.

«¡Bien!» Nunca había tenido la oportunidad de sentirla sin ninguna barrera.

Me quitó la camiseta por la cabeza y se afanó en desabrocharme los pantalones.

Quería ir con cuidado, pero en cuanto mi glande tocó su sexo, no pude contenerme y la introduje hasta el fondo. Su vagina caliente me apretó y a punto estuve de no poder soportarlo. Hacía un momento parecía tan tensa que nunca imaginé que estaría tan mojada. Cuando empecé a moverme despacio, tuve que cerrar los ojos y tratar de no estallar. Raven movió las caderas en círculo debajo de mí.

Cerré los ojos, me orienté y la follé con más fuerza, hundiéndome dentro de ella, sin poder detenerme lo suficiente como para preocuparme de si era demasiado. En un momento dado, sentí que estaba a punto de correrme, así que me detuve de golpe.

—No pares. —Me clavó las uñas en los hombros.

La agarré de las caderas para llegar aún más adentro. Pero había llegado a mi cénit. El orgasmo recorrió todo mi ser.

—¡Joder! —gruñí, penetrándola más rápido—. Me corro.

Su respiración se volvió entrecortada mientras se dejaba llevar conmigo. Sentí que los músculos de su vagina se contraían mientras me derramaba por completo en su interior.

Nos quedamos tumbados, resollando y saciados.

—Ha sido muy intenso. Estoy seguro de que me he corrido más rápido que en nuestra primera vez. Parecía que hubiera esperado una eternidad.

Raven esbozó una sonrisa.

—Diez años, para ser exactos.

Después de tres días encerrado con Raven, me propuse enseñarle Londres como era debido. Fuimos a todas partes, desde el Palacio de Buckingham hasta el Observatorio Real. Y también la llevé a algunas de mis atracciones favoritas del distrito sur.

Quería enseñarle mi oficina, pero pensé que podría ser incómodo para ella, ya que muchos de los amigos íntimos de Paige trabajaban allí. No quería incomodar a nadie, así que ese sería un destino para otro viaje.

—Gracias por este día —dijo cuando llegamos a mi casa.

—Bueno, por mucho que prefiera tenerte solo para mí, me pareció que era el momento de compartirte un poco con el mundo. —Caímos rendidos en el sofá y Raven apoyó la cabeza en mi pecho. Le di un beso en la parte superior—. Ojalá pudieras quedarte más tiempo. No sé cómo voy a vivir sin ti. ¿No puedes no irte nunca?

—Ojalá fuera tan sencillo. —Levantó la barbilla para mirarme—. Pero ¿cuándo nos volveremos a ver?

—Tenemos que elaborar un calendario, en el que tal vez yo vaya a Estados Unidos un mes sí y otro no. Tal vez tú podrías venir entre visita y visita. Hablaré con tu empresa para que no te den problemas. Conseguiremos que funcione. Es lo que hacen quienes quieren estar juntos; se las ingenian porque estar separados no es una opción.

—¿Sabes? Antes me compadecía de la gente que se veía obligada a viajar mucho, por trabajo o por lo que fuera —dijo—. Pero la alternativa, no poder verte, es mucho peor que cualquier cantidad de viajes. Iría a cualquier parte por ti.

Entrelacé sus dedos con los míos.

—Esto es solo provisional mientras mi padre te necesite. No puedo decirte el alivio que supone saber que estás cuidando de él. Es la única razón por la que soy capaz de separarme de ti.

—Sabes que es un placer.

Mientras miraba sus delicados dedos entre los míos, pensé en lo maravillosa que era la vida.

—¿En qué piensas? —preguntó.

—Cuanto más pienso en tu operación, más agradecido estoy por tu decisión. No querría vivir en un mundo sin ti. Sé que cualquiera de los dos podría morir mañana, pero no quiero ni imaginar que hubiera descubierto que estabas enferma. O, Dios no lo quiera, que las cosas fueran diferentes y hubiera descubierto la verdad sobre lo que hizo mi madre demasiado tarde, después de que te hubiera pasado algo. —Tomé su mano y la besé—. Habría muerto. Eso me habría matado.

—Estaré bien, aunque la mutación que tengo también aumenta mucho el riesgo de padecer cáncer de ovarios. Así que mis médicos me recomiendan que también me extirpe los ovarios en cuanto termine de tener hijos. Eso es algo más de lo que tendré que ocuparme —comentó, y yo sentí un ataque de pánico—. ¡Ay, Dios mío! Te has puesto blanco —dijo—. Estoy bien, Gavin. No me va a pasar nada.

Estaba sudando.

—No puedo concebir la idea de que te pase algo.

Se acercó para besar suavemente mi mejilla.

—Es muy probable que no me pase nada.

—¿Qué puedo hacer yo?

—Nada.

—Se me ocurre que tal vez podría preñarte y darte muchos hijos para que te extirpes los ovarios.

Raven se rio y yo también, aunque en realidad no estaba bromeando Formaría una familia con ella sin dudarlo. Me moría de ganas de que llegara ese día.

—Creo que tenemos un poco de tiempo, Gavin.

—Crees que estoy loco, ¿no?

—No. —Sonrió—. Creo que me quieres.

31
Raven

Cuatro meses después

Los últimos meses habían sido una tortura. Gavin y yo hablábamos por teléfono todas las noches, poniéndonos al día de todo lo que nos habíamos perdido de la vida del otro a lo largo de los años. Pero, a pesar de que estábamos en contacto constante después de esa vertiginosa semana en Londres, cada segundo que estábamos separados a partir de entonces me mataba.

Sin embargo, las mariposas habían ocupado el lugar de la frustración. La impaciencia se apoderaba de mi cuerpo mientras miraba por la ventana que daba al camino de entrada. Gavin llegaría en cualquier momento para su segunda visita a Florida desde mi viaje a Londres.

La primera vez que volvió, solo pudo quedarse una semana. Esta vez pensaba quedarse un mes. Apenas podía contener la emoción.

Bajé corriendo las escaleras cuando vi el Mercedes negro llegar a la entrada. Cuando abrí la puerta principal, Gavin ya se había apeado del coche. Sin ni siquiera recoger su equipaje, corrió hacia mí y me levantó en el aire. Le rodeé la cintura con las piernas y lloré de alegría.

Nuestros labios se encontraron mientras una brisa vespertina procedente del océano nos acompañaba en aquella celebración. Pasaron varios minutos antes de que nos separáramos para tomar aire.

—Te he echado mucho de menos —dijo—. Vamos arriba. Ya mismo.

No me dejó en el suelo, sino que me colocó de forma que mi espalda descansara en sus brazos. Dejó su equipaje y subió conmigo las escaleras hasta una de las habitaciones de invitados. Por suerte el señor Masterson estaba con la enfermera de noche, porque íbamos a estar allí un rato.

A la mañana siguiente, Gavin entró en la habitación de su padre después del desayuno. No había tenido ocasión de verle la noche anterior, ya que el señor Masterson se había quedado dormido cuando salimos de nuestra pequeña guarida sexual.

—Hola, papá.

El señor Masterson entrecerró los ojos.

—¿Quién es usted?

Se me encogió el corazón. Había temido que esto sucediera. En los últimos meses, su memoria se había deteriorado hasta el punto de que la mayor parte del tiempo no sabía quién era yo, pero el recuerdo de Renata había sido una de las últimas cosas en desvanecerse.

Gavin se sentó a su lado.

—Soy Gavin.

—Yo soy Gunther.

—Lo sé. —Fue a tomar la mano de su padre, pero se detuvo, pues era probable que no estuviera seguro de si eso le asustaría—. ¿No sabes quién soy?

El señor Masterson negó con la cabeza.

—No.

—Está bien. No importa.

—¿Por qué estás aquí?

—Bueno, he venido a visitarte a ti y también a mi novia. —Gavin me señaló—. ¿Sabes quién es?

Gunther miró hacia mí.

—No.

Gavin no parecía sorprendido. Ya le había dicho que su padre no me llamaba Renata la mayoría de los días.

—Esta es... mi novia.

—Es muy guapa.

—Gracias. Estoy muy enamorado de ella.

—Yo estuve enamorado una vez —dijo el señor Masterson.

Gavin sonrió.

—¿De veras?

—Sí.

—¿Cómo se llamaba?

—Renata.

Gavin me miró, con los ojos abiertos como platos.

—Háblame de ella.

—Era muy guapa. Y me cuidaba.

—¿Qué más?

—Me escuchaba.

—¿Dónde está?

Parpadeó varias veces.

—Murió —dijo al final.

Miré a Gavin, sorprendida de que su padre consiguiera recordarlo. Eso era lo extraño de su enfermedad. Nunca se sabía cuándo le sobrevendría algún antiguo recuerdo.

—Lo siento mucho —dijo Gavin.

—¿Quién eres?

Gavin cerró brevemente los ojos.

—Soy tu hijo.

—No te conozco.

—Lo sé, pero no pasa nada. No te acuerdas de mí, pero soy tu hijo y te quiero. Y esta es mi novia, Raven. Es tu enfermera.

El señor Masterson enarcó las cejas.

—¿Le metes mano a mi enfermera?

—Sí.

—Bien por ti.

No pude evitar reírme.

—Gracias. Yo también estoy muy orgulloso de eso.

Nos sentamos en silencio durante un rato mientras al señor Masterson se le cerraban los ojos. Parecía que estaba a punto de quedarse frito, pero entonces nos sorprendió a ambos cuando levantó la vista de repente.

—¿Gavin?

—Sí. —Puso la mano sobre la de su padre—. Sí, papá. Soy yo.

—¡Qué buen chico!

—He venido desde Londres. Voy a quedarme un mes.

—¿Dónde está Weldon?

Gavin me miró, con los ojos llenos de alivio.

—Está en California. Te manda saludos.

El señor Masterson se dirigió entonces a mí.

—¿Puedo tomar un helado?

Esbocé una sonrisa.

—Eso se puede arreglar.

Me aventuré a bajar las escaleras para traerle un tazón de helado de nata con nueces del congelador. Pero cuando volví, parecía que se había quedado dormido.

—Se ha quedado dormido, ¿eh?

—Sí. —Gavin lo miró fijamente—. Sé que dijiste que había empeorado, pero es duro vivirlo.

—Sabía que sería duro para ti. —Me senté en el regazo de Gavin y le besé en la frente.

Levantó la vista hacia mí.

—Te quiero.

—Yo también te quiero. —Le di una cucharada de helado.

Esa noche, Gavin me llevó por el puente a West Palm Beach después de cenar. La puesta de sol sobre el mar era impresionante. ¡Qué suerte tenía de vivir en un lugar tan hermoso! Y más suerte aún de tener a ese hombre a mi lado esa noche.

—¿A dónde vamos?

—Es una sorpresa.

—Veamos, nos dirigimos hacia mi casa. ¿Me llevas allí para aprovecharte de mí?

—¿En tu habitación? ¿En la que solía colarme? Eso sí que suena divertido; no me des ideas. Pero no, ese no era el plan.

Acabamos entrando en el antiguo club de improvisación. El aparcamiento estaba bastante lleno.

—¿Qué está pasando aquí?

—Echa un vistazo.

El cartel estaba iluminado: el «Club de Improvisación de Ravin».

«Ravin.»

«Raven y Gavin.»

—¡Oh, Dios mío! ¿Qué has hecho, Gavin?

Me condujo hacia la entrada.

—Entremos.

Le seguí y me presentó a un hombre llamado Sam, que al parecer era el gerente. El club tenía casi el mismo aspecto que antes. Un foco alumbraba el centro del escenario. Hasta los manteles rojos de las mesas eran los mismos. La barra del rincón estaba iluminada con luz azulada.

—¡Enhorabuena! Está todo genial —dije.

—Siempre ha sido mi sueño reabrir este lugar —explicó Sam—. Gracias a Gavin, es una realidad.

Cuando Sam se excusó para ocuparse de algo, Gavin me explicó lo que estaba pasando.

—Investigué un poco, localicé a los antiguos propietarios y descubrí que llevaban tiempo intentando reabrir el club. Tenían la voluntad, pero no los medios, así que me convertí en un inversor silencioso. Lo único en lo que fui inflexible fue en el nombre.

—Es perfecto. Me alegro mucho de que hayas hecho esto. Sé lo mucho que este lugar significa para ti.

—Son los recuerdos que tengo de aquí los que significan algo, no tanto el lugar. ¿Sabes lo que quiero decir?

Comprendí de repente.

—Me vas a hacer actuar esta noche, ¿no?

—Por supuesto. Es la noche del micrófono abierto. He reservado un hueco para nosotros. —Gavin miró por encima de mi hombro—. Creo que te gustará el público.

Al darme la vuelta, vi a Marni y Jenny acercándose.

—¡Oh, Dios mío! —Corrí hacia ellas—. ¡Hola!

—El niño rico nos aseguró que esta noche disfrutaríamos de un buen entretenimiento.

—No sé si tu entretenimiento soy yo, pero me alegro de que hayáis venido.

Jenny se volvió hacia Gavin.

—De camino hacia aquí, Marni me ha contado la noche que te conoció, cuando dejó a Raven en este lugar.

—Esa noche fue un verdadero encanto conmigo —se burló Gavin. Abrazó a Marni.

—Sí, puede que quisiera matarte. Para que conste, me alegro de que me plantara cara.

Los cuatro buscamos una mesa y pedimos algo de beber, disfrutando de las primeras actuaciones antes de que nos tocara subir al escenario a Gavin y a mí.

—No tienes miedo, ¿verdad? —preguntó.

Se me puso la piel de gallina.

—Ha pasado mucho tiempo.

—Pero yo estaré contigo.

El maestro de ceremonias subió al escenario para presentarnos.

—Señoras y señores, nuestros próximos intérpretes son dos tortolitos que tuvieron su primera cita en este club hace más de diez años. ¡Un aplauso para Gavin y Raven!

El público aplaudió cuando Gavin me tomó de la mano y me llevó al escenario.

Me entregó un micrófono y empezamos de inmediato.

Gavin: ¡Oh, Dios mío! ¡Eres tú!

Raven: ¿Yo?

Gavin: No puedo creerlo.

Raven: ¿Quién soy exactamente?

Gavin: ¿Me das tu autógrafo?

Raven: Está claro que te equivocas. No soy nadie importante.

Gavin: No se lo van a creer cuando se lo cuente.

Raven: ¿Cuando se lo cuentes a quién?

Gavin: A los enanos.

Raven: ¿Los enanos?

Gavin: ¿No eres Blancanieves?

¡Oh, Dios! Menuda locura.

Dudé y luego me reí junto con el público.

Raven: Vale, me has pillado.

Gavin: Me dijeron que te marchaste, que fuiste a por leche y que nunca volviste. Han estado publicando tu foto en todas partes. Ahora te encuentro delante de esta tienda de tatuajes, viviendo tu vida como si no hubieras dejado a siete buenos hombres destrozados.

Raven: La verdad es que... se volvieron demasiado controladores.

Gavin: Me siento ofendido en su nombre. ¿En qué sentido?

Raven: Ya sabes..., demasiado melodramáticos, gruñones, muditos...

El público se puso a reír. Incluso Gavin tuvo que hacer una pausa para reírse.

Gavin: Nunca te tomé por una diva.

Raven: ¿Y quién eres tú exactamente para juzgarme?

Gavin: Soy el Príncipe Azul.

Raven: ¿El novio de Cenicienta?

Gavin: Exnovio.

Raven: No te había reconocido.

Gavin: Sí, bueno, alguien me hechizó. Ahora mi aspecto es un poco diferente.

Raven: Siento oír eso. ¿Puedo hacer algo para ayudarte?

Gavin: Bueno, solo hay una forma de romper el hechizo.

Raven: ¿Cuál?

Gavin: Tengo que besar a una mujer hermosa, de piel clara y pelo oscuro. ¿Conoces a alguien?

Raven: ¡A mí no me mires!

Gavin: ¿Por qué no? Eres perfecta.

Raven: ¿Qué saco yo si rompo tu hechizo?

Gavin: Bueno, como en todos los cuentos de hadas, nos enamoramos y vivimos felices para siempre.

Raven: Ya no pareces tan preocupado por tus amiguitos.

Gavin: Solo tengo que preocuparme por Gruñón y por Mudito. Son dos balas perdidas. A Bonachón no le importa. Y Dormilón ni siquiera se da cuenta.

Tuve que parar para reírme de nuevo.

Raven: Muy bien. Acabemos con esto.

Gavin se inclinó y me plantó un largo beso en los labios mientras el público silbaba. Me inclinó de nuevo de forma teatral.

Al final paramos para tomar aire.

Gavin: Creo que deberíamos casarnos.

Se llevó la mano al bolsillo trasero y sacó una cajita. «Vaya, ha venido preparado para esta representación.»

Cuando le miré a los ojos, el humor se había esfumado de su expresión.

—Espero que al público no le importe que me salga del personaje por un momento —dijo.

Gavin se arrodilló mientras el público empezaba a vitorear. No pude entender nada hasta que me llamó por mi verdadero nombre.

—Raven...

Levantó la mirada hacia mí.

Me llevé la mano al corazón mientras permanecía de pie, aturdida y en silencio.

—Nuestra historia está lejos de ser un cuento de hadas, pero todo sucede por una razón, aunque parezca imposible de entender. Desde que nos conocimos, hemos pasado más tiempo separados que juntos, debido a un desvío muy largo, pero los días contigo siguen siendo los mejores de mi vida. A partir de ahora, quiero que los días contigo superen en número a todos los demás. Quiero pasar el resto de mi vida contigo. —Abrió la pequeña caja negra—. Te quiero con todo mi corazón. ¿Quieres casarte conmigo?

Las luces del escenario no hacían más que aumentar el impresionante brillo del diamante.

—¡Sí! —grité, agitando las manos con emoción.

Gavin me levantó en vilo y nos transportamos a nuestro propio mundo, a pesar de los continuos vítores del público.

Me quedé mirando el impresionante anillo de talla cojín.

—No puedo creerlo. ¿Desde cuándo llevas planeando esto?

—Más o menos desde el día en que te fuiste de Londres.

Cuando por fin emergimos de nuestra nube de amor y bajamos del escenario, alguien en particular seguía silbando como un loco mucho después de que el resto del público se hubiera calmado. Fue entonces cuando me di cuenta de quién estaba sentado con Marni y Jenny en nuestra mesa. Debía de haberse colado mientras estábamos actuando.

«Weldon.»

—¡Ha venido tu hermano! —exclamé con alegría mientras volvíamos a la mesa tomados de la mano.

—Lo sé. —Gavin sonrió—. Le he invitado yo.

Weldon tenía un aspecto increíble. Seguía llevando el pelo largo, pero no tan desaliñado. Se había afeitado y había ganado algo de peso. En sus ojos se apreciaba una cierta lucidez. Y, por supuesto, me fijé en el vaso que tenía al lado; era agua.

—Siento haber llegado tarde, hermano. Mi vuelo se retrasó, pero no me he perdido lo importante. —Me abrazó—. Estás preciosa, Raven. Felicidades.

—Gracias. Me alegro de verte, Weldon.

—Bueno, este es un gran día. Tenía que venir.

—¿Cuánto tiempo te vas a quedar?

—Unas dos semanas, a menos que mi hermano me eche.

Gavin golpeó a Weldon en el brazo.

—Papá ha estado pensando en ti... Bueno, al menos de forma indirecta. Cuando se acuerda de quién es, me llama Weldon.

—Me he sentido un incompetente durante años y al final, ¿soy yo a quien recuerda? ¿No es una maldita ironía?

—Me alegro mucho de que estés aquí —dije.

—Y yo me alegro de que vayas a ser mi cuñada.

Al ser hija única, siempre había anhelado tener una familia. Y aunque mi experiencia con los Masterson distaba mucho de ser un cuento de hadas, Gavin, Weldon y su padre eran ahora mi verdadera familia.

Epílogo
Gavin

Seis años después

A mis hijas les encantaba vapulearme en el césped. Mientras estaba tumbado de espaldas, mis tres hermosos monstruitos se reían de mí. Aunque fingía resistirme, esa era sin duda mi idea del cielo.

—Siempre te ha gustado que te inmovilizaran —espetó Raven.

—Ya sabes que no es exactamente lo que tenía en mente cuando dije eso.

Nuestras tres hijas siguieron pasándoselo en grande y atacándome. Se llevaban un año de diferencia entre ellas. Era difícil creer que, después de haber crecido sin hermanas ni tías, ahora tenía tres niñas. Dentro de unos diez años estaría bien jodido.

El tiempo hoy era el típico del invierno de Florida; mucho más fresco y seco, tal y como me gustaba. Habían colocado adornos navideños por la propiedad y había un enorme árbol de Navidad en el jardín delantero. Al parecer, estábamos intentando competir con el Rockefeller Center. Era genial estar en casa en esa época del año. Estábamos fuera esperando a que Weldon llegara con un invitado para las vacaciones de Navidad. Íbamos a pasar las fiestas aquí, en familia.

Los últimos seis años han sido un torbellino. Raven y yo nos casamos un año después de nuestro reencuentro y mi padre falleció poco después.

Luego, un año más tarde, nació nuestra primera hija. Las cosas se fueron sucediendo una tras otra. Marina tenía ahora cuatro años. Natalia, nuestra segunda hija, tenía tres, y Arianna, la pequeña, dos. Un año después del nacimiento de Arianna, Raven se sometió a una operación para extirparle los ovarios, lo que me supuso un inmenso alivio.

Tras la muerte de mi padre, decidimos que Londres fuera nuestro hogar permanente. Vendimos mi apartamento y compramos una casa a las afueras de la ciudad, en Surrey.

Como queríamos mantener la finca de Palm Beach en la familia, la conservamos y la utilizamos como casa de vacaciones. Weldon también dividía su tiempo entre Florida y California, así que, entre todos, seguíamos dándole bastante uso a la casa. Conservamos a Genevieve y a Fred en agradecimiento a sus años de dedicación a mi padre y ahora mis hijas podían disfrutar del lugar donde crecí. Pese a que algunos de mis recuerdos no eran buenos, pensaba crear muchos nuevos y mejores aquí.

Nuestras hijas eran muy diferentes. Marina era mi viva imagen. Natalia, con el pelo más oscuro y la piel de porcelana, era igualita a su madre. Y, por extraño que pareciera, la más joven, Arianna, con su pelo rubio oscuro y sus delicadas facciones, era exactamente igual a Weldon (y a mi madre, Ruth). Le encantaba picarnos con eso y bromeaba con que una vez Raven se había abalanzado sobre él en la despensa de la cocina.

Hablando de Weldon, mi hermano se aproximaba hacia nosotros desde la entrada. Acababa de llegar del aeropuerto y a su lado iba su nueva novia. Desde allí pude ver que era alta.

Me levanté del césped mientras mis hijas corrían hacia él. Con su pelo largo y despeinado y su alocada personalidad, Weldon tenía un éxito enorme con las niñas; adoraban a su tío más que a sus personajes de dibujos animados favoritos. Desde luego, había recorrido un largo camino.

Tomó en brazos a la pequeña.

—Cada día te pareces más a mí.

Sonreí a la mujer que había traído con él. Solo sabía que se llamaba Myra. Tenía el pelo largo y negro con mechones morados y azules en la parte delantera. Llevaba los brazos cubiertos de tatuajes y un aro en la nariz.

—Myra, te presento a mi hermano mayor, Gavin, y a su esposa, Raven.

—Me alegro de conoceros a los dos. Weldon me ha hablado mucho de vosotros. Vuestra historia es increíble.

—Sobre todo me gusta la segunda parte —dijo Raven.

Myra preguntó dónde estaba el baño, así que Raven la acompañó dentro mientras iba a acostar a Arianna para que durmiera la siesta.

Weldon se arrimó a él.

—¿Qué te parece? Mamá habría adorado a Myra, ¿eh?

Los dos nos reímos mucho con eso. A mi madre le habría dado un infarto al ver a Myra, y eso me produjo una gran satisfacción. Estaba orgulloso de mi hermano por haberse recuperado y haber permanecido sobrio todos estos años, y me alegraba que hubiera encontrado una mujer con la que parecía conectar. Después de colegiarse como abogado en California, también había vuelto a ejercer la abogacía.

Raven y Myra se reían cuando salieron de nuevo de la casa; parecía que estaban congeniando.

Marina tiró a Weldon de los vaqueros.

—¡Quiero helado!

—¡Maldita sea! No se te olvida nada, ¿verdad? —dijo—. El otro día le dije por teléfono que cuando llegara la llevaría a comer helado. No puedo creer que se acuerde.

—¡Oh! No se le escapa una —repuse.

—¿Os parece bien que Myra y yo las llevemos al centro de la ciudad? —preguntó.

Perfecto. De hecho, hoy esperaba sacar algo de tiempo a solas con mi esposa.

—Por supuesto. —Después de montar a Marina y a Natalia en el coche de alquiler de Weldon, me volví hacia Raven mientras entrábamos de nuevo en la casa—. ¿Has oído eso?

—¿El qué?

—La nada más absoluta. El dulce sonido de la tranquilidad.

—Es tan raro hoy en día.

—Sube conmigo. —Le tomé la mano—. Quiero enseñarte una cosa.

—Claro. —Me guiñó un ojo—. A fin de cuentas, estamos solos.

—Lo creas o no, esta vez no es lo que piensas.

—Bueno, estoy intrigada.

Una vez en el dormitorio principal, abrí el cajón y saqué una caja plana de terciopelo. Había ido a la caja fuerte de la familia hoy mismo. Dentro del estuche había una de las posesiones más preciadas de mi madre.

—¡Ay, Dios mío! El collar de diamantes de tu madre. ¿Dónde lo has encontrado?

—Siempre lo he tenido. Estaba en la caja fuerte del banco, junto con la mayoría de sus joyas.

Raven lo miró con cierta vacilación, como si estuviera vivo y fuera a morderla.

—Recuerdo que pensaba lo odioso que era que llevara esto todo el tiempo, incluso cuando estaba en casa.

—No cabe duda de que le gustaba hacer alarde de su riqueza —dije mientras sacaba el collar de su estuche—. Veamos cómo te queda.

Raven levantó la mano en señal de protesta.

—¡Ah, no! No puedo ponérmelo.

—¿Por qué no?

—Porque me odiaba. Y no quiero que esto me lo recuerde.

—Creo que justo por eso deberías ponértelo, por el mero hecho de que mi madre lo detestaría.

Raven miró los diamantes que tenía en mi mano.

—Lo llevaba puesto el día que vino a amenazarme. Recuerdo que brillaba mientras me gritaba. También me trajo mi collar, el de mi nombre. Una criada lo había encontrado bajo la cama de tu habitación. Así fue como tu madre se enteró de que me habías colado en la casa ese fin de semana.

«¡Vaya!»

—Eso no lo sabía.

—Ya sé que no. No te había contado esa parte. En fin, recuerdo que tenía el pequeño collar en mi mano mientras sus diamantes brillaban. Era una especie de metáfora del equilibrio de poder, o al menos así lo percibí yo entonces.

Me acerqué a ella y le puse los diamantes alrededor del cuello.

—Y ahora lo llevas tú —aduje—. ¿No es irónico?

Se miró en el espejo y ladeó la cabeza.

—No quiero ni imaginar lo que debe de estar pensando.

Me puse detrás de ella y le besé el cuello.

—¿Quieres saber lo que pienso yo?

—¿Qué?

—Creo que dondequiera que esté mi madre, ve las cosas de otra forma. Creo que se ha visto obligada a ver la vida que llevaba aquí y a reflexionar sobre sus actos. Y creo que ahora mismo nos está mirando y deseando poder disculparse. Quizá tenga que creerlo para poder vivir con lo que nos hizo. Te vio como una amenaza para el nombre de nuestra familia, cuando en realidad has sido tú quien al final la ha mantenido unida, quien sujetó la mano de mi padre mientras cruzaba al otro lado. Debería estar orgullosa de que llevaras esto, aunque su opinión no importe. Nunca importó.

—Bueno, esa es una visión muy optimista. No sé si me la creo. —Raven se miró en el espejo, tocando los diamantes—. ¿Quieres saber cuál es mi mejor accesorio?

—¿Cuál?

—Mis cicatrices. —Se llevó la mano a la nuca y se quitó el collar. Mirando los diamantes que sujetaba en la mano, dijo—: Esto es digno de una reina, pero es una auténtica estupidez. —Lo dejó sobre la mesa—. Puede que se lo dé a Marina para que juegue con él.

Y esa era justo la razón por la que Raven era, y siempre sería, mi reina.

Agradecimientos

Siempre digo que los agradecimientos son la parte del libro más difícil de escribir y eso no ha cambiado. Cuesta expresar con palabras lo agradecida que estoy a todos los lectores que siguen apoyando y promocionando mis libros. Su entusiasmo y hambre por mis historias es lo que me motiva cada día. Y a todos los blogueros de libros que me apoyan, simplemente no estaría aquí sin vosotros.

A Vi: Lo digo siempre y lo repito porque es aún más cierto con el paso del tiempo. Eres la mejor amiga y compañera de fatigas que podría pedir. No podría hacer nada de esto sin ti. Nuestros libros escritos en colaboración son un regalo, pero el mayor regalo ha sido siempre nuestra amistad, que es anterior a las historias y que continuará después de ellas. A por el siguiente.

A Julie: Gracias por tu amistad y por inspirarme siempre con tus increíble escritos, por tu actitud y por tu fuerza. ¡Este año va a ser un éxito!

A Luna: Gracias por tu amor y tu apoyo día tras día y por estar siempre a un mensaje de distancia. Por muchas más visitas a Florida con vino y chats en directo desde el salón de tu casa.

Para Erika: Siempre será cosa de E. Estoy muy agradecida por tu amor, tu amistad y tu apoyo, y por el tiempo que pasamos juntas en julio. Gracias por alegrar siempre mis días con tu actitud positiva.

A mi grupo de fans de Facebook, Penelope's Peeps: Os quiero a todos. Vuestro entusiasmo me motiva cada día. Y a Queen Peep Amy: Gracias por crear el grupo.

A mi asistente Brooke: Gracias por el arduo trabajo en el manejo de los lanzamientos de Vi y los míos y por muchas más cosas. ¡Te apreciamos mucho!

A mi extraordinaria agente, Kimberly Brower: Gracias por todo el trabajo que has hecho para que mis libros lleguen al mercado internacional y por creer en mí mucho antes de ser mi agente, cuando tú eras una bloguera y yo una escritora novel.

A mi editora Jessica Royer Ocken: Siempre es un placer trabajar contigo. Espero tener muchas más experiencias en el futuro.

A Elaine, de Allusion Book Formatting and Publish: Gracias por ser la mejor correctora, formateadora y amiga que una chica podría pedir.

A Letitia de RBA Designs: ¡La mejor diseñadora de portadas! Gracias por trabajar siempre conmigo hasta que la portada es justo lo que yo quiero.

A mi marido: Gracias por asumir siempre mucho más de lo que deberías para que yo pueda escribir. Te quiero mucho.

A los mejores padres del mundo: ¡tengo mucha suerte de teneros! Gracias por todo lo que habéis hecho por mí y por estar siempre ahí.

A mis amigas Allison, Angela, Tarah y Sonia: Gracias por aguantar a esa amiga que de repente se convirtió en una escritora chiflada.

Y, por último, pero no por ello menos importante, a mi hija y a mi hijo: mamá os quiere. ¡Sois mi motivación y mi inspiración!

Ecosistema digital

Floqq

Complementa tu lectura con un curso o webinar y sigue aprendiendo.

Floqq.com

Amabook

Accede a la compra de todas nuestras novedades en diferentes formatos: papel, digital, audiolibro y/o suscripción.

www.amabook.com

Redes sociales

Sigue toda nuestra actividad. Facebook, Twitter, YouTube, Instagram.